外国文学
经典阅读丛书

法国文学经典

红发特里斯丹

hongfa telisidan

[法]小仲马 / 著

陈　乐 / 译

百花洲文艺出版社
BAIHUAZHOU LITERATURE AND ART PRESS

目 录

一　阿尔蒂斯伯爵的召唤　　　　　1

二　平原　　　　　12

三　卡尔纳克城堡　　　　　25

四　卡尔纳克家的挂毯　　　　　33

五　住在卡尔纳克城堡里的人　　　　　41

六　儿子和母亲　　　　　49

七　阿利克丝　　　　　57

八　梅弗雷　　　　　67

九　吉尔·德·雷斯　　　　　80

十　出发　　　　　90

十一　撒拉逊人的墓　　　　　100

十二　协议　　　　　111

十三　相遇　　　　　120

hongfatelisidan

十四　少女冉　　　　　　　　　　　129

十五　希农城堡　　　　　　　　　　141

十六　爱情　　　　　　　　　　　　152

十七　阿涅斯和玛丽　　　　　　　　161

十八　奇迹　　　　　　　　　　　　170

十九　特里斯丹在他母亲身边　　　　180

二十　特里斯丹被迫服输　　　　　　190

二十一　菲埃布瓦的圣凯瑟琳教堂　　200

二十二　奥尔良　　　　　　　　　　208

二十三　特里斯丹开始行动　　　　　216

二十四　奥梅特　　　　　　　　　　226

二十五　圣卢城堡　　　　　　　　　234

二十六　特里斯丹第一次报仇　　　　255

二十七　雅尔热和帕泰　　　　　　　265

二十八　上帝的愿望　　　　　　　　272

二十九　国王加冕　　　　　　　　　277

结局　　　　　　　　　　　　　　　297

译者前言

1848年，小仲马的《茶花女》问世，受到读者的热烈欢迎，以后几年中，他陆续出版了好几部小说，《红发特里斯丹》便是他1850年的作品。

这本书有两条线索，一条是法国女民族英雄冉·达克的光辉事迹，一条是特里斯丹离奇古怪的经历。故事发生在百年战争后期。

百年战争是指发生在1337年至1453年间的英法两国间的战争。1415年英军再度入侵法国，占领大片土地。勃艮第①派倒向英国。1420年5月，英国国王亨利五世胁迫法国签订《特鲁瓦条约》，条约中规定，法国王太子的继承权转归亨利五世。这样法国便分成由亨利五世、勃艮第公爵、王太子查理分管的三部分。1422年，亨利五世去世，他的儿子亨利六世即位，由其叔父贝德福德公爵摄政，同年，查理六世也死了，王太子当即宣布为查理七世，但是按照《特鲁瓦条约》，亨利六世兼领法国王位，加上王太子母亲公开宣称王太子不是查理六世的儿子，因此查理七世无法正式加冕，只能偏安一隅。

1428年，英军进一步南下，围攻奥尔良城，妄图侵占整个法国。在这民族存亡的重要关头，一个普通的农家姑娘冉·达克担负起了拯救法国的重任。

小仲马并不是在写一本完整的冉·达克传记，可是我们还是

---

① 勃艮第，是法国东部一地区名。

可以看到他几乎写了女英雄的一生，从她的童年一直到她英勇就义为止。作者成功地刻画了冉这个生动的形象，颂扬了冉的高尚品质。她热爱自己的祖国和人民，一心想驱逐侵略者，拯救法国，最后在敌人面前，她大义凛然，从容殉难。可是冉又是一个极其平凡的牧羊女，她天真、朴素、单纯、无私，她不图个人名利，想的是战争结束，回到家乡父母身边，依旧放牧羊群。冉成为法国历史上一位卓越的英雄人物，被称为"奥尔良女郎"，确实当之无愧。

为了反衬冉的伟大和崇高，作者塑造了特里斯丹这个人物。应该说，特里斯丹原来并不是一个坏人。他在卡尔纳克城堡的时候，还经常援救遇到危险的过路人和穷人，但是他因为个人恩怨，因为私欲无法得到满足，将自己的灵魂出卖给了魔鬼，甚至背叛祖国，投靠英国人，为虎作伥。冉被俘后，他伪装成修士，骗得冉的信任，破坏了营救冉的计划；在冉临终的时刻，还在燃烧的柴堆上加上一捆柴来发泄他的仇恨。但是圣女的精神感动了他，他做了一个十字架送给即将死去的冉，来满足她最后的愿望。此情节一转，红发特里斯丹完全变成另一个人：他悔恨自己以前的所作所为，向那个撒拉逊人宣战，最后用尽全力将对方重新关进墓中，他自己也心甘情愿地永远待在墓里。

小说中冉和特里斯丹两人的故事时时交错，形成了正义和邪恶的不断交锋。一个是天使般圣洁的少女，一个是没有灵魂的恶魔，在战场，在监牢，在刑场，双方都在较量。自然，邪恶是战胜不了正义的，圣女虽然被烧死了，她的英名却永垂不朽；特里斯丹的悔悟也正说明了黑暗势力终会灭亡。

书中还有不少人物，虽然作者着笔不多，但是同样给人留下难忘的印象。如正直忠勇的卡尔纳克伯爵；优柔寡断的查理七世；风趣可爱的艾蒂安；纯真痴情的奥梅特；特别是那个小罗贝尔，为了不使法国军队遭受损失，小小年纪就给敌人活活吊死，他可以说是不畏强暴的广大的法国百姓的一个代表，可敬可佩。

《红发特里斯丹》是一部传奇式的小说。本来在法国历史上关于冉·达克就有许多美妙的传说，而在这本书里，小仲马又发挥了想象力，将现实和神话巧妙地交织在一起，添上了浓厚的宗教色彩和神奇色彩，使作品更增添了吸引人的力量。

译者

一

阿尔蒂斯伯爵的召唤

如果你到过布列塔尼①的那些山坡，或者是看过这个美妙的地方的地图，那么你从它的地形想必会理解它的居民的性格。百姓毫无疑问能从他们居住的乡土形成他们的习俗，他们的个性，甚至他们的外貌。依照这个观点，布列塔尼当然和从前一模一样，始终是斗争不断的地区，带有崇高意味的固执成了当地人的特点。

确实如此，请你把眼光投向布列塔尼省的外形吧，从北面的弗雷艾海角到南面的吕伊半岛，你看见了那些数不清的高高低低的地面吗？听见了那些无休止的嘈杂声吗？那是陆地和大西洋在斗争。大西洋是有耐性的征服者，因为它是永存的。大西洋不停地拍打大陆这只船的头部，仿佛它担心一旦停下就会遭到大胆的陆地的入侵。大西洋好像总想不停地击退这个光辉灿烂的欧洲，虽然欧洲的日益发展的文明曾经照耀过每个民族。六千年来，大西洋用它的暴风雨、它的波涛和它的怒气不断地猛击布列塔尼；六千年来，它每时每刻、每分每秒地侵蚀着布列塔尼，每次都能夺下来一块。现在你看见的海岸上的缺口，那些形成的大海湾、小海湾，从前都是有森林、树木，有人居住的地方。如果今天你有胆量登上沿海的山峰顶上，俯身向脚下的深渊探望，你会像在梦中一样，看到在海浪下面有一些被下落的潮水送来的树干，并且把它们埋在了沙里。在这

---

① 布列塔尼，法国西部一地区名。

场经过多少世纪的决斗当中谁是胜者呢？是贪婪狂暴的波涛呢，还是坚定不动的土地？没有一个人知道。目前，古老的布列塔尼大地在这场斗争中失去了光彩，但是它仍旧坚持斗下去。它的海岸荒芜干旱，寸草不长。大海的舌头舔过它们的时候，往往舔去它们绿色的肌肤，就像老虎的舌头舔过受害者的皮肤一样。不过，这又有什么关系呢！大西洋的浪涛声传遍沿海的大地，大地将它变成歌声还给了大西洋。大西洋给沿海一带盖满了泡沫，在那儿因此出现了越来越多的梦想、回忆、传闻、动人的迷信故事、神秘的传说。布列塔尼大地终于懂得什么是狂风，能够解释什么是暴风雨，就像人们懂得和会解释一种外国语言一样。它让风尽情活动，强迫它成为诗人。现在大地在它的叫喊声中听出抑扬的音调，在它的狂怒中听到歌声，在它的拥抱中感受到热情，大地和风已经亲密无间了。

这种每天发生的、激起诗兴的宏伟场面使身历其境的布列塔尼的孩子养成了特有的坚定、勇敢和忠诚的性格。你能体会到吗？上帝将这儿的居民当作一个榜样，那他们还不伟大吗？

接着，让我们来看一看他们的来源。在耶稣基督诞生前七百年，西徐亚人①和辛梅里安人②之间发生了一场战争。辛梅里安人的历史如同神话一般早已消失在模糊的古代了。希罗多德③提到过的辛梅里安人住在伸展在里梅和黑海之间的大平原上，一千二百年以后，阿提拉④从这片辽阔的土地来到了上亚细亚。

---

① 西徐亚人，古代生活在阿尔泰山以东地区的一民族，曾与辛梅里安人作战数十年，终获胜。
② 辛梅里安人，古代居住在高加索和亚速海以北的一民族。
③ 希罗多德，古希腊历史学家。
④ 阿提拉，古时匈奴人之王（434—453）。

　　辛梅里安人战败了。在博斯普鲁斯海峡①，洪流似的蛮族②分成两部分，一部分流到了小亚细亚，在那儿看到了已经毁灭了三百年的特洛伊城③；另一部分越过了第聂伯河④，从东方进入西方。

　　这部分辛梅里安人在五百年以后，自称为辛伯尔人。我们可以把断掉的种族谱系的链环重新接起来：辛伯尔人，正如我们所说的，就是辛梅里安人，克尔特人⑤则是辛伯尔人，布列塔尼人则是克尔特人。

　　布列塔尼人的这些祖先曾经阻挡过恺撒⑥的进军，辛伯尔人也被马略⑦击退过。公元前100年，这些目光粗野的高大汉子去侵犯罗马人的财富，罗马人拦住了他们，可是比利牛斯山⑧也好，阿尔卑斯山⑨也好，都没有拦住他们！他们彼此用绳子缚牢走下山来，夜晚就睡在他们的大盾牌上面；他们用砍下的树填平把他们和罗马人隔开的河流；他们向马略问他们的条顿人⑩兄弟的消息；他们密布在一法里⑪半的土地上；他们用链子将彼此连起来，想和蛇一样，用铁环闷死敌人。女祖先呢，那些妇女会亲手杀死逃兵，哪怕有的是她们的丈夫，有的是她们的父亲；她们会紧紧拥抱她们的孩子，闷死他们，为的是不让他们成为敌人的奴隶；她们把自己的孩子丢在车轮底下或者马蹄底下；她们的丈夫死了，孩子给压死了，然后在自己脖子上套上活结，吊死在牛角上。

---

① 博斯普鲁斯海峡，在今土耳其。
② 蛮族，古代希腊、罗马人对外族的称呼。
③ 特洛伊，小亚细亚西北部古城。
④ 第聂伯河，源出俄罗斯流入黑海的大河。
⑤ 克尔特人，广泛分布于古代西欧地区的部落集团。
⑥ 恺撒，古罗马统帅、政治家。
⑦ 马略，古罗马统帅、政治家。
⑧ 比利牛斯山，为西班牙和法国的界山。
⑨ 阿尔卑斯山，欧洲南部大山脉。
⑩ 条顿人，是古日耳曼人的一支。
⑪ 法里，指法国古里，1法里约合4千米。

可是罗马人对辛伯尔人的战争并没有结束。他们打败了主人，还要和狗斗一斗。当然，某一天发生的这场战斗对他们来说没有生命危险，不过和前一次一样激烈。狗全部死在它们的主人身边。这样的狗的后代自然也都了不起。

要使布列塔尼的土地和居民完完全全诗意化，什么条件也不缺少。但它要从目前的现实世界进入神秘的氛围却几乎不大可能。举例说，这些被误称为德落伊教①祭司的石头的巨石是从哪儿来的？这些石柱石棚好像是泰坦②和上天斗争时从珀利翁山和俄萨山③落下来的巨石。它们是怎样形成的呢？是什么不知名的宗教在科尔诺阿伊④的欧石楠丛和莫尔比昂⑤的染料木林里散布了这些仿佛是史前时期的巨大无比的石头？没有一个时代的历史提到过它们，它们如同一个消失的民族的缄默的、可以看见的幽灵。

有多少人是在这些石头的阴影里成长的啊，可以从科南·梅里亚代克数到热奥弗洛阿·德·夏托布里昂，前者用他的盾牌保护了布列塔尼的白鼬，后者亲手散布了他的无数枚百合花徽⑥。其中还有博马努瓦尔，他将一句战斗口号作为财富遗赠给他的孩子："喝你的血吧，博马努瓦尔！"有盖克兰⑦，布列塔尼的女人用卖掉纺出的亚麻得到的十万金埃居⑧把他从敌人手中赎了回来。有克拉翁无法杀死的受伤十五处的克利松。有里什蒙⑨，他和冉·达克各自分担了一半拯救法兰西的

---

① 德落伊教，是克尔特人信奉的一种宗教。
② 泰坦，希腊神话中的一个巨神。
③ 两山皆在希腊中部，在希腊神话中常出现。
④ 是布列塔尼一地区的旧名。
⑤ 现为法国一省。
⑥ 百合花徽是法国王室标志。
⑦ 盖克兰，百年战争初期法国军事领袖，曾数次被俘，一次以四万金法郎赎回。
⑧ 埃居，是法国古代钱币名，种类很多，价值不一。
⑨ 里什蒙（1393—1458），百年战争后期将军。

重任。有"铁胳臂",亨利四世①曾经称他是一个伟大的军人,更是一个了不起的好人。有罗昂家族,他们不能做国王,也不屑当亲王,他们就是罗昂家族。还有迪盖-特鲁安家族,迪科埃狄克家族! 甚至在他们的叛乱行动中,有塔尔乌埃家族,蒙-路易家族,蓬卡勒克家族,夏雷特家族,卡杜达家族②!

一直到赖伐尔老爷为止,找不到那位吉尔·德·雷斯的名字,因为他在犯罪方面还算不上赫赫有名,不像那些由于美德而名声极好的人。唉,就在这美景如画的布列塔尼,在刚才提到名字的这些人的故乡,在这块奥雷平原附近,曾经发生了一场战争,血流遍野,夺去了夏尔·德·布卢瓦的生命、克利松的一只眼睛和迪盖克兰的自由。在这个基白隆半岛上,三百六十七年以后,英国人没有流血,从他们的毛孔中流出的是他们的荣誉。我们要带领读者去的便是这样一个地方。

在1429年年初,一个骑马的人给一只小船连人带马送上基白隆半岛的一个地方,今天这儿已经成了朋蒂埃弗要塞。他勉勉强强地走上去卡尔纳克的路。

我们说勉勉强强,是因为这条路就是在春夏两季晴好的日子也相当难走,这个故事开始的时候,它全部给雪盖没了。这场雪下了整整两天,今天下午两点钟还在下。而且如果没有拍打被它侵蚀的两岸的咆哮的、深暗色的大海,他几乎要偏离道路。他骑在马上往下看,两边都是深渊,他只好在路当中小心翼翼地向前走。

此外,没有一点儿迹象预示天气会转好。相反,天和地是同样色彩,天空在地平线上,也就是布列塔尼的海岸上,和地平线很容易地合在一起,谁要是冒冒失失敢去闯一闯那个天地联结的地方, 那他十之八九性命难保。

这一切真像是梦中世界而不是现实中的天地。

骑马的人越走近海岸, 眼前的景色也变得越发清晰起来, 梦幻成了现实, 不过这个现实比梦更加凄凉。荒凉的平原, 白得伤人眼睛, 到处有一丛丛深暗色的东西, 那是给寒冬蹂躏过的染料木丛, 风不停地吹过, 摇晃它们, 因此上面无法有积雪。不时地会悄悄出现一些树, 它们摇动着干树枝, 发出嘈杂的声音, 驱散了成群乌鸦, 那些乌鸦用黑色的翅膀在雪白的天空和大地上画出一道道条纹。海鸥却轻声地飞着, 很快就消失了, 它们发出哀怨的叫声, 来回答布列塔尼的妇人和少女永远不变的要求:

海鸥! 海鸥!
还我们丈夫, 还我们孩子!

我们的这位客人紧裹着一件大斗篷, 头上戴着一顶蓝色毛料风帽, 冒着好似秋雨一般的细雪一直向前走着。他俯下身子, 冲向凛冽的北风。他时不时地对他的坐骑说话, 无疑是想用嗓音不让他的舌头有时间在嘴里冻僵。每隔十分钟, 他就抬起头向天边望, 想看看有什么东西出现, 但是没有城镇, 没有房屋, 没有茅屋, 始终是白茫茫一片, 无边无际, 单调得令人发愁。

每次朝前看的时候, 我们的行人都会又振作起精神, 坐骑也会给马刺刺两下。

终于在下午三点钟, 也许是他第二十次抬头向前望, 他仿佛看见在灰白色的天地之间出现一个小镇的影子。他的马想必也看到了, 或者不如说觉察到了它的主人的发现, 因为它加快了步子。不久, 我们的客人能够清楚地看出在黑色中显现出来的房屋的窗子，还有在片片白雪当中，烟囱中升起的青色烟柱。

从停泊小船的地方出发，经过两法里的路程，我们的骑士^①终于到达卡尔纳克镇。

如果这位骑士自尊心很强的话，那么他的自尊心肯定受到了伤害，因为他看到他穿过一条条街道的时候，并没有引起当地居民多大注意。他全身给斗篷包着，往上一直遮到眼睛那儿，往下遮到了马刺，这样，这个陌生人可能是一个平民，也可能是一个贵族，可能是一个商人，也可能是一个军官，自然只会给人产生很一般的好奇心。

在普遍的冷淡气氛中，他骑到了广场上。

他停住了。

他先抬起头，摇了摇，把积在帽褶里的雪摇出来，他这样做的时候，有两三个大嫂，稍稍打开一点儿门，或者拉起窗帘，好看看这个刚刚在镇中央勒马站住的骑士。她们终于看到一个外貌俊美、二十二三岁的年轻人，他的嘴唇上和下巴盖着薄薄的细软胡子，好看的眼睛是碧蓝色的，面颊饱满红润。从他的金黄色的头发，布列塔尼认出了一个儿子，布列塔尼人认出了一个同乡。

不过，这样的观察待一会儿会更加全面一些，因为这个骑士在从斗篷中整个儿露出头来以后，又脱掉了斗篷。于是在几个一直注意着他的卡尔纳克居民眼前出现了他身上的十分华丽的服装。

这套服装是军中传令官穿的无袖短袍，和风帽一样是蓝色，只是风帽是毛料做的，而短袍是丝绒的。在胸前中央的布列

①　骑士有几种释义，如：一、骑马的人；二、中世纪西欧封建统治阶级中的最低阶层；三、比男爵低一级的贵族；四、泛指为他们认为的高尚事业效力的人；五、一种荣誉称号，所以下文有奥利维埃和查理七世被封为骑士之事。本书中提到时，含义视上下文而定。

塔尼盾形纹章闪闪发光。纹章是银色的底,上面全是黑斑纹。

他的服装还包括一条深红色的呢裤子,黑色大皮靴高到大腿上,紧围着腰部的皮带上挂着一把长剑,胸口悬着一只银色号角。

年轻人把他的斗篷放到马鞍前面,然后拿起那只号角放到嘴上,吹起了所谓的集合号。

由强壮的肺部吹出来的号角声,在镇里回荡,看得见传令官的人家的门都一起打开了,大家都急匆匆地走出家门,在吹号角的人的四周围成一圈。

我们都喜欢说真话,所以应该承认是妇女和姑娘走在前面,男人跟在后面。

但是镇上居民的住房离广场有的近有的远,最远的可能听不到号角声。于是传令官第二次把号角放到嘴边,又吹了起来。他吹得那样有力,龙塞斯瓦列斯的罗兰[①]也会羡慕他。

随着这第二遍号角声,从四面八方跑来了许多男人和孩子,于是在骑士周围的圈子越来越大。

接着,好像是为了要做得问心无愧,骑士又吹了第三遍号角,这样,全镇的人仿佛都聚集到了他的四周。这时候,我们的中心人物从胸前取出一张羊皮纸,用响亮清晰的声音念道:

"卡尔纳克镇和领地的居民们,请听好,由我,布列塔尼[②],大人的侍从、传令官,向你们传达他的命令。

"布列塔尼公爵和王室世系的贵族,里什蒙伯爵,帕特内领主,法兰西的陆军统帅阿尔蒂斯第三。

"向我们的领地上的属臣和百姓宣告,他们应当用他们

----

① 法国史诗《罗兰之歌》中的英雄,随查理大帝出征西班牙,在龙塞斯瓦列斯遭伏兵袭击,罗兰吹号角求援已太晚。

② 传令官名字也叫布列塔尼。

的身体为我们效劳, 在四十天内, 参加我们的领主旗帜下的军队, 跟随我们为查理七世①国王和百合花徽②的敌人作战。"

他大声念完以后, 许多人走到传令官跟前, 向他提出各种问题。他的马也毫不例外地受到了侵犯。孩子们给骑士的华丽的丝绒服装吸引住, 都大着胆子去摸骑士的剑, 甚至想吹吹他的号角。

这位布列塔尼骑士是一个善良的年轻人, 他对于这些好奇心的表示早已习惯了, 所以他装出认为他们只是感到有趣才这样做, 这样就保持住了自己的尊严。因此, 这些亲热的动作不但不使他不愉快, 反而让他显得有点高兴。只是那匹马好像觉得人们对它不太有礼貌, 急得直跺脚, 它的主人不得不用手不停地抚摩它, 不让坐骑和好奇的人之间产生什么误会。同时, 他一一回答着大家向他提出的无数问题, 问那么多的问题是很自然的事。

妇人和姑娘看到传令官是如此年轻如此和气, 胆子也大起来, 都走到他跟前。她们中间有一些长得挺可爱, 因此虽然有几个小伙子竟抱住了他的小腿, 摇得他的马刺发出好听的响声, 公爵的使者也不生气, 原因也是非常清楚的了。

下了两天的雪, 仿佛要让他暂时休息一下, 不再下了。如果注意看, 或许能看到一道闪闪不定的阳光, 穿过云层, 在镇子的尖屋顶上散开。

"大人, 这样的话," 一个胖胖的汉子一边抚摩那匹牲口冒热气的脖子一边说, "你是说, 我们敬爱的约翰五世公爵的兄弟, 里什蒙伯爵, 要召集他的勇敢的布列塔尼骑士们去援助

___
① 查理七世 (1403—1461), 因被剥夺王位继承权, 到 1429 年 7 月才正式加冕。
② 即法国王室。

9

查理七世国王。"

"看起来他非常非常需要人力。"一个靠在说上面那番话的庄稼人胳臂上的好看的姑娘接口说。

"对呀！正是这样，我的漂亮姑娘，"传令官说，"可是，如果上帝帮助我们的话，特别是有我们的出色的布列塔尼人的援助的话，我们也许在最后能够赶走那些贪婪的英国人，他们是撒旦①打发来的不折不扣的蝗虫。"

"那么，法国国王呢？"

"他在希农②，孩子们。他在那儿等待着必不可少的军队，好逼迫敌人解除对那座可爱的奥尔良城市的包围，它一直为了他在坚守着。"

"王后呢？"

"她首先为百姓，其次为她的丈夫，在向上帝祈祷。"

"迪诺阿，凯桑特拉伊，拉伊尔，他们在哪儿？"

"迪诺阿在奥尔良，另外两人在国王身边。"

"好呀！好呀！一切都会顺利的，"一个在周围的人当中可能是最有学问的人说，"尤其是……"

说到这儿，这个人却迟迟疑疑，不说下去了。

"尤其是什么？"布列塔尼对他弯下身子问道。

"尤其是，"这个人用很低的、说悄悄话的声音说，"如果给国王出好主意的人希望他摆脱那个拉特雷莫伊的话。这个家伙做了许多损害国王的事，不知道为什么要把他留在朝里。"

"朋友，别说下去了，这是我的爵爷主人阿尔蒂斯·德·里什蒙伯爵的事，是他把拉特雷莫伊推荐给国王的。如果有必要，他可以请国王免掉他的职，正像他以前推荐过吉阿克先

---

① 撒旦，《圣经》中的魔鬼之王。
② 希农，法国西部一城市。

生,后来又使他失去职位那样。"

因为还没有到达终点,所以传令官打算动身了,此外,或许他不大喜欢在这些平民百姓面前谈论宫廷的机密。

"大人,请再待一会儿,"四面八方都向他大声请求说,"你没有把事情全说完呢。"

"那便问吧,朋友们,问吧,你们还想知道些什么?"

"约翰公爵身体好吗?"

"非常好。"

"他一直待在雷恩①吗?"

布列塔尼做了个表示是的手势。

"阿尔蒂斯伯爵呢?"

"留在帕特内。那是英勇的贵族响应他的号召前去集中的地方。好啦,好心的人们,愿上帝保佑你们,我要走了。"

布列塔尼刚刚听到敲响四点钟的钟声,他一说完,就用马刺轻轻刺他的坐骑的肋部。这匹牲口早就等待允许它离开这些围住它的讨厌的人,这时它摇摇头,顿顿脚,叫了一声,孩子们都吓得急忙逃开了。大家远远地散开,给传令官让出一条路来。传令官重新穿上斗篷,对在场的人行了最后一个军礼,又对姑娘们最后微笑了一下,就尽可能快地奔驰而去,不过惊讶的人群中没有人给撞倒。大伙儿还一再祝他一路平安,等到他走远以后,又分成三五人一堆,在广场上谈论布列塔尼刚才带来的消息。

---

① 雷恩,布列塔尼一城市。

二
平　原

布列塔尼很快地穿过了镇子，走过最后几座房子，来到了大路上。现在只有他一个人了，他唱起一首民歌的第一段，这首歌当时十分流行，人人都会唱。他唱的是：

> 大姑娘，小姑娘，
>
> 唱着歌，把麻纺，
>
> 纺好麻，送市场，
>
> 卖得金币满桶装，
>
> 送给爱德华[①]，
>
> 赎回盖克兰。

"快呀，比戈[②]，快呀，我的朋友，"他不再唱下去了，对他的马说，"我们已经浪费了不少时间，天快黑了，我们得赶紧一点儿。我们离城堡还相当远，瞧这阵风好冷，可能又要下雪。"

比戈加快了步子，它的主人由于刚才休息了一些时候，简直冻坏了，现在需要重新使身子暖和起来，于是他唱起上面那首歌曲的第二段，同时不住地摇动小腿，想恢复腿部几乎停止的血液的循环。歌词是：

---

① 爱德华，英国国王。
② 比戈，马的名字。

盖克兰，是好汉，

他的英名四海传，

正义邪恶两分明，

岂能容豺狼，

高举战旗往前冲，

把敌消灭光。

　　唱完了第二段，布列塔尼没有接下去唱第三段，而是哼起调子，也许是他忘记了这首长长的悲歌的歌词，也许是他意识到这样唱唱并不能使自己得到一些快乐。

　　应该指出的是他走着走着，来到了一处岔路口，他事先并没有料到这一点，他不知道两条路当中走哪一条能到达他要去的地方，因此感到十分困惑。此外天色越来越暗了。他勒住马，心里直懊恼没有先问问清楚去卡尔纳克的路。或许回到那个镇子去问一问，要比冒险乱走结果走错路来得好。他正在考虑的时候，看到天边好像钻出一个黑点，他盯住它看，他发觉这个黑点在朝他这个方向移动。他立刻向它迎过去，希望黑点是一个人，会帮助他摆脱困境。

　　黑点越来越大，也越来越清楚，骑马的传令官相信那毫无疑问是一个人，甚至也是一个骑马的人，对着他跑过来。于是，比戈给马刺刺了两下，尽快地向前奔去。地面因为积了雪，变得松软了。

　　确实是一个人，和传令官在同一条路上面对面地奔驰，片刻之后，传令官在这个陌生人面前勒马站住，对方也让他骑的那匹布列塔尼小马停下了步子。

　　"朋友，请告诉我，"传令官对这个向他行礼的庄稼人说道，"这两条路中哪一条通向卡尔纳克城堡？"

"大人，卡尔纳克城堡吗？还远得很呢，不过我们站着的这条路会带你去那儿。"

"谢谢。"

传令官准备走了。

"你是去卡尔纳克城堡？"庄稼人问他，并且对他做了个手势，表示还有话说。

"是的。"

"你一定要在今天赶到那儿？"

"在今天。你为什么要问我这个？"

"因为如果换了是我的话，大人，我会等到明天再上路。"

"什么原因呢？"

"因为再过一个小时天就黑了，那时候你才仅仅看见卡尔纳克平原，要穿过它方才能够到城堡。这片平原白天通过比夜晚通过好，只要可能，最好不要穿过它。"

"是吗！在卡尔纳克平原上出了什么事情？"

"那儿有许许多多听魔鬼摆布的大石头，那真叫人害怕，从半夜起，直到天明，它们和魔鬼们一同跳舞。魔鬼总在那儿逛来逛去。你觉得可笑，大人？你错了。"

"我不相信有魔鬼。"

庄稼人惊讶地望着对他说这样一句话的人。

"对你来说这可不坏，"他说，"可是，如果你不相信有魔鬼，或许你相信有狼吧。"

"那当然，因为我遇到过狼，而我还没有见到过魔鬼。"

"那好，大人，你等着，马上就会见到的。"

"在卡尔纳克平原上吗？"

"正是在那儿。"

"见鬼！看来这倒是很麻烦的事。它们是从哪儿来的？"

"当然是从奥雷的森林来的。我再对你说一遍，大人，你最好还是往回走。在卡尔纳克，我们会看到一座舒适的茅屋，那是我的茅屋，一锅好吃的浓汤在等着我呢。山毛榉烧的火旺旺的，我们可以在暖和的火旁边聊天，一直聊到九点钟，你会在一张舒服的床上睡到明天早晨。天一亮，如果你心急，就上路好了。"

"谢谢你，我的朋友，可是我下了决心今天晚上非赶到卡尔纳克城堡不可，我要赶去。"

"上帝带领你去吧，大人，不过请你告诉我你姓甚名谁。如果我从奥雷回来，在路上发现你的稍稍有些咬坏的尸体，我保证能认出是你，我一定会在你的墓碑上刻上你的姓名，并且将你去世的事告诉你的母亲，如果上帝保佑她还活在人间的话。"

"我叫布列塔尼，"我们的这位朋友带着微笑回答道，"我是阿尔蒂斯·德·里什蒙伯爵的传令官，但是，我告诉了你，是因为你问我。如果有一天你需要向我的主人请求给你什么东西的话，你不必顾虑狼有没有把我吃掉，我有没有葬到墓里。我仍然真心诚意地谢谢你。谢天谢地，我曾经猎取过别的猎物，我就不会在卡尔纳克的狼面前向后退。"

"那就照你的意思做吧，大人，只是你允许我给你最后一个劝告吗？"

"朋友，谢谢你的劝告；愿上帝保佑你。"

"大人，同样祝愿上帝保佑你。"

布列塔尼和庄稼人分手了。布列塔尼在马背上弯下身子，那匹马早就有些不耐烦，立刻飞奔起来；另一个人被他的小马的小跑颠得像一只面粉袋。

正像前面说过的，天色明显地暗了下来，似乎只是雪的反光才将大地照得亮亮的。天更加冷了，孤独一人更使人发愁。布列塔尼很想再唱唱歌，可是周围的一切引不起他唱歌的兴趣，他只好一声不吭向前赶路，最多是不时地呼唤几声比戈。

布列塔尼刚刚离开地平线，那个庄稼人也在那儿消失了。这一大片苍白阴暗的土地，好像一次交战以后盖在所有的死者身上的一块巨大无比的裹尸布，在这儿没有任何有生命的东西能扰乱它的庄严寂静的气氛。

这时候，在风声里忽然夹杂起大片的哗哗声，那是大海强有力的喘气声，在离这儿几法里的地方，海浪哀叹着向岸边峭壁拍去，然后消失得无影无踪。

布列塔尼走了一个多小时，正如那个庄稼人说过的，他在一些暗淡的光线下辨认出了卡尔纳克石头的巨大的黑影，光线不是月亮照下来的，也不是藏匿的星星发出来的，不知道究竟从何而来。

我们的传令官是勇敢的人，我们已经知道了，但是他是布列塔尼人，也就是说他很迷信。当他发觉自己面对着无数好像站岗的士兵的巨石的时候，他记起了那个庄稼人的劝告，便勒马站住，画了个十字。

接着，他想看一看这个克尔特人的平原到底有多么辽阔，但是，这就好像想探测大地的腹部有多么深一样。在这样的时刻，花岗石柱形成的森林可丝毫也没有富有诗意的神秘气息。

他让马一小步一小步地走着，走进了这个有两法里长的墓地，这时候它已经盖满了三寸①厚的雪。他尽最大可能地朝着一个方向前进。他怀着一种带着迷信心理的赞赏的感情望着这些巨人般的石头。它们的顶上长满了野草和青苔。风吹过来给它们挡住了，只好在一块块石头间来回奔跑，它每遇到一次阻挡，就吼得更加响，奏成一首狂烈的乐曲。他尽力想穿过这阵狂风，想听到在风声中是不是夹着什么叫声，那是通知他敌人快来了。可是没有别的声音，只有大海的声音，仿佛世界通过大海这个宽阔的胸膛在呼吸。比戈也没有掩盖它的感觉，它好像听到过那个庄稼人的警告，预感到警告的事就要成为事实，因此它竖起了耳朵，站住不走了。布列塔尼叫它的名字，抚摩它。坐骑受到这样热情的鼓励，胆子才大了起来，继续向前走去。

传令官走了不少路，已经把大半个平原丢到身后，而且他对它也完全习惯了。这时候，天空渐渐晴朗，月亮透过灰色的云层露出洁白的小半边。布列塔尼从这片照亮整个平原的月光终于确信那个庄稼人的担心纯粹是幻想，确实连狼的影子也没有。布列塔尼认为自己小心翼翼地慢步前进，只是为了要躲避根本不存在的野兽，实在可笑得很。他预料自己在卡尔纳克城堡肯定会受到很好的接待，应该赶快到达那儿，于是他最后一次望了望四周，只见到雪地上月光照出的大石头的影子，别的什么也没有。他用马刺刺了一下比戈的腹部，比戈飞奔起来，穿过这个布满可怕的枯骨的迷宫。

这样快速的奔跑，就像民间传说中的骑士神奇的跑马一样，但是只经过十分钟，比戈突然停住，仿佛它也变成了石头一样。它的鼻孔直吸气，头向右转，全身哆嗦，然后直往后退。

---

① 是古法寸，1法寸约合27毫米。

情况变得严重了。

比戈一直把头转到右边，似乎它的视线给这个方向牢牢地吸引住了。这时候布列塔尼从口袋里掏出手帕，就像骑马斗牛士①不愿意他的马看到他要斗的公牛那样，他伏在比戈的脖子上，用手帕蒙住它的眼睛。比戈平静下来，向前走了几步。

传令官摸了摸，剑始终在他身边，于是他把缰绳移到左手，这样，在必要的时候，就可以很容易地使用右手。接着他用眼睛搜索周围那些石头与石头之间的通道。

他发觉好像有一个东西在黑影里移动。他盯住这个东西看。

几乎就在这个时候，在平原上响起了一声嗥叫声，像是特意在黑夜里这样发出的。比戈发抖了，嗥叫声来自左方。布列塔尼向那边转过头去，他看到了刚才在右边看到的东西，只不过不是两只眼睛，他认出了四只。在平原的各个角落也响起了嗥叫声，呼应着那第一声嗥叫声，而且越来越近。

比戈吓坏了，它全身的毛没有一根是干的。它不停地哆嗦，惊恐地叫了好几声，回答黑夜里发出来的叫声。布列塔尼并不比它的马觉察到更多的情况，马看不见，可是听觉和嗅觉能代替眼睛。比戈焦躁不安地跳了几跳，他知道它是要竭力和它的恐惧心较量。他解开了遮住它眼睛的手帕，勒紧缰绳，两膝夹紧马身，马刺靠着马的肚子，使马稳步行走，因为对比戈来说，这是不容易做到的事。

事实是马只看见一件东西，那就是危险；只知道一个避开危险的方法，那就是逃跑。它的嘴咬着拉住它的嚼子，直吐白沫。它拼命地跳，想挣脱那只拉住它的有力的手，企图摆脱骑

---

① 骑马斗牛士用长矛刺牛使之发怒。

它的人，使自己得到自由。可是布列塔尼是那种不会让坐骑如此轻易摆脱掉的骑士。他像一个青铜骑士一样坚定，牢牢地保持着平稳的步子，同时一直留意着狼的行动。那几只狼像鬼魂似的，静悄悄地走着，眼睛盯牢了它们的猎物。

这真是一个奇怪的场面。在这片白茫茫的平原上，在只是闪烁着野兽冒火的眼睛的黑暗包围当中，马要逃走，骑马的人不让它逃走。

对人来说，这场较量要比料想的也许更加艰难一点。恐惧反而增强了马的力气，寒冷却使骑马的人的体力越来越不支。比戈使出了最大的劲，满嘴是血，它竭力挣扎，可是只会更加弄伤它的嘴。

布列塔尼像一座雕像一样一声不出。仅仅是他的双眼在警戒着，仿佛一对训练有素的哨兵。

比戈显得十分勇猛。它摇动了两三下身子，传令官的结实的胳臂也只得让步。它得到的这个成功壮大了它的胆子，它占了上风。仿佛有几根看不见的线把马和狼连在一起，每当马快跑的时候，那些狼也就更快地靠拢过来；要是比戈不得不重新放慢步子，狼也走得慢。布列塔尼开始寻找卡尔纳克城堡的墙角塔，因为他到此刻还没有看见。他感觉到如果和马的对抗还要持续很久的话，最后他非输不可。他的胳臂一点儿力气也没有了，马咬紧着嚼子却可以支撑下去。他只好拼命低下头，用尽全力死死拉住缰绳。

传令官思量，只要他看到一道亮光或者一道墙，他就利用马的焦急的情绪，让马自由地朝那个方向奔去。他相信马奔得那样快，狼是追不上的。他已经把它勒得太久，他要完全放松马缰了。

狼嗥声一直没有停过，而且渐渐地越来越近。那些凶险的野兽仿佛在远处商量好准备共同发起一场攻击。布列塔尼这样想是有道理的，因为他确实看到在五百来步远的地方，在平原的一些石头上面，闪耀着一道亮光，他立刻在坐骑上弯下身子，放松缰绳，用马刺狠狠地刺了两下，同时大声叫道："快跑，比戈！"马像箭一般地飞驰起来。

这时候从平原的四面八方奔出来了一只只狼，它们好像早就在等待这一时刻的到来。一场可怕的赛跑开始了。因为每时每刻布列塔尼都在冒险，不走运的话，马会跌倒，他的头会撞到石头上开花，或者碰到一座花岗石墓，弄断小腿或者胳臂。

布列塔尼原来的盘算全错了。狼一步步地逼近。他迅速地向四周看了看，此刻狼离他只有二十多步远，两分钟后，狼就要跑到他的前面。

布列塔尼急中生智，拿起号角，吹出三声表示绝望的声音，由近到远，接连响起了回音。这平原好像十分惊奇，在黑夜里会有人把它弄醒，并且打破了旷野上保持了数百年来的寂静。

就在这同时，我们的传令官拔出他的长剑，准备将他的生命托付给上帝，和狼决一死战。

真是危险之至。他刚从剑鞘中拔出剑，有一只狼已经朝比戈的脖子扑去，另一只扑到了它的屁股上。

比戈猛地一跳，跳了十步远，只有老虎才能跳这样远。它用后腿狠狠一踢，踢碎了从后面攻击它的那只狼的脑袋。但是可怜的坐骑在冲第二次的时候，滑倒在地上。

布列塔尼事先料到会这样，早就离开了马镫，跳到比戈的脚跟前，准备进行自卫。

顷刻间他拟好了作战计划。

比戈好几次使劲想站起来，可是没有用。传令官蹲在它的小腿当中，利用它们当作防御物。他要打交道的是一支真正的军队，这支军队从四面八方来攻击他，在前面、后面，在左面、右面。每次一只狼出现在他面前，布列塔尼就紧拉马缰绳，连马下巴也拉破了，强迫可怜的比戈抬起头来，让它挡住狼的攻击。传令官的剑趁机拼命地敲打，而且敲打得总是又准又狠。战斗是无声地进行的。只是比戈不时地疼痛得止不住哼出一声，它的主人听了真是难过，可是眼前是自卫的时刻，怎么能伤心呢。他的斗篷和短袍都成了碎片，他的马浑身是血。这场在黑夜中进行的、神秘的战斗，除了那些不会说话的石头外，没有别的目击者。战斗结果将会怎样，布列塔尼无法预测，它真是太吓人了。

传令官看到狼的贪婪的眼睛和尖利的牙齿离他不远。不过这些狼似乎觉得马是更容易抓到的食物，因此都乐意攻击它而不是它的主人。于是马的主人得到喘一口气的机会。可是他不能有一点儿松懈，因为他只有不断地挥剑才可以保护自己。他杀伤了一只狼，又出现了另一只。在他周围大约有二十来只狼，受伤的只有三四只。

可怜的比戈一直在抵抗。

布列塔尼感觉到左面遭到了攻击，他给咬得那样疼，禁不住大叫了一声。他放松了缰绳，左手握住一把短剑，用力向那只狼的脖子刺下去，刺得很深很深，狼爪子松开了，他的蓝丝绒的短袍上全是血。

现在布列塔尼的模样可真好看。他一手拿着短剑，一手拿着长剑，身上套着马缰绳，向后仰着，好使比戈的头一直抬得高高的，做他的活盾牌。他的大腿上，胳臂上，还有脸上，全沾上了血，他双手使剑，好像要在这场混战中豁出命似的。

突然他感到身上后面给抓住了，咬住了。那只进攻他的狼用牙齿咬住他的脖子，爪子在他的肩上抓出一道道伤痕。它拉的力气真大，拉断了围在他腰部的缰绳。比戈感到自己得到自由，猛地一下，站了起来，在旷野上没命地向前奔，一群怒叫的狼紧紧追着它。

跑了没有多少步，马就跑不动了，追上去的狼全扑到它的身上，好像上涨的潮水吞没了一块岩礁一样。它朝着天滚来滚去，拍打着四条腿，企图做最后的抵抗，但是毫无用处。

再说布列塔尼，缰绳断了以后，他就失去了依靠，他的马站起来的时候，他给弹了出去，滚到十步远的地方。他知道他这下彻底完了，独自待在地上是根本不可能自卫的。他正这样想的时候，他的头撞到了地面。那只狼看到它的对手躺倒在地，不能再威胁它，就转到正面进攻，向他扑上去。

就在这危急关头，布列塔尼听到一个声音对他喊着："别动！"又有什么东西在他耳旁嗖嗖响着过去，那只狼像是中了魔法一样，放掉了他，倒在他身旁，发出临死前的一声怒号。

对我们的传令官来说，仿佛别人移走了压在他胸上的大山一样。他跪了起来，寻找这个出乎意料的援救是来自哪儿。这时他看到了一匹白色小马，它白得和雪完全混合成了一片，以至骑在它上面的人似乎胯下什么东西也没有。那个人刚才好像在做一场游戏，而不是进行一次生死搏斗。他手上拿着一把小小的铁弓，他用它射出的箭救了伯爵的传令官的命。这位突然出现的骑士驾驭着他的小马显得十分灵巧，小马跳得活像一只山猫，向那些无比轻捷地来攻击它的狼扑过去。看来它的主人只用马刺指挥它，他用牙齿咬住缰绳，把箭放到弓上，张弓射箭，射死了他瞄准的狼，动作之快简直难以形容。

布列塔尼揉揉眼睛，以为自己是在做梦。

他望着这个机灵的杀狼的人的时候，那个人从右边过来了，同时他听到在左边发出一声很响的声音，又看见一个不知道是什么的、奇怪的黑影向发生过战斗的地方跑去。接着黑影很快地跑近，他终于能看清楚是什么。

这是一个身材如同大力士的人，身边有两只极大的狗，长得肥壮，脸是扁平的。他一只手拉住一只，这可需要非凡的力气，因为狗老是要伸长脖子，把它们的看守的胳臂向前拉。

三只狼离开了正在搏斗的白马和别的狼，向新来的敌人奔去。

这个人站住了，等着它们，它们奔到离他三步远的地方，他一秒钟也不差地放掉两只大狗，它们各自冲向一只狼，他自己则扑住第三只狼，用胳臂紧抱住它，一起在雪地上滚起来。

布列塔尼原来是当事人，此刻却成了观战者，他认为帮助来援救自己的人的时刻到了，于是握住剑，向那个以古怪的方式和狼相斗的人奔去。

不过不用他再出力。他刚跑了第一步，便看见那个人站了起来，握住死去的狼脖子的毛皮，就像猎人捉住一只兔子那样，他把死狼丢到三四步远的地方。

那两只狗回到主人身边，和所有得到满足的狗那样用舌头舔舔嘴。它们的两个敌手都给咬死了。它们东张西望，似乎还有什么事情要做一样，可是没有看到，于是就躺到主人的脚跟前，舔那双脚，无疑是向主人表示感谢，因为他给了它们享受乐趣的机会。这时候骑白马的人过来和他的伙伴重新会合，他看到伙伴掐死的狼，大声叫道："好极了！特里斯丹。"

这个奇妙的场面一下子给照亮了。

布列塔尼朝送来亮光的方向看去，他看到在远远的卡尔纳克城堡昏暗的尖形大门下面，出现了一些仆人的影子，他们高举着超过头顶的火把，显然在寻找刚才人狼战斗的地方，想赶到现场来。

　　这些人马上就跑到了，几只刚刚咬死不幸的比戈的狼见到后连忙逃走。比戈在临死的时候还不停地颤抖。火把的红红火光在雪地上照出活动的影子，还有克尔特人的遗迹的不动的影子，它们混合到了一起。

三

卡尔纳克城堡

在发生了我们刚才叙述的那些事情过后不一会儿,那些大家看到在古老的城堡门口及时出现的仆人来到这个战斗地点,在他们手执的火把光下,可以仔细地观看战场了。这可是十分有趣的事情,尤其对那些粗野的观众来说,他们在这个很适合他们口味的舞台上走过来走过去。

这片土地被马、狼和人一踩再踩,上面的雪和血混在一起,变成了滑溜溜的烂泥。四处躺着十来只腹部给剖开了的狼,其中有两三只还在叫着,抬起头,企图逃避火把的光,因为它刺伤了它们只习惯黑夜的眼睛。

布列塔尼站在战场当中,手上拿着长剑,他还不太相信自己已经摆脱了那些凶猛的敌人。他的风帽和斗篷都落到了地上,因此能看到他的面颊在流血。他的短袍上全是很深的裂缝。

在他的右边,是那个拿铁弓的年轻人,他骑在重新一动不动的马上,带着微笑察看着眼前的场面,那样子好像他早就习惯这一类的搏斗。在他的左边,是一头红棕色头发的年轻人,他靠在我们叙述过的大石头上,抚摩着一只狗的大脑袋,另一只狗很羡慕这样的抚摩,就用身子摩擦它的主人的膝盖,想引起他的注意。

布列塔尼立刻就看出来,两个人当中那个手拿铁弓骑马的人是一个十分重要的人物。

他向他走过去。

"阁下是否愿意告诉我尊姓大名，"他说，"这样我就能永远忘记不了我的救命恩人。"

"我是奥利维埃·德·卡尔纳克伯爵，"传令官与之说话的这一位很亲切地点点头，回答说，"我不能接受你的感激，该是我要感谢你，因为你提供给了我机会帮助一个人，像我所判断的，他是我们尊贵的爵爷里什蒙伯爵府邸中的人。"

说这些话的嗓音非常柔和，和这个机灵的骑士不久前表现出来的英勇气概不太相称。布列塔尼看了他两遍，好确定这个说话的人是男人而不是女人，他是不是就是那个像骑着吐火怪物的帕修斯①一样，在骑马飞驰的时候，杀死了一只只可怕的野兽的人。但是他看到伯爵脸上显得这样和蔼，因此明白他的声音为什么柔和了。

"大人，如果你是卡尔纳克伯爵，那么我正要上你的城堡去，我带有一封阿尔蒂斯爵爷交我送给你的信。我叫布列塔尼，我很荣幸，是他麾下的传令官，如果没有大人相救，我就无法完成任务，因为我已经死了。"

"先生，我们别说这些吧，我是在帮助自己，而不是帮助你，因为你给我带来了一封陆军统帅的信……"

布列塔尼想找那封信，可是年轻的伯爵做了个手势阻止了他，说道：

"等我们回到城堡，你再把信交给我吧。晚餐在等待着我们呢。晚餐，"他带着微笑说下去，"我希望你愿意好好享受一下，在你使了那么多力气，经历了刚才的事情以后。"

年轻人一边说，一边指着满地的狼的死尸。

---

① 帕修斯是希腊神话中的英雄，主神宙斯的儿子，他曾杀死蛇发女怪美杜莎。吐火怪物是狮头、羊身、龙尾的女怪。

　　布列塔尼向年轻人行礼，接着向第二个救命恩人走过去。

　　"先生，请允许我感谢你的及时援救，我还要说你的神奇的力气真令人敬佩。说实话，我看见你用两条胳臂闷死狼的时候，就好像看见海格立斯①扼死尼米亚狮子②一样。"

　　"谢谢，布列塔尼阁下，不过我会把你所说的话看作是一种称赞。我和海格立斯相比，差得很远很远，这只狼和尼米亚狮子相比也差得极远。你应该感谢的是我的狗而不是我。一个基督教徒干得没有一头畜生好，就不值得别人称赞。"

　　"不管怎样，先生，"布列塔尼继续说，"我依然很想知道你的名字，向你表达我的感激之情，我是真心诚意的，如同我对你表示我的钦佩一样。"

　　"大家叫我红发特里斯丹，"年轻人说，"我不是贵族，不是伯爵，也不是男爵。你可能会忘记我的名字，那也随你的便。我不会因此埋怨你的。"

　　年轻人一边说他的名字，并且抱怨他地位低微，一边也许是出自无意，朝奥利维埃看了一眼，那是辛酸的眼光。

　　当他说着话同时向他的同伴看的时候，布列塔尼仔细打量这个用如此古怪的方式接受别人对他的感谢的古怪的人。此外，如果从他刚才说的话能够猜到他的性格的话，那么他的脸上就显示着这种性格的痕迹。

　　"好啦，特里斯丹，好啦，我的杀狼英雄，如果说你不是伯爵，不是男爵，那你是国王，平原的国王，欧石楠的国王，岩石的国王，像老鹰似的国王，像狮子似的国王。狮子会是伯爵吗，老鹰会是男爵吗？好啦，好啦，走吧，给我们的客人带路。

────────────

　　① 海格立斯，又译赫拉克勒斯，希腊神话中的英雄，以非凡的力气和勇武的功绩著称。
　　② 尼米亚狮子，为尼米亚的一头怪兽，刀枪不入，但被海格立斯扼死。

你们这些人，你们照着路。"他转过身去对仆人们说，他们正在等待主人的命令。

仆人们高举火把，走在前面，向城堡出发。

布列塔尼拾起他的斗篷和风帽，从一个仆人手里拿来一支火把，向比戈走去。可怜的马全身是血，身上到处是伤，它抬起头，好像要向它的主人说一声永别一样，发出一声呻吟似的痛苦的叫声，然后断了气。

那两个年轻人理解一个骑士对马的感情，等候着传令官。奥利维埃把仆人们拾起的箭放回腰带上，特里斯丹抓住他的狗脖子的毛皮，把它们扔到十来步远的地方。两个畜生仿佛非常喜欢主人这样逗它们玩，特里斯丹早已使它们习惯了。它们立刻又回到他的身边，对他做出种种亲热的姿态。

"我可怜的比戈，"布列塔尼激动地低声说道，"今天早上我绝没有料想到晚上我们会分开了。"

看见它没有呼吸，他擦了擦眼泪，回到奥利维埃和特里斯丹身旁。三个人一同向城堡走去。

奥利维埃从布列塔尼还给仆人的火把的火光中看到他身上全是狼爪子抓的和牙齿咬的一道道血淋淋的印子，说道：

"先生，你要知道，你真是一个勇士，你经受了一场猛烈的攻击。用一把长剑刺死狼可不是一件容易的事，特别是四周被一群狼紧紧围住的时候。"

"爵爷，所以我也顾不上什么自尊心了，就像你已经看到的，更不如说是听到的，我吹了三下号角，我知道我需要立即得到帮助，期望有人听到我求救的号角声，赶来救我。"

"先生，事实正是听见你的号角声，我跑来了，"奥利维埃说，"我刚从奥雷回来，要回城堡去。你，特里斯丹，你也是听到号角声赶来的吧？"

"是的，"特里斯丹说，"即使我没有听见号角声，我也会来的。托尔和布朗达叫了有五分钟，同时几乎要挣断拉住它们的链条，因此我感到在附近一定出了什么事情。"

"对，对，托尔和布朗达真是勇敢忠实的好狗。"奥利维埃说着向两条狗伸出手去，它们却低声叫起来，好像表示它们只容许它们的主人做这样亲热的手势。

他们爬上一座不太高的山冈，终于走到了城堡的第一道大门，城堡就建立在山冈上，俯视着整个平原。

布列塔尼看到这个巨大的黑影耸立在他面前，禁不住仰着头想估量一下这座建筑有多高。不一会儿它就要接待他了。

这是一座8世纪建造的城堡，它的外形保持着罗曼风格[①]。要塞的特点：阴暗，庄严，神秘。

一小群人走过了吊桥以后，吊桥重又竖直。他们走进大门，然后大门关上。接着他们穿过第一个院子，到了城堡的正门，它和前一道弯成半圆拱腹的门相反，是尖形拱肋，看来建造日期要比第一道门晚五六百年。

他们走过了第二座吊桥，布列塔尼作为客人，又作为里什蒙伯爵的使者，所以走在最前面，在他的后面是奥利维埃，特里斯丹走在奥利维埃的马旁边。仆人们排成一行，用火把照亮在黑夜中进来的人。

穿过两道门，三个年轻人到了一个宽敞的院子里，院子给一些建筑物围绕着，它们上面开了无数的门窗，似乎城堡里住的人的活动完全局限在城堡内部，外面的人一点儿也不知道里面的事情。

奥利维埃跳下马来，将缰绳扔给一个仆人。特里斯丹对托

---

① 罗曼风格，古时在拉丁语国家流行的一种建筑艺术风格。

尔和布朗达做了个手势，两条狗就回狗窝里去。随后，奥利维埃向布列塔尼指了指路，向院子四周房屋中的一座当中的一扇门走去，去那扇门有六道宽大的石楼梯。

一位妇人等在门口，一群仆人拿着火把照着。她是卡尔纳克夫人。

在她身后的半明半暗的微光里，站着一个男人，从他的服装就很容易看出来他是城堡里管理小教堂的神父。

"母亲，"奥利维埃对这位妇人说，"这一位布列塔尼先生，是我父亲的朋友，我们可亲的阿尔蒂斯·德·里什蒙伯爵麾下的传令官。伯爵亲自派他来见我们。我为他请求在餐桌上和炉火旁给他一个适合使者和贵客身份的位子。"

"欢迎你，先生，"伯爵夫人带着热情的微笑说，"在你高兴待在这儿的期间，这个城堡也就是你的城堡。"

"最最尊贵的夫人，"布列塔尼躬身行礼说道，"请原谅我在这样的状态下出现在这儿，可是如果没有令郎伯爵和特里斯丹先生的救助，我就不能到达这儿，那对我的主人来说，是极大的不幸，对我来说，是极大的耻辱。请允许我为了我受到的接待和得到的援助在你脚前跪下表示感谢。"

"别再提了，先生，"奥利维埃说，"别再提了。现在请随我来，要把你的伤口弄干净，补好你破掉的衣服。"

奥利维埃走上通往他房间的楼梯，布列塔尼跟在他后面。伯爵夫人，神父，以及特里斯丹走进了餐厅。

"怎么！特里斯丹，"伯爵夫人脸上还带着为那个年轻人担心的神情，问道，"这个传令官真的遇到一次危险吗？"

"是的，夫人，他险些被狼吃掉。"

"和过去一样，你们奋不顾身，救了他。"

"啊！我已经习惯于这种狩猎了，夫人，你是知道的，对别人是危险的事，对我只是一次消遣。"

"特里斯丹，你真勇敢！"伯爵夫人亲切地说，口气中带着夸奖，又几乎有点自豪的味道。"可是今天晚上你怎么显得有些忧郁？你愁眉不展……你有什么心事？"

"没有，没有，夫人。说真心话，我今天和昨天一样，明天也是这样。难道我不叫特里斯丹吗？"

伯爵夫人和神父相互交换了一个担忧的目光。至于这个年轻人，刚才夫人对他说的话虽然十分和蔼可亲，可是好像也使他有点厌倦。他很想结束这场谈话，就走过去靠着一个窗口，向围绕城堡的单调的景色望去，暗淡的月光消失在厚厚的围墙后面。

这时候，餐厅里一片寂静，仿佛里面没有人似的。

在这片寂静当中，大厅的门打开了。

这是奥利维埃领着布列塔尼进来了。伯爵的使者仍然穿着自己原来的衣服，糟糕的是他的脸和手上不像他的衣服那样容易把狼的爪子和牙齿留下的痕迹弄掉。

在奥利维埃和布列塔尼后面，是府邸里前来用餐的仆人。

钟声响起，这是晚餐开始的信号。

每个人都走到自己的座位那儿，不过全都站着，没有坐下。

神父高声朗诵"饭前经"①。

接着，伯爵夫人轻声招呼特里斯丹，他慢慢地走了过来。大家各自坐到习惯坐的或者指定坐的位子上。

餐桌成T形，伯爵夫人坐在它的末端。她的右边是奥利维埃，她左边的位子空着。

———————————

① 是天主教的规矩。

奥利维埃的右边是特里斯丹。

在空着的位子旁边的是神父。

神父的左边是布列塔尼。

餐桌的下面一头, 就是说T形的上面一横坐的是府邸里的仆人。

我们待一会儿便会知道那个空着的位子是谁的。

既然只除了一个人, 城堡里的人都聚集在餐厅里了, 那么, 如果读者同意, 让我们来介绍一下这个大厅和大厅里的人物, 想必有此必要吧。

先从大厅说起。

四
卡尔纳克家的挂毯

餐厅里聚集了全家人, 只少了一个, 在伯爵夫人和神父之间的空位子说明了这一点。这个大厅是长方形的, 深色的墙上挂满了成束的武器和陈设武器的盾形板。在大厅的两头, 各有一个奇大无比的壁炉, 炉口开得很大, 容得下一个站立的巨人。炉里燃着旺盛的火。

这两个壁炉温暖了大厅, 同时也足够照亮它。炉火的光照到武器和盾牌光滑的钢面上, 反射出明亮的光泽。

整个天花板上排列着一条条经过雕刻的栎木梁, 在梁与梁之间的空隙处, 漆成了蓝色, 以前肯定是用来表示天空的, 所以还装饰着许许多多金色的星。

每个壁炉上面有一个卡尔纳克家族的盾形纹章, 像外省人说的那样, 这个纹章具有双重的纪念意义, 配得上家族的声誉。

它的图案是砌着银色挡墙的墓的几个进口, 在纹章上部是五支纵向的黑箭构成的条纹, 交错着银底黑斑纹。

这种纹章, 照前面说的, 有两个由来, 一个始于732年, 就是说距离现在将近七个世纪, 另一个是1415年, 就是说只在十三年前。

这儿说一说最初的纹章的来历。

在732年，查理·马特①赶来援助刚被撒拉逊人②打败的阿基坦公爵厄德，要和撒拉逊人在普瓦提埃平原决一死战。在他身边有一位卡尔纳克爵爷，这个人虽然不是他的臣民，但是为了上帝的最大的荣耀和保卫我们神圣的宗教，他率领了五百个人来参战，在我们所叙述的那个年代，这等于是一百根长枪，因为一根长枪相当于五个人。

这位卡尔纳克爵爷在布列塔尼名声很大，不过他仅仅以"卡尔纳克之狮"的名字为众人所知。

作战的一天来到了，卡尔纳克爵爷完全配得上他享有的声誉。凡是混战最激烈、人最多的地方，都听得见他作战时的呐喊声。最后，不信基督教的军队开始逃跑，而另一方面的军队由于它的一个首领卡尔纳克爵爷的顽强的勇气还留在战场上。他希望击败最后的障碍，如同已经击败了其他许多障碍那样。卡尔纳克爵爷向不信基督教的军队冲过去，一场骇人的战斗在手拿战斧的撒拉逊人③和舞着法兰克人④的长剑的卡尔纳克爵爷之间展开了。

双方交手了一刻钟，撒拉逊人受了四处伤，基督教骑士连一滴血也没有染到他的武器上。或许是因为敌不过，或许是因为另有打算，这个撒拉逊人终于后退了。他一后退，他的队伍也溃不成军。卡尔纳克爵爷猛烈追击他的猎物，深入到对方的行列中，最后用标枪狠狠一击，击碎了撒拉逊人的头盔，上帝的敌人说了一句辱骂上帝的话，倒在了地上。

但是就是这场胜利也送了卡尔纳克爵爷的命。撒拉逊人

---

① 查理·马特，又译铁锤查理（676—741），法兰克王国东部奥斯特拉西的宫相。
② 撒拉逊人，当时欧洲人对入侵的阿拉伯人的称呼。
③ 这里的撒拉逊人是指一个人，即撒拉逊人的首领。
④ 法兰克人，5世纪时入侵西罗马帝国的日耳曼民族的一支。

的队伍重新组合起来。他被包围住，给敌人捉住了，并且给解除了武装。穆斯林士兵们要向被他打死的战士的遗体告别，在岩石上找到一个形状像墓穴的洞，把他们首领的尸体放了下去。同时判决这个基督徒死在尸体旁边，埋在同一个墓里。

这个基督徒没有提出任何和一个骑士身份不相称的请求。他回答说他接受这种将引导他进入天国的死亡，只是说按照他祖先的习惯，他要和自己的武器一起埋葬，他要求将他使用的标枪还给他。撒拉逊人认为这个要求是合理的，就同意了。他们把他们的首领放进墓里躺倒。殉难的基督徒坐在他身边。他们使劲搬来一块巨大的岩石放到墓的洞口上，每个人又在岩石上放上一块石头，于是墓成了金字塔形，它不仅标志这是一座死去的撒拉逊人和活着的基督徒的墓，而且告诉人们这是平原上曾经发生过最最激烈的战斗的地方。

关于这场可怕的战斗的传说在这个家族中流传了下来。1095年，十字军东征①的时候来到了。每一个参加十字军的人，为了在混战中能让自己人认出来，都选定了一个有特色的标记，就是人们称呼的纹章。卡尔纳克爵爷和"隐修士"皮埃尔②一同去夺取圣地③，他的纹章上的图案是砌着银色挡墙的墓的几个进口。

以后，在盾形纹章的上部，上文已经说过，又加上了五支纵向的黑箭构成的条纹，交错着银底黑斑纹。

以下是在世代相传的纹章上添加的图案的来历。

1415年，在阿赞古尔战役①中，我们在上一章已经认识的

---

① 十字军东征，是1096—1291年西欧封建主、罗马天主教会等对东部地中海沿岸各国发动的侵略性远征。1096年到1099年进行的是第一次东征。
② "隐修士"皮埃尔（约1050—1115），积极参加第一次十字军东征的修道士。
③ 圣地，指耶路撒冷。
① 1415年8月，英国的亨利五世领兵在法国的诺曼底登陆，在阿赞古尔与法军展开了战斗，结果法军大败。

年轻伯爵的父亲, 跟随里什蒙伯爵去支援查理六世[②]。

这场阿赞古尔战役是一场激烈的战役, 在作战地点留下了一万具尸体, 死者当中有勃艮第公爵的兄弟内维公爵和布拉邦公爵。勃艮第公爵在这一天扮演了一个可疑的角色, 使得王太子[③]因为怕被出卖, 不愿意接受他的建议。死者中还有波旁-普雷奥亲王和阿朗松公爵, 后者将英国国王打翻在他脚跟前, 一斧头劈开了对方头盔上的圆环。不幸的是他正要劈第二下时就给杀死了, 否则也许能拯救法国了。于是英国人获得了胜利, 他们的国王重新站了起来。在这一天, 法国人的最纯洁的血四处流淌, 一千六百名骑士和奥尔良公爵查理, 波旁公爵约翰, 旺多姆伯爵, 欧伯爵, 里什蒙伯爵, 一起成了英国人的俘虏。布列塔尼就是这位里什蒙伯爵的传令官。

在这场阿赞古尔战役中举军旗的是卡尔纳克伯爵。在战役进行的前一夜, 他整夜没睡, 侦察敌营周围的情况。第二天早上战斗开始了, 他还在睡觉, 他是被 "军旗! 军旗! " 的叫声唤醒的。

这是阿尔蒂斯伯爵的骑士们和阿尔蒂斯伯爵本人, 他们在向战场走去, 经过伯爵的帐篷前面, 不耐烦地喊起来。

伯爵醒了过来, 他没有时间拿武器了, 高举着军旗, 领头穿过人缝。他投入战斗的时候, 手上没有一件防身之物, 只有那面飘扬的军旗, 旗上古老的公爵领地的银色盾形纹章在闪闪发光。只是在晚上别人才发现他躺在死人堆里, 就在里什蒙被俘的地方。一支英国人的长箭把布列塔尼军旗钉在了他的胸口。这就是 "五支纵向的黑箭构成的条纹, 交错着银底黑斑纹" 的来历。

---

② 查理六世 (1368—1422), 法国瓦罗亚王朝国王。
③ 王太子, 即以后的查理七世。

阿尔蒂斯伯爵亲眼看见他是怎样英勇地倒下去的，因此在他集合他的骑士和士兵的时候，想起卡尔纳克伯爵有一个儿子，是很自然的事了。这个儿子肯定和他的祖先同样勇敢。

两座大壁炉照亮了暖烘烘的大厅，在大厅里，除了在壁炉上面的、我们刚交代过它们历史的盾形纹章，除了壁炉本身和盾形板，还有两件东西无疑地会吸引人们的目光。

一幅画和一幅挂毯。

那幅画画的是耶稣基督的最后的晚餐[①]。它是本世纪初挂上去的，在墙上代替了曾经和现在还挂着的挂毯相对称的一幅挂毯。

眼前的这幅挂毯和我们描述过的盾形板、壁炉和盾形纹章一样，跟我们的故事有密切的关系，所以我们有必要来谈谈它，就像我们已经对大厅内其他的装饰物做过的那样。

大约在11世纪开始的时候，魔法师墨林[②]来到布列塔尼拜访住在这儿的摩根娜仙女。他到了卡尔纳克城堡，请求接待，城堡依照布列塔尼待客的惯例接待了他，就是说如同款待法国国王一样。卡尔纳克夫人在睡梦中得到她留在城堡里的显赫的客人的启示，于是在他告辞的时候，请他说一个预言，七八百年来，他的预言都得到了实现，使墨林成为预言家、巫师和魔法师中的领头人，过去是这样，以后可能也是这样。

墨林一向自诩是个慷慨大方的人，于是他拿起一支羽笔、一张羊皮纸和墨水，亲手用漂亮的罗马字体、拉长了的字母写下了以下两段预言：

第一段预言

---

① 耶稣在逾越节和他的十二个门徒同进晚餐。
② 墨林，是欧洲中世纪亚瑟王的传奇中的巫师和预言家。

雷斯家和卡尔纳克家的血合在一起，

会打碎保存了七个世纪的封印，

黑色的马格里布人①将走出古老的坟墓，

虽然骑士一直把他看得紧之又紧。

第二段预言

法国花园里有朵百合花，

遭到爬来的狮子的野蛮践踏，

但是来了一个年轻的处女，

她踩死了毒蛇救了它。

墨林的来访是极大的荣誉，这两段预言是最可贵的礼物，卡尔纳克城堡主夫人决定亲自织两幅挂毯，来永远纪念这件大事。

就在这一天，她开始织第一幅，它当然和那位卡尔纳克爵爷有关，他活生生地和死掉的撒拉逊人一起被埋进墓里。她决定在挂毯上织出普瓦提埃战场，遍地的摩尔人②和基督徒的尸体，战场中央的墓——这座墓是他们家族的最有英雄色彩的纪念物。

城堡主夫人好像珀涅罗珀③一样，花了十年工夫织这幅挂毯，尽管她白天织的，晚上从不再拆掉重织。

十年过去，这幅挂毯终于完成，钉到大厅的墙上，两个在

---

① 马格里布人，马格里布为西北非一地区名，包括摩洛哥等国，这里的马格里布人是代替撒拉逊人的叫法。

② 摩尔人，指非洲西北部阿拉伯人与柏柏尔人的混血后代。但这里是代替撒拉逊人的叫法。

③ 珀涅罗珀，希腊神话中俄底修斯的妻子，丈夫离家外出二十年，拒绝许多求婚者，忠实地等待丈夫回来。一次她假允求婚者，但提出条件，要先织完她的公公的棕盖。她白天织多少，夜里全部拆掉，以此对付求婚的贵族。

天空飞着的天使支着一块牌子，上面写着墨林的那四句诗。

按照这幅挂毯的含义，在11世纪末，投身于十字军东征的卡尔纳克爵爷设计了他的纹章。

第一幅挂毯完成以后，城堡主夫人又开始织第二幅，但是那第二段预言的意思比第一段更加含糊不清，城堡主夫人无法猜出它和什么有关，她只好按照字面来织。

她织了一座法国花园，花园中央有一株美丽的百合花，在一头趴着的狮子身体重压下，花压弯了，就要折断了。还有一条蛇，像是狮子的同盟者，面对许多手拿武器的人，防守着花园，那些人都不敢惹它。但是一个年轻的处女走了过来，好像圣母马利亚似的，用她赤裸的脚后跟踩碎了这条蛇的头。

两个飞在空中的天使，支着一块牌子，和另一块牌子一样，在上面可以看到墨林的第二段预言。

城堡主夫人又用了十年织好这第二幅挂毯，除了用餐和祈祷外，她从不丢下手上的活。她请求上帝开恩能让她有时间完成它。

上帝听见了她的请求，她织好最后一针后，突然感到困得要命，头无力地垂到她的挂毯上，睡着了。

第二天，人们走进房间，想唤醒她，但是用了各种办法都没有用，圣洁的夫人去世了，就像她向上帝请求过的那样，她光荣地完成了一件其他任何女人的针也织不成的作品。

这幅挂毯钉在另一幅的对面。二百五十年以来，它们是卡尔纳克城堡大厅里主要的两件装饰品。

目前的城堡主夫人，奥利维埃的母亲，在她的丈夫去世后不久，也在这间大厅里睡着了，直到半夜才醒来。她声称曾经在两座壁炉的闪耀的火光里，看见挂毯上面战场上的尸首活动起来。她说还听到了武器相击的很响的声音。为了以后不再看到这样的幻象，她叫人取下了那幅挂毯，吩咐放到神父的书房里，在那个时期，至少那儿是一个特殊的地方。神父每天晚上回到书房里用15世纪的可爱的字体写一页卡尔纳克爵爷家族编年史，每一页都装饰着一个剑护手形状的大写字母或者某种小花饰，还有极其美妙的细密画，画的是在旷野上的战斗，或者是对某个幻想中的城市的围攻，银色的房屋，金黄色的屋顶，在阳台上的戴冠的王后。

原来钉挂毯的地方空了出来，于是从南特①请来了一位画家，许以十二个金埃居为报酬，还供吃供住。画家依照城堡主夫人的要求，在墙上画了耶稣基督和门徒们最后的晚餐。

如果卡尔纳克爵爷仍然活着，他肯定不会准许从这间祖先传下来的大厅里拿走那幅有几百年历史的挂毯，它是历代卡尔纳克爵爷们最珍贵的东西。可是我们交代过，他已经堂堂正正地躺在阿赞古尔的战场上了。他只留下一个儿子，当时才八岁。没有人反对卡尔纳克夫人的意愿，挂毯给藏到了不见天日的地方。

我们将卡尔纳克城堡里里外外都描述过了，现在该介绍一下住在城堡里的这一家人。

当然，说"一家人"，是从它古时的意义来解释的，它指全家的大大小小，从城堡主夫人一直到最下面的仆人。

---

① 南特，法国西部一城市。

五
住在卡尔纳克城堡里的人

在这个故事开始的时候，伯爵夫人已经做了十三年的寡妇。十三年来，她没有脱下过丧服。她的脸和她的衣服一样，一直在哀悼亲人的去世。

这位妇人大约四十岁，长得高大，脸色苍白，依旧很漂亮。她有一双纤美的手，像蜡一样透明，像象牙一样白，白得仿佛皮下面的血停止了流动似的。她并不想遮掩住的花白头发，使原来的浓密的黑发变成了银白色。在这座城堡里她生活在神父和奥利维埃之间，在祈祷和母爱之间。世间再也找不到比她的心更高贵的心、比她的灵魂更贞洁的灵魂、比她的仁慈更宽容的仁慈。她总是打开着她的好客的大门，所以当地人都说：像卡尔纳克那样仁爱。

奥利维埃是一个二十三四岁的青年人，和他父亲一样勇敢，和他母亲一样温和，显而易见，在他身上有父母两人的影子。当老伯爵被杀害的时候，虽然奥利维埃还很年轻，但已经受到应受的教养，就同他父亲没有去世一样。这就是说，他接受了一个贵族子弟应该接受的教育，好使他有朝一日能经受住各种考验，保持一个伟大的世家的荣誉。他的体格并不十分强壮，但是他希望用灵活的动作来弥补他体力不足的欠缺。我们曾经看见过他是怎样轻巧地对付狼的，他获得的成功就是一个证明。不论是怎样的马，他都能够驾驭，就像它本来便是他养的马一样，他可以列入从他的祖先开始算起的好骑手当中。

他像一个女人一样优雅和温和。从小就开始的体育锻炼使他不仅身子无比轻巧，而且在柔弱的外形下，具有了不会疲劳的精力和顽强的勇气。他的血统和他的心都是高贵的，他正直勇敢，此外，他是最虔诚的基督教徒中的一个，不仅仅是在布列塔尼，而且是在所有的基督教国家。他骑的始终是白马，这是母亲的迷信主张，他毫不考虑就同意了。因为凡是他母亲说的话，他没有不听从的，他爱他母亲的一切。现在，如果你愿意在他的精神上的特点上面加上外貌的特点，那么就能看到奥利维埃的全貌：一个中等身材的年轻人，容貌、身材都很优美，穿着、举止都很高雅；褐色的长发披到额前，在那儿夹进一绺好似麦穗般的金黄色头发，长发围住了他的可爱的脸庞；纤细的唇髭颜色和发绺一样，长在一张连女人也会嫉妒的嘴上面；他的大大的眼睛是天蓝色的，它们因为信任而不是猜疑才张得这么大。总之，这是一副与众不同的仪表，处处显露出真诚、高尚、宽厚，这种吸引人的脸通常都会有这样的神态，天生的对伤感和遐想的爱好，使它更增添了一点儿诗意。

谁也没有听说过奥利维埃打过一条狗。他每天在城堡附近的平原上打猎或者锻炼身体，骑马穿过沟渠和树篱，用箭瞄准小树或者射断蕨。有时候，他把手帕卷成鸡蛋大小，向空中抛去，然后骑马快奔，用长剑的尖戳住它。有些夜晚，他会又骑上马，跑得不见踪影，直到午夜才回来。不过最经常的是晚饭以后，他和他母亲待在一起，或者和神父在书房里学习宗教历史，反复阅读记载他祖先的丰功伟绩的文字。

我们已经说过，他穿的衣服一直都很华丽。这天晚上我们第一次看见他的时候，他穿了一件绣着银底黑斑纹花样的绿色丝绒紧身短上衣，围着绣花腰带，佩着一把把手和护手都是包金雕花的长剑。裤子是浅灰色的，左裤腿上有卡尔纳克的纹章。他戴的黑丝绒盔形帽上有一个伯爵的圆冠花纹。短上衣右边有一个短小锋利的匕首，在腰带上贴衣佩着十二三支包铁的椈木做的箭，其中一支曾经使布列塔尼感激不已。

说完奥利维埃，下面来看另一个青年人。照他自己说的，他不是贵族，不是伯爵，也不是男爵，非常简单，叫红发特里斯丹。

因为这个年轻人在这本以他的名字为书名的故事里将扮演一个重要的角色，所以请允许我对他的介绍要比前面几个人物长一些，虽然那几个人也十分重要。

坐在优雅的贵族子弟奥利维埃身旁，特里斯丹和他形成鲜明的对照。我们曾经略微描写过这个年轻的"海格立斯"的外貌和服装，现在将我们只粗粗介绍过的他的肉体和精神上的特点再补充描叙一下，使他的形象更加具体和完整一些。

特里斯丹自从他能够自己选择服装以来，穿的始终是相同式样的衣服。一件没有任何装饰物的深紫色呢短上衣，一根皮带束紧了腰部，通常在皮带上挂着一把由一根铁链条吊着的小斧头。宽大的长裤和短上衣颜色相同，就像在罗马市场上出售的、古代的克尔特人爱穿的那种。毛料裤和短上衣跟宽大的长裤一样也是紫色的，一直拖到高及大腿的长筒靴那儿，这种靴子被称作"绑腿靴"。

说到他的脑袋，也很少见，不管是什么时候，保护它的没有别的东西，只是森林似的头发。这头狮鬣一样的长发给了我们的主人公一个虽不高雅却很生动的名字：红发特里斯丹。头发分开垂落到肩膀上，就像天使长米迦勒①那样。他的头发和他其余的一切，使得这个年轻人一半是贵族一半是侍从，仿佛成了一家人和仆人之间的一根连接双方的小链条。再看看他

---

① 米迦勒，基督教中的天使长之一，貌似勇士，执剑。

的肖像的其他部分，眼睛不大但是闪闪有光，眉毛和头发一样红，前额上有两道很深的皱纹，肤色如同大理石一样苍白，唇髭浓密，也是红红的，牙齿粒小、雪白，双颊稍许有些凹陷，外形的线条不够柔和，不过相当匀称。从整体来看，显得粗野；从一个侧面来看，他仿佛总在忧虑地沉思着什么。这便是特里斯丹的全貌。

还应该补充的是他有一副强壮的体格，双臂坚硬似铁、柔韧似钢，肩膀宽阔，背略略有点儿驼，手和脚都长得很细巧。他二十一岁，但是这个人的二十一个年头过的几乎是野蛮人的生活，在森林里面，和雨雪、烈日、严寒对抗。换句话说，不管他真实的年纪怎样，他的外貌像一个三十岁的人。这样，你就完整地看到了这个人物的形象。以后我们将不断地和这个人物打交道。

关于他在城堡里占有的地位，一时很难给他一个确切的名称。他是年轻的伯爵的侍从，但是他不限于做这个位置规定做的事，他可以自由行动，不受约束。奥利维埃把他看作亲人，视为朋友。伯爵夫人对他的古怪的性格和奇特的行为采取无限宽容的态度。他是在奥利维埃的父亲去世以后不久来到城堡的。他的父亲是谁？他的母亲是谁？没有人能够回答。人们所知道的只是他是被人抚育到七岁的时候被卡尔纳克城堡接纳的。抚育他的一个老妇人叫梅弗雷，是女乞丐一样的人，她的茅屋立在长满荆豆的旷野当中，说它是人居住的房子，还不如说是鬣狗的窝。孩子在七岁以前，生活在树林里和旷野上，用网捕捉猎物，偷果子吃，过着像一个偷盗农作物的人和偷猎的人那样的日子。当伯爵夫人无疑是要做一件善事把他收容到城堡里的时候，他既不会读也不会写，但是在另一方面，骑光背马没有人比得上他，用投石器投石头没有人比得上他，在废墟的雉堞上的鸟巢里掏白尾海雕也没有人比得上他。所以，他带着惊奇的神情望着他进入的这座城堡，还有那些将成为他的伙伴的人。

奥利维埃虽然比特里斯丹大三岁，但是论体力，论灵活，都和特里斯丹差得很远。他对他母亲给他的这个同伴怀有很深的感情，在各种活动中都要他一同参加。特里斯丹被托付给神父，好让神父教他一切他应该知道的东西。可是，等到他会读会写以后，他不但不再愿意学习，而且甚至拒绝看所有的书，因为那些书里提到许多伟大的名字，而他却找不到自己的名字。他不是贵族和上流社会的人物，这个事实在他心里投下了仇恨那些人的种子。他有些古怪的习惯。奥利维埃喜欢饲养隼，训练它们用来狩猎；他却饲养猫头鹰和一些夜禽，他爱听它们的叫声。他就这样长大成人了，但是他无法将他的个性与那些和他生活在一起的人的习惯融合在一块儿。他穿的和奥利维埃一样，他受到的待遇也和奥利维埃一样，如果他不说一句话，不做什么手势，他就不会显露出和奥利维埃完全相反的性格。他常常接连好几个月不在城堡里，没人知道他去了哪儿。当别人以为他已经死了的时候，他却出现了，衣服破破烂烂，手上和脸上都有伤，是狼咬的！

他仿佛从未怀有过感激之情和年轻人纯真的感情。有两三次，对他抱有真诚的同情的伯爵夫人偶然看见他目不转睛地望着天边，一面抚摩着他的狗，一面流泪。她好心地问他为何悲伤，可是他赶快擦干眼泪，回答说他没有什么事。或许可以说他不愿意让一个聪明的人看出他的心事，因为她可能讲给其他人知道。如果他感到抑郁的话，他只会把心中的秘密向他的鸟和狗吐露。

他觉得心里确实有过多的感情需要向外倾诉，可是他坚决认为用不着别人来安慰他。他尽可能地不让别人对他关心。他不是一个忘恩负义的人，也不是一个自私自利的人。他属于那种生来就胆小怕事的人，他在周围寻找老天通常安排在孩子身边的那样的人，即父亲和母亲，好成为他们最早的知己和领路人。他没有找着，便决定把自己的思想感情全部隐藏起来，不向外人要求他的父母不肯给他的东西。他因为自己会产生这种愿望而痛苦万分。因此他还是善良的，因为他会为什么事而感到痛苦。他从不自私，因为他只把痛苦留给了自己。此外，他不时和年龄跟他相近的奥利维埃一起相互谈谈心里想的事，就像孩子们之间经常做的那样。可是每次谈过以后，特里斯丹就有好几个星期不再和年轻的伯爵说话。他防备自己的美好的感情为人所知，好像其他人防备自己的严重缺点为人所知一样。他始终认为如果别人发现他能够做有益的事，他们便会滥用他的才能。

他这样顺乎自然地度过了在城堡里的最初的岁月，这些岁月对他精神的成长有极大的影响，养成了他独特的个性。在他的生活中夹杂着一些秘密，比如他出生的情况就完全是一个秘密，因为梅弗雷从来没有对任何人说过她是在哪儿发现他的。

一天早上，当时他大约十五岁，在外面过了一夜回到城堡，身边多了两只黑狗，它们准能灵巧地咬破狼的肚子。从这个时候开始，这两只狗就再也不离开他。大家都说他把他的灵魂分成了三部分，给了每只狗一部分。两只畜生仿佛给锁在他身上一样。他的一句话，一个手势，一个眼神，它们都能领会，并且照着去做。

别人问他是从哪儿得到它们的，他只回答说他发现了它们，但是不说是在什么地方，也不说是怎样发现的。

可是有一个庄稼人肯定地说，他看到在黑夜里特里斯丹一个人走进摩根娜仙女的山洞，那可是没有人敢走进去的，特里斯丹吹了三声口哨，立刻带了两只狗出来。它们对他俯首帖耳，好像已经给他养了十年那样。

又一个早上，这时他可能有十九岁，他回城堡的时候，骑了一匹漂亮的黑马。他上哪儿都喜欢骑着它或者牵着它，不用缰绳，不用马鞍，不用马刺。人们都说这匹马一天可以跑三十法里，停下来后连气也不喘一口，就如同它一直是在慢步行走，而且全身一根毛也不会湿。大家还肯定地说，在黑夜里，马的眼睛会发光，照亮它走的路，又说它的脚走起来没有一点儿声音，甚至走在石板路上也是这样。

这匹马进了城堡大门以后，便和两只狗住在一起。

人们很自然地要问特里斯丹这匹马是从哪儿弄来的。他回答说是别人送给他的，详细情况就一个字也不提了。

可是有一个樵夫，在特里斯丹骑着这匹漂亮的黑马走进卡尔纳克城堡的那天晚上，刚穿过奥雷森林。他说他经过一条大路的时候，清清楚楚地看见有一匹和特里斯丹的马相似的马独自无拘无束地走过去。但是当这匹马走到十字路口时，一个人好像从地底下钻出来似的，冲上去抓住了马鬃，然后骑到马背上。于是一场很难想象的人和畜生之间的搏斗开始了。马不停地嘶叫、蹦跳，在地上滚动，骑马的人没有缰绳，没有马镫，只是紧紧抱住马身，就像夜间常见到的魔鬼骑着四只脚不落地的战马奔驰一样。这场搏斗进行了一个小时，最后马失败了。是靠着他的手、他的脚和他的双膝，粗野的"亚历山大"征服了这匹古怪的"布西发拉斯"①。

---

① 亚历山大，指亚历山大大帝（公元前356—公元前323），马其顿国王，即位后先后征服希腊、埃及和波斯，并入侵印度，建立亚历山大帝国。布西发拉斯是他心爱的战马，这匹马只让亚历山大一人骑，不肯给别人骑。

那两只狗只认得特里斯丹，一听到叫它们克尔特语的名字托尔和布朗达就会跑过来。那匹马呢，飞奔起来好似闪电，除特里斯丹外，没有人能骑它。为了给它增添特别恐怖的色彩，特里斯丹把它叫作巴力②。不用多说，是狗和马使这个年轻人在整个地区得到了一个"半怪人"的名声。

不过，特里斯丹从来没有做过伤害人的事，他还经常援救遇到危险的过路人或者救济在贫困中的穷人。因此大家都愿意接待这个神秘的侍从，认为他是一个好人，不是一个会带来不幸的人。

人们对他的唯一的指责是他一直和梅弗雷往来不断，在这个地区里，她被人看作是被上帝诅咒的巫婆。但是当他们想到这个巫婆是养育过特里斯丹的妇人，这种指责就逐渐减少了，因此指责年轻人对梅弗雷的感激之情，就好像指责他的某一种美德一样。

---

② 巴力，古代迦南人和腓尼基人所信奉的主神，太阳神，是众神中最重要的神。

六
儿子和母亲

晚餐结束了，奥利维埃站了起来，对布列塔尼说道：

"先生，在请你把你带来的信件交出之前，我本来想你最好先休息一下，恢复恢复体力，先是贵客，然后才是信使。可是还是现在把里什蒙伯爵委托你带给我的信交给我吧，你说好吗？"

布列塔尼从胸口取出一张一折四的羊皮纸，上面挂着盖有阿尔蒂斯的印章的封签。他把它交给奥利维埃，奥利维埃打了开来。

伯爵夫人带着不安的神情看着她的儿子，就像是她已经猜到了伯爵来信的内容似的。

奥利维埃看信的时候，眼睛里闪出兴奋的光彩。伯爵夫人的不安更加重了。

"我该怎样回禀我的主人呢？"布列塔尼看见奥利维埃看完了信，就问道。

"先生，你只要把你即将见到的事对他说就行了，"奥利维埃说，"这是你能带给他的最好的回答。"

说着，奥利维埃离开了他的位子，向他的母亲走去，然后在她脚下跪下一只膝盖，用既严肃又温和的声音说：

"母亲，孩子应献身于母亲，青年应献身于祖国。我已二十四岁了，孩子已经恭恭敬敬地尽了为子之道，作为一个青年理应迫不及待堂堂正正地去为国家效忠。我们亲爱的君主的兄弟①肯定想起在普瓦提埃和阿赞古尔战场牺牲的姓卡尔纳克的人留有一个后代，这个后代已经到了做他们做过的事的年龄，他召唤我，就像他的祖先当年召唤我的祖先一样。我不能做我们家族中第一个不应他的布列塔尼军旗之召的人，母亲，您是这样爱我，您也不愿意我如此吧。我恭顺地请求您准许我离开您，积极地去响应阿尔蒂斯·德·里什蒙伯爵的邀请，他为了纪念我的为保卫荣誉而捐躯的父亲，向我发出了召唤。"

"很久以前，"伯爵夫人激动地说，"我就预料到了今天这件事，我甚至担心过，因为做母亲的有权利这样担忧。让上帝的意愿得以实现吧，我的儿子，伯爵的要求会被人服从的。三天以后，你将率领一支配得上你的姓氏的队伍出发，他们会一心一意地支持你。当你为国王作战的时候，我将为你祈祷。"

"母亲，谢谢您。"奥利维埃站了起来说道，"你听见了吧，先生，"他转过身来对布列塔尼说下去，"现在你该知道你要对伯爵说些什么了。"

"是的，大人，如果大人允许的话，"传令官回答说，"现在我想回到费神为我准备的房间里去。我向大人告辞了，因为如果我要在规定的时间回到我的主人身边，那我明天天一亮就得动身。"

"那就请便吧，先生，我要亲自陪你去你的房间。母亲，请您把所有的人都打发走。"奥利维埃又低声对伯爵夫人说，"连神父在内，待会儿我有话要对您说。"

说完，奥利维埃走到特里斯丹身边。特里斯丹忽然变得一副沉思的样子，在晚餐以前他却不是这样。

———————

① 即里什蒙。

"特里斯丹, 你陪我一起去。" 奥利维埃对他说。

"难道我不是你的仆人吗, 先生?" 这个年轻人弯了弯腰说。

"什么时候你能用责备或者表示不同意来改掉这样回答我的习惯呢?" 奥利维埃用一种感情上受到伤害的口气说道, "有谁把你当仆人看待, 特里斯丹? 对我说这样的话很不妥当。母亲, 请您告诉他, 城堡里所有的人都爱他, 也许他相信您的话胜过相信我的。"

奥利维埃向门口走去。

"先生们, 明天见。" 伯爵夫人说, 她对在场的人做了个手势, 表示他们可以出去了。特里斯丹准备和大家一样离开, 她对他说:

"你, 特里斯丹, 留下来陪我, 我有几句话要对你说。"

仆人们和神父向伯爵夫人行了礼, 奥利维埃和布列塔尼跟着他们出去, 布列塔尼走在最后面。

只剩下奥利维埃的母亲和特里斯丹两个人。她对他儿子的侍从看了好一会儿。她的眼神里似乎饱含着痛苦的感情。

"夫人, 我听从您的吩咐。" 特里斯丹说, 他提醒她是她把他留下来的。

伯爵夫人用手摸摸前额, 好像要驱走头脑里忧伤的想法。她回答年轻人说:

"你坐下, 特里斯丹, 我们谈谈。"

年轻人拿来一把椅子, 坐了下来。

"奥利维埃刚才说的话是对的," 她说, "他应该埋怨你对你自己的看法。在这儿, 只有你一个人对自己是这样看的, 特里斯丹。"

"夫人, 我回答的不是事实吗? 我不是属于卡尔纳克伯爵的吗？我受到一个人的恩惠，从穿的衣服到吃的面包，都是这个人赐予的，难道我不属于这个人？"

"你把友爱和恩惠混淆在一起了，特里斯丹；感激对方不等于一定要成为对方的奴仆。有些人将他们的身体交给有恩于他们的人支配，但是有些人只把他们的心交给热爱他们的人。这个家庭对你冷淡过吗？你说说，自从你第一次跨进这座城堡的大门以来，对他，对我，你认为有应该指责的地方吗？如果有，那就直率地说吧，我将第一个请求你原谅。"

"不，不，没有，"特里斯丹回答说，好像这段话他听了很难受，他觉得自己不配享有目前的待遇，"夫人，应该被指责的是我，您应该为我的忘恩负义责怪我。我怎么说才好呢，夫人，我有一半的心还没有爱过人。我没有父亲也没有母亲。我有一个教名和一个几乎是带讽刺味道的外号。对那些爱别人和被人爱的人来说，成为好人是很容易的事，因此如果我成了坏人，您也不必吃惊。"

"谁对你说……"伯爵夫人打断他的话说。

"我成了坏人？啊！我知道这一点，夫人，可能有人对我说过。我向您承认，是因为面对着您，有某种原因促使我要对您坦率，也许当初您最好还是没有收留我，也许您今天最好还是把我赶出去。"

"你在说什么呀，特里斯丹？"

"我要说，"年轻人站了起来，说道，"我是一个被诅咒的人，以后我注定将是一个不幸的人。因此，请不要企图唤醒我身上的善良的一面，您最好把我送回我来的地方，让我去伤害别人而不是您。"

"特里斯丹，"伯爵夫人说，同时凝视着年轻人，他却避开她的目光，这不是他有意这样做，而是他习惯如此，"你刚才说是我使你变得坦率的。"

"对。"

"那好，你愿不愿意对我说真心话？"

"夫人，您问吧。"

"你是不是很长时间以来心里就有一件忧愁的事？"

"是这样，夫人。"特里斯丹犹豫了片刻以后回答说。

"那么请你告诉我你的忧愁是从哪儿来的。我也许能帮你消除它。"

"如果我有了一件快乐的事，夫人，我多么愿意说给所有人知道。可是忧愁的事，我要独自埋藏在心中。只有我和据说是无所不知的上帝才知道我并没有新的忧愁的事，而是新近感到了一个无法摆脱的疑惑。"

伯爵夫人清楚即使一再追问这个问题也不会有任何结果，她想了一会儿，便说道：

"好啦，我们不再说这个了。你和奥利维埃一起出发，是不是？"

"是的，夫人。"

"他是我的儿子，是我唯一的孩子，我爱他胜过爱自己的生命。我把他托付给你。特里斯丹，照看好他，也照看好你自己。"

特里斯丹弯腰行礼，可是没有回答她，因为他正想说话的时候，大厅的门打开了，年轻的伯爵走了进来。

他走到特里斯丹跟前，向他伸过手去，亲热地说：

"喂，我的狮子，你总是在吼叫吗？"

特里斯丹很尊敬地握了握奥利维埃伸给他的手。

"不，大人，我要退下了，好让你和伯爵夫人两人在一起。"

"你知道我有话要对我母亲说？"

"刚才你不是对伯爵夫人俯下身子说要她打发走所有大厅里的人吗？"

"你听见啦？"

"是的。"特里斯丹说，目光有些古怪。

"你的听觉很灵敏。好啦，是这样，我有话要对我母亲说。你呢，在这段时间里，请你帮我一个忙。"

"说吧，大人，我听从你的吩咐。"

"你能不能亲自去挑选一匹马，我想送给布列塔尼，来代替他那匹死掉的马，并且请你在明晨六点钟之前，给马装好鞍子，套好笼头，一切都要准备好。六点钟传令官将离开城堡上路。"

"请放心，大人。"特里斯丹说，他又鞠了一躬，然后走了出去。

于是奥利维埃走过来坐在他母亲的跟前，把头枕在她的双膝上，像一个孩子一样。

"母亲，我要向您坦白一件事，还对您有一个请求。"

"我猜得到你要请求和坦白的事，孩子。"

"你猜到什么了，母亲？"奥利维埃吃惊地问道。

"是的，做母亲的难道不应该关心能使她们的宝贝孩子幸福的事吗？难道上帝没有赐予她们一种神秘的本能，依靠它可以看见别人看不见的事吗？"

"所以，你知道……"

"我知道你在恋爱。"

奥利维埃脸红了，因为恋爱中的人总是害羞的，即使最最坚强的人也是这样。

"你知道我爱的那个人的名字吗？"

"是的，是我的侄女，你的表妹，是阿利克丝。"

"这便是我要坦白的事，母亲，"年轻人微笑着说，"接下来是请求了。"

"啊，这并不很难。"伯爵夫人用她洁白的手抚摩着她儿子的柔软光滑的长发，好像他还是孩子，因为对母亲来说，她们的儿子是永远也长不大的。"你是要求我去对阿利克丝说她住进城堡六个月以来你不敢亲自对她说的话。"

"是这样，如果我对这位姑娘说一件她不得不听的事，母亲，我怕会玷污我们家庭的圣洁，因为她和我们住在同一座城堡里，而从您的方面……"

"你的心地是多么高贵啊，"伯爵夫人一面说一面把奥利维埃的脑袋抱过来，亲他的前额，"所有被你爱的人都会爱你的。"

"您能肯定吗？"

"当然。"伯爵夫人用可靠的口吻回答道。

"那么，我的好母亲，请您去对她说，"年轻人激动地说，"三天以后我就要出发了，我希望能随身带一个保佑我平安、使我坚强的护身符，这个护身符……"

"首先那是你的母亲的爱。"伯爵夫人打断他的话说，她不想让她的儿子把她忘记，她怕他对他表妹的爱情是那样强烈，很可能会将她放在一边。

"是的。"奥利维埃说，他脸红了，因为他明白母亲话中的意思。

"其次是阿利克丝亲自许下的诺言。对不对？"

"对，母亲，正是这样。"

奥利维埃亲了亲伯爵夫人的手。

"好啦，我的孩子，我这就去阿利克丝那儿，她一心祈祷，已经两天没有离开她的房间了，饭也是和我们分开吃的。我会忠实地完成你托付给我的任务的。"

说完，伯爵夫人站了起来，给她的儿子送去一个鼓励的目光。

"母亲，我在这儿等您。"奥利维埃说。

伯爵夫人对儿子又做了一个手势，离开了大厅。在她左边是一道给挂在拱顶上的一盏铁灯照得亮亮的石梯。她上了大约二十级台阶，然后顺着一条很长的走廊走去，这条走廊通向城堡的一座塔楼，灯光很暗，她朝着走去的尽头完全在黑暗当中。伯爵夫人敲了敲阿利克丝的房门。

一个老妇人开了门。

"我能和阿利克丝说话吗，我的好马尔加伊特？"伯爵夫人对这个女人说。

"当然，夫人，"那个贴身女仆回答道，"我的女主人现在在她的祈祷室里，我去禀告她您来了。"

伯爵夫人坐了下来，被她叫作马尔加伊特的老妇人走进了另一间房间。

就在此刻，奥利维埃坐在他母亲刚刚坐过的扶手椅里，右手托着脑袋，左手抚摩着两只白色的大猎兔狗的头，好像在全神贯注地思索。这两只猎兔狗是属于他的，就像黑色的大牧羊犬属于特里斯丹一样。

特里斯丹看到伯爵夫人离开餐厅向阿利克丝的房间走去，他便跟在伯爵夫人后面。不过到了阿利克丝房间门口，他没有敲门，而是藏在黑暗里，耳朵贴在门上，等待着。

这时候，神父在书房里写着什么，布列塔尼睡得正熟。

七
阿 利 克 丝

伯爵夫人刚才进来坐下等候在阿利克丝的房间，只有壁炉的火光和一盏青铜制的小灯照着亮。那盏小灯放在一张铺着一块华丽的金黄色丝织物的桌子上。灯光和壁炉的火光相当亮，把房间里的各种不同的东西照得清清楚楚。因此能很容易地辨认出那些双连画①形状的宗教画的主题。它们装饰着挂了一幅挂毯的墙。挂毯上织的是依照荷马②叙述的阿基里斯③的全部故事。窗上的彩画玻璃表现的是耶稣和他的使徒。在壁炉的两边各有一把装饰有盾形纹章的雕花扶手椅。

伯爵夫人坐在一张去掉靠背的椅子上，它很像一张折凳。她一条胳臂搁在一只大箱子凸起的边上，箱子面对着壁炉。这件用具可是一样值得赞叹的东西。

就像那个时代做成的几乎所有的东西一样，它有它的含义。它简简单单，有四根柱子支撑着一个被一把银锁锁住的箱子。只是每根柱子都经过无比灵巧的手艺精雕细刻，表现一场战斗或者生活中的一次磨难。这一根是一个乱箭穿身的好像圣塞巴斯蒂安④的殉教者，那一根是被成为母亲的痛苦压弯了腰的马利亚⑤。箱子的护板雕的是天堂的幸福情景，可以看到

---

① 由两部分组成，可折闭。
② 荷马（约公元前9世纪—公元前8世纪），古希腊吟游盲诗人，著史诗《伊利亚特》和《奥德赛》。
③ 阿基里斯，希腊神话中的英雄。
④圣塞巴斯蒂安，约死于288年，罗马军官，早期基督教徒，引导许多士兵信奉基督教，事发后皇帝命令以乱箭射之，后被乱棒打死。
⑤ 指圣母马利亚。

那儿的人都是喜气洋洋的样子。箱子的下面部分雕的人都显得很痛苦，很压抑。在放灯的桌子上摆着一些关于宗教内容的手抄本，其中一本是打开的，能看见上面有一张充满朴素的魅力的画。如果今天的历史学家能见到这样一张画，他会感到太幸运了。在窗子前面放了一张祈祷用的跪凳。摆在大箱子上面的几把水壶，几只银酒杯，一些雕花大金盘，各种各样的金银器，都发出耀眼的光彩。威尼斯商人带到法国来的东方①垫子点缀了这间房间的镶嵌瓷砖的地面。提尔②出产的绸门帘遮住了两扇门，一扇是伯爵夫人刚才走进来的门，另一扇是马尔加伊特走出去的门。

奥利维埃的母亲看了一遍我们以上描述的所有东西，但是并不感到好奇，因为她很久以前就对它们十分熟悉了。她只像一个一心想着一件事的女人那样，让眼睛随意扫了一遍而已。

伯爵夫人确实显得有些不安。再说，她的不安是可以理解的，布列塔尼今晚带来的消息，在这战火不停的时期所有做母亲的都会有的担心，使她心神不定。

不过，我们在观察伯爵夫人的时候，也许不难看出她感受到的与其说是新近的忧烦，还不如说是多少年来积聚在心头的忧伤。因为她的脸上很久以来似乎总是显出在沉思默想的神情。我们知道她来到阿利克丝这儿的目的，但是她显然并没有在考虑她为什么要上这儿来。如果我们不怕继续仔细地研究她的面部神态，我们便会说眼前她想的并不是奥利维埃，假如母亲心中想的是她的心爱的儿子，即使是在忧虑之中，也会不时地微笑。然而，此刻却恰恰相反，她的嘴紧紧闭着，毫

① 指地中海以东的国家。
② 提尔，即苏尔，黎巴嫩一城市。

58

无一丝笑意。她的头脑里无疑全是痛苦的想法。

阿利克丝的出现使她从冥想中醒了过来。

你也许看见过安吉利科①画的金黄色头发的处女,她们的皮肤透明,好像是玫瑰花和百合花加在一起形成的;明亮的双眼发出的光芒,使人能看到她的内心;金黄色的头发在头上盘绕,好似一顶花冠;一双手小巧、雪白、细长,总是合着,仿佛只用来祷告一样。这些处女都身穿一件粉红的或者天蓝的大裙袍,它们包住了她们,好不让那些好奇的眼光看到她们的身形,尘世间的一切不能侵犯她们美妙的天真,只有灵魂需要的时候,这种天真才在凡人的眼睛前显示一下。天哪!理想主义画家安吉利科画出的这些处女,都没有一个能比得上叫作阿利克丝的少女那样美丽的。现在她刚刚走进伯爵夫人等待着她的房间。

她从头到脚给一件白色毛料裙袍罩住,一根细丝带稍稍束住了腰身。她的漂亮的金黄色头发有点儿卷起,套着绿色发网,从网眼里露出了一些发丝。她看上去像是圣女,就连被迷惑的眼睛都相信在她的前额上有殉难的处女头上的光环在发光。

阿利克丝并不矮小,而且不如说有点儿高大。她不像在走路,可以猜想她的脚没有碰到地面,因为她移动的步子那样轻巧,毫无声息。她有一双大眼睛,蓝得像蓝宝石,上面的纤细的眉毛,如同画笔描出来似的。这双清澈的眼睛,像晨露一样晶莹,它们朝什么望就像投去一道亮光。阿利克丝是如此美丽,她一走进她的这间房间,没有做任何动作,也没有说一句话,别人就能猜到一个完美的人来到了面前。女人身上的美丽向

---

① 安吉利科(1400?—1455),意大利文艺复兴早期佛罗伦萨画派的著名画家。

四面散发出光芒，会使她们的形象更加突出。空气因为阿利克丝而充满芳香，所有看见她的人也感受到了更纯的香气。所以，尽管伯爵夫人早已看惯了她的美貌，可是每次再见到她，仍然止不住从心底里对她赞赏。她常常很自然地对阿利克丝说："我的上帝，你多美啊！"

少女走到伯爵夫人跟前，亲她的手。

"孩子，"奥利维埃的母亲对她说，"我要对你说一些重要的事情。"

伯爵夫人一面说，一面站起来走到壁炉前面，她的侄女跟了过去。

"请说吧，姑母。"阿利克丝靠在伯爵夫人身上说，声音像歌声一样悦耳。

"你不知道今天发生的事吧，阿利克丝？"

"不知道，我整天都在祈祷。"

"有一个人来到了城堡，是里什蒙伯爵派来的。"

"这个人来做什么？"阿利克丝问道，她暗暗地有了某种预感。

"他受伯爵的委派，来告诉奥利维埃，布列塔尼站在查理七世国王一边，抵抗英国人，所有布列塔尼人，尤其是贵族和骑士的后代，应该重新聚集在他的军旗下面。"

阿利克丝脸色有点儿发白了，这逃不过伯爵夫人的眼睛。

"那么，我的表哥怎样呢？"她问。

"三天以后就要出发，我可爱的阿利克丝，我正是为了这件事才来打扰你的祈祷。"

"您想说些什么？"

"我的孩子，你听我说，你知道我是多么爱你，你知道不会有一个母亲对她女儿的爱会超过我对你的爱。你要对我坦率，因为我所希望的是你的幸福和奥利维埃的幸福。"

"说吧，姑母，说吧。"

"你是一个孤女，阿利克丝。你的父亲临终的时候把你托付给我，自从你住进这座城堡六个月来，我做了所有我能做的事，这并不是为了能使你忘记你故世的双亲，那样做是很不尊敬的行为，而是让你重新抱有一点儿希望，双亲的辞世曾经使你失去了它。"

"是的，姑母，"阿利克丝插进来说，"你就像母亲一样仁慈亲切，我没有一天不为您向上帝祈祷。"

"我想，阿利克丝，有一件事能够使我感到幸福。"

"快说吧，姑母，如果这件事我有能力做得到的话，我一定会去做的，否则我将向上帝祈祷，直到他为您做到为止。"

"亲爱的孩子！这件事你有能力做得到。你知道我的幸福就寄托在这上面了，但是你还不知道的是，孩子，现在到了一个母亲的爱无法满足她儿子的幸福的时候，奥利维埃目前就处在这个时刻。奥利维埃爱上了一个姑娘。你认识她吗，阿利克丝？"

"认识，姑母。"阿利克丝带着知情的微笑回答说。

"你相信她有一天也会爱上他吗？"

"我相信。"

"你相信他配得上这种爱情吗？"

"我确信无疑。"

"你相信我会像对待女儿一样，喜爱和祝福这个给我儿子带来幸福的姑娘吗？"

"我相信，我的母亲。"阿利克丝在伯爵夫人脚前跪下，吻着她的双手，说道。

"这么说，我的孩子，你爱奥利维埃？"

阿利克丝点点头，激动得一时说不出话来。

"这样，等他从解除奥尔良围城之战回来，如果上帝允许他回来的话，"伯爵夫人抬起头望着她说，"你将成为他的妻子，他能带着这个希望出征吗？"

"我的母亲，这是毫无疑问的，除非上帝把我召回去。"

"谢谢你，孩子，谢谢你给我的幸福。"

"我自己的幸福也得到了保证，"阿利克丝微笑着说，"因为我清楚地知道，没有奥利维埃的爱，我是不可能幸福的。"

"不过，在我向你说这件事之前，你知道不知道他爱你？"

"母亲，我知道。"

"他向你表白过吗？"

"没有，可是我看得出来。"

"孩子，你是怎样看出来的？"

"这件事难道很难吗，母亲？"阿利克丝回答说，她把脑袋放在伯爵夫人的胸前，就像奥利维埃不久前那样，"上帝难道没使女人的心中有一个能提醒一切的神秘的声音吗？不，奥利维埃从来没有对我说过他爱我，可是他在无意之中对我显示了他的爱情。四个月以前，有一天，当时我还陷于亲爱的父亲的去世给我带来的巨大悲痛之中，我独自一人在城堡旁边的树林里散步，不住地流着泪。奥利维埃轻轻地走到我的身旁，没有对我说过一句话，只是握住我的手。我朝他看，我看见他的眼睛和我一样被泪水浸湿了。他不是在分担我的痛苦，他没有问我悲伤的原因，而是完完全全地感受到了我的感情。我悲伤，因此他也悲伤。他这种表现不是比任何表白更有说服力吗？我看见他流眼泪自然猜到了他的心思。我仿佛觉得我的心已经离开我的胸膛，到了他的身边。从这一天起，我不再感到孤独了。在我的祈祷中出现了一个新的名字。我懂得奥利维埃的灵魂和我的灵魂被牢固的感情连接在一起了。我的生命成了他的生命的影子。他快活，我也高兴；他发愁，我也难过。但是，我的母亲，我要重复说一次，他从来没有对我说一句有关爱情的话。当我们彼此离得很近的时候，我们从不交谈，好像两个思绪过多的人。这是因为我们的心不再需要我们相互供认什么，倘若我们说话，那只会扰乱我们心中的秘密。是的，奥利维埃爱我，"阿利克丝继续说下去，她为终于能公开说出自己的爱情显得很高兴，"我爱他，因为他少年英俊，高贵大度，正直勇敢。"

伯爵夫人搂住了阿利克丝一头金黄色头发的脑袋，为了她刚才说的这一番话，满怀感激地亲了亲她的前额。

"啊，你们是两个纯洁的灵魂，"她激动地说，"上帝会祝福你们的爱情。"

但是阿利克丝突然缩回脑袋，朝伯爵夫人进来的那扇门转过身去，她好像听见了什么。

"您有没有听见门外面有声音？"她问卡尔纳克夫人。

"没有，孩子。"

"仿佛有人在门外面，刚才动了一下。"

"你弄错了，那是走廊里吹过的风。"

"也许是，"阿利克丝说，"不过要是有人偷听我们说话，也不必惊讶。"

"你的话是什么意思？"

"有人看到您上这儿来吗，母亲？"

"没有人。为什么问这个？为什么你神色如此惊慌？"

"因为我没有将所有的情况都告诉您。"

"这是怎么回事？"

"请您不要把我将对您说的话告诉奥利维埃，母亲，您能答应我吗？"

"我保证不说。"

"那好，母亲，奥利维埃不是这儿唯一的爱我的人。"

"你在说什么呀？"

"我是说我很不幸地被另一个人喜欢。"

"另一个人？"

"是奥利维埃的侍从，是特里斯丹。"

伯爵夫人的脸色变得像大理石一样苍白。

"他对你说过他爱你吗，他？"她问道。

"是的。"

"是很久以前的事？"

"大约在一个月以前。当时我一个人在这间房间里。马尔加伊特下楼有好一会儿了。这个年轻人走了进来。我看见他来一开始很吃惊，等到听到他说的话以后，我更加吃惊了。我原来不明白他这次来看我有什么意图，他对我注视了几分钟，然后走到我跟前，双手合掌，用一种充满感情的、悲哀的声音对我说：'阿利克丝，我爱你！'我一听立刻吓坏了，我站了起来，可是在我能够跨出一步之前，他突然抓住了我的胳臂，我大叫了一声。他缩回他那只手，好像碰到了一块烧红的铁一样。他跪了下来，揪自己的头发，又哭起来。不过他的眼泪和奥利维埃的眼泪不一样。'我太不幸了，'他喃喃地说，'她永远不会爱我了。'接着他忽地一下站了起来，他的眼泪好像给流过面颊的热血烧干了。他的脸上不再有痛苦的神情，而是显出恐吓人的样子，他对我说：'你不知道被我爱是怎么回事；阿利克丝，爱我吧，否则，我发誓，我要杀死那个你爱的人。'我害怕极了，我想叫喊，可是我感到我的嗓音在喉咙里塞住了，我仿佛觉得这个人已经杀死了奥利维埃，我终于叫了一声，昏了过去。当我恢复知觉的时候，马尔加伊特已经在我的身边，她问我为什么会昏倒，这说明她回来以前特里斯丹早已逃走。关于此事，我对她只字未提。以后我回避所有和这个人见面的场合。"

伯爵夫人听着这段叙述，不禁心惊胆战。

"后来呢？"她声音微弱地问道。

"后来，"阿利克丝接下去说，"从特里斯丹几次向我投来的目光，我知道一切都没有结束。我使他产生了一种奇特的爱情，因此憎恨很容易继之而来。从那个时候起，母亲，我一直为奥利维埃担心，因为万一特里斯丹知道我爱奥利维埃，他会杀死他的。"

"那好，我就把实情全都对他直说吧，"伯爵夫人喃喃自语地说，同时站了起来，在房间里大步走着，"只有这个法子了，难道他不愿意让别人知道他是谁吗！"

"母亲，您在说什么呀？"阿利克丝问道，她看到她姑母的脸色如此苍白，简直惊恐万状。

"没有什么，我的孩子，没有什么。特里斯丹将离开这座城堡，他会把你忘记的。"

"啊！请不要相信会这样，母亲，"阿利克丝说，她刚才说起的事情还使她犹有余悸，"有些人会忘记做他们能够做的好事，但是不会忘记做他们能够做的坏事。"

"这是我的错，"伯爵夫人显得万分激动，自言自语地说，"莫非我有过这样的想法。这一个要杀死另一个。我的上帝，我毫无疑问是该受诅咒的人！我呀，竟把奥利维埃托付给他！再也不应该让他伴随奥利维埃了。阿利克丝，我的孩子，为什么你不早一点告诉我这件事呢？"

"因为我希望所有的人都不知道发生的事，我担心有一天它传到您的耳中，或者奥利维埃耳中，会引起更大的不幸。我只是更多地向上帝祈祷，只能这样。"

"你是一个天使。明天，不让城堡里的任何人知道，神父为你们，奥利维埃和你，举行订婚礼。等到奥利维埃回来，你就成为他的妻子。我要这样做，必须这样做。"

她刚说完这段话，门外面响起了一个声音，弄出声音的人似乎存心要让别人听到一样。伯爵夫人正准备出去，这时吓得连忙向后退，同时望着阿利克丝。

"这一次，"她快步向房门走去，说道，"我没有弄错了。"

但是她在走廊里只看见一个人影，或者不如说是一个沿墙一闪而过的黑影。显然刚才在那儿有一个人，他在逃走的时候，弄出了响声。

这个人，有必要指出来，就是特里斯丹。

特里斯丹跑到了院子里，放下吊桥，唤来他的狗，又奔到马厩里，牵出他的马跳了上去，既没有给马加上鞍子，也没有套上笼头。他飞快地奔出城堡，消失在旷野上。

八
梅 弗 雷

伯爵夫人极度激动以后，感到精疲力竭，无力地坐到一把椅子上。她陷入了沉思。

"我的母亲，"阿利克丝走近她身边说，"请您记住您答应过我，决不把我对您吐露的秘密告诉我的表哥。此外，我们惊慌不安也许没有必要。这个特里斯丹是个性格孤僻粗野的人，我也许对他的供认感到过于惊恐了，不值得这样。我甚至觉得与其说他是在威胁，不如说是伤心。不管怎样，他身上也有吸引人的一面，有两三次我还想向他伸出手去，对他说我不仅原谅了他，而且我还忘记了发生过的事。"

阿利克丝像天使一般善良，她尽力想缓和一下她刚才说的话造成的紧张气氛。她已经原谅了几分钟前她指责过的那个人。伯爵夫人猜到这姑娘是受到了什么感情的驱使，用温情的眼光望着她，像是感谢她所做的这一切。她的脸上已经消失了恐惧的神色，取而代之的是一种同情的表情，可以说她对那个罪人只有怜悯，她不但不咒骂他，反而可怜他了。

她握住阿利克丝的手，对她说：

"你真善良！总是这样宽容，总是这样肯原谅人。这叫人很高兴，拥抱我吧，我的孩子。"

阿利克丝向伯爵夫人伸出前额，她感觉到和她拥抱的人的眼里流下了两滴眼泪。

"您在哭，我的母亲，您怎么啦？"阿利克丝大声问道。

　　"你知道关系到奥利维埃和你、你们两人的事我总感到不安。"

　　"所以我对您说特里斯丹的强迫人的态度给我的感受，我的母亲，是想早一点使你放心。自从在我们之间发生了那件事以后，我对他的怀疑和对奥利维埃的爱很快增加了我的忧虑。就在刚才，我回想起事情经过的时候，我依旧谴责这个怀有暗藏的仇恨和也许准备报复的年轻人，但是请您放心，我是不会害怕的，没有什么值得害怕的。"

　　"你说得对，阿利克丝，"卡尔纳克夫人说，"我们不必担心，尤其要原谅他。"

　　"啊! 由衷地原谅!"

　　"如果他爱你，他想必经受了很大的痛苦，而且他还得经受下去。我的孩子，你看，有些被诅咒的人，不应该指责他们做了坏事，他们往往是身不由己做出来的，是长年累月的不幸造成的结果。这个年轻人，这个特里斯丹，就是这样一个人。他从来不知道他父亲是谁母亲是谁，他像一个流浪儿那样被人抚养大。他心里所需要的却总是得不到，他不停地力图能够得到补偿。他见到你以后自然就爱上你了，你是这样漂亮，这样完美，这样善良。他可能做过一个短暂的荒谬的美梦，认为你会爱上他。他性情孤僻，性格粗鲁，于是来向你表白了，只用几个字，只用他自己能找得到的证明表达了他的爱情。你想想吧，如果他爱你，他一定经受了许多痛苦，因为他看到他不但不能唤起你的爱情，反而只会使你惊骇，也许还厌恶。可怜的孩子，我们不要指责他，我们要同情他。我对他一向宽容，因为我猜得到，在他的孤独的童年他肯定受过各种各样的折磨，经常感到伤心失望。当你失去父亲和母亲的时候，你是很痛苦的，不是吗? 但是你和他们在一起待了十六年，他们的爱成了你的灵魂的指导，指引你走正确的道路。你爱他们。你把他们当作最可信赖的人，向他们倾诉幼稚的想法和过早的忧郁。他们在临终之际，给你留下一个美好的回忆，可以代替他们，并且继续给你指引方向。你想一想，如果你不得不把各种感受，快乐、忧愁，全都隐藏在心底，你将会和现在的你有多大差别？你的心里会非常难受。你遇到第一个使你产生那种你从未有过的感情的人，你只能手足失措，任凭这样的感情自行流露。"

"您说得对，我的母亲，"阿利克丝回答说，她被她听到的这段话深深打动，"我多么希望特里斯丹就在这儿。我会同情他，原谅他。您刚才对我说的这些话我没有想过。可怜的特里斯丹！我要为他向上帝祈祷，让他能找到一个会理解他的心灵的姑娘，而且会包扎好他心头的创伤。在这片荒芜的土地下面也许藏有金矿呢。"

"他永远不会在另一个少女身上找到你身上的种种优点，"伯爵夫人说，"不过不要再想这件事了，你不爱他。"

这个想法看来使伯爵夫人很难受，她在说这最后一句话的时候，并不注意要掩饰她的神情，所以阿利克丝惊讶地望着她，禁不住天真地对她说：

"我的母亲，好像我不爱这个年轻人您感到遗憾似的！"

"你疯啦，"伯爵夫人脸红了，说道，"我感到遗憾的是看到一些人非常不幸，而我多么希望看到他们幸福，就是这样。相反，我的孩子，我很高兴你不爱他；因为如果你爱他，我的奥利维埃，我的可爱的儿子会怎样呢？他现在正在焦急地等我去，我这就去他身边，立刻把你要我转告的好消息告诉他。"

伯爵夫人站了起来，又一次地拥抱了她的侄女。等到卡尔纳克夫人离开房间，阿利克丝望着她走出去的门，低声说：

"这真奇怪!"

接着她的嘴唇上掠过一丝微笑,因为她不大会长久地猜疑别人。她走进房间以后,上了床,同时对她的女仆说:

"马尔加伊特,你给我念一段《圣经》,就是上帝说做妻子的应该对丈夫尽哪些义务的那一段。"

这时候,伯爵夫人已经回到她的儿子那儿,他还在原来的地方,没有改变过姿势,不过头脑里一直在思索着。

"好啦!"母亲走进大厅的时候心中还是有点儿不安,现在露出了微笑,说道,"好啦!孩子,阿利克丝爱你。明天神父就给你们举行订婚礼。等她的服丧期结束,打完仗,你们就成亲。"

"啊!母亲,十二万分地感激您。"年轻人大声说道,并且跪到伯爵夫人脚前,亲她的双手。

"孩子,你感到幸福,是吗?"

"全亏了您,母亲。"

"现在我要把你一个人留下了,幸福的人需要清静。"

"您要离开我?"

"是的,我想回自己的房间去。"

"我不知道我是否看错了,母亲,可是您好像有点忧郁。"

"这难道不是很自然的事吗?如果说,我看到你被你爱的人所爱,感到高兴的话,那么眼看你要出发,会不悲伤吗?再说,母亲的爱总是自私的,会嫉妒的,是不是?谁对你说,"伯爵夫人带着微笑继续说,她的微笑事先就表明了她要说的不是真心话,"谁对你说我不嫉妒阿利克丝呢?"

"母亲,您说这句话的时候,自己也忍不住笑了;您清楚地知道,什么也不能改变我对您的深厚的爱。"

"明天见,奥利维埃。"

"明天见,母亲。"

"多么圣洁高尚的妇人!"年轻人双手合掌,望着伯爵夫人刚刚走过的门说,"祈求上帝保佑您健康长寿。"

接着奥利维埃也随着他母亲离开了大厅,回到他的房间。他不顾夜晚的寒冷,打开一扇窗,望着城堡另一扇窗里透出的灯光。

那正是阿利克丝房间里的灯光。

伯爵夫人回到自己房间以后,就陷入了沉思,过了很长时间,突然她回过神来,说:

"派人去叫特里斯丹先生来我这儿,我有话对他说。"

"特里斯丹先生今天晚上已经离开了城堡。"女仆回答说。

"独自一人吗?"

"独自一人。"

"是步行?"

"不,夫人,是骑马。"

"走了有多久了?"

"有一刻钟。"

"那好,让我一个人待着吧,"伯爵夫人对她的女仆说,"今天晚上我用不着你们陪我了。"

"他能去哪儿呢?"女仆们退出去后,她担心地问自己,"会出什么事呢,我的上帝?"

圣洁的夫人每当心烦意乱的时候,总是求助于祈祷,现在她跪了下来,开始全神贯注地祈祷,祈求上帝的指点。

一刻钟前特里斯丹出了城堡以后便上了路,不过他这次的奔驰很特别。他在马上身子弯得很低,脚后跟紧贴着马的肚子,不断地叫着催马前进,看起来他不是奔跑而是在飞行。

他一离开城堡,便向右拐,从布列塔尼进入城堡的一面的对面,下了耸立着城堡的高地,到了一个外貌和卡尔纳克平原完全不同的平原。要有足够的经验才能像特里斯丹这样不会在这荒凉的原野上迷路。原野上长满了茂密的染料木,一株挨着一株倒在地上,好像一支军队的士兵。平原一望无际。在这个有五六尺①高的树林里不可能辨认出一条路来。但是特里斯丹的马找到了一条小路,也许是它很久以前就熟悉了这条小路,也许是这匹不寻常的牲口猜出来的。不管怎样,他此刻正像一个黑影在这些干枯的荆棘当中经过,甚至不会碰到它们。如果有人看见在黑黑的染料木上面露出的特里斯丹的脑袋,他不会知道他看到的是什么,或者,即使他看清楚那是一个骑马的人,他也不可能懂得这个人在这样的荆棘地里怎么竟敢驱使坐骑用这样的速度飞奔。特里斯丹好像从这种狂奔中得到了快乐,他愉快地呼吸着夜晚冰凉的空气。

他在这个僻静的地方这样奔驰着,不时地有一道躲躲闪闪的月光照亮他。过了大约半个小时,他忽然将马停住,吹出一声尖尖的口哨声。他竖起耳朵听,有一声同样的口哨声响起回答他。于是他又驱马飞驰起来,一路不停,一直奔到一所灯心草屋顶、泥土筑成的小屋门前。茅屋的门半开着,能看见里面亮着灯光。

特里斯丹跳下马来,毫不犹豫地推开茅屋门,走了进去。

除了他,这所茅屋里面的景象谁看了都会觉得说不出的古

---

① 指法尺,法国古长度单位,1法尺相当于325毫米。

怪，他可是习惯了。

请想象一下吧，一个棚子，只有一扇窄门进出，窗子也没有，对着门的也许算是壁炉的地方，烧着干枯的欧石楠和枯树枝，不断发出噼啪的响声。暗黄的墙高低不平，因为全是泥土做的，没有人用手弄平过它。没有地板，只有泥地。在火堆旁边，有一道微微打开的小门通向一间像狗窝一样的小间，那儿乱七八糟地放着些草、蔬菜，大部分是有缺口的罐子。在火堆前面铺着一块突尼斯地毯，上面的图案和色调都十分鲜艳，它会放在这儿，真叫人惊奇。

在地毯上有一个女人，其实不能算女人，而是一个干瘦、丑陋、阴暗的东西，一身破衣服，肩膀上没有一点儿肉，如果没有散开的灰头发把它遮住，它就完全裸露在外边了。这个东西，这个有生命的东西是蹲着的，两只手合在一起。在她身边有一只银首饰箱，表面雕刻得十分精美，雕出的小人像出奇地逼真。这只箱子打开着，里面装满了铸造的金币，在一盏破旧的铁灯的灯光里，金币闪闪发光。灯嘴朝下，对着箱子，像是想看看里面装了些什么。此外，还有两只叠着放的皮垫子，垫子上有一本写满古怪的文字的本子。看完这些，你就对特里斯丹刚才走进来的茅屋有一个完整的印象了。

风吹得很猛，吹熄了灯，因为特里斯丹匆匆忙忙进来，没有关上门。

老妇人握住灯，重新点上，没有说一句话。

"你听见我的口哨声了？"年轻人说，同时用脚踢开垫子上的本子，在上面坐下来。

"当然，因为我回答了你。"老妇人说。

"你在这儿做什么？"

"我在读东西。"

"现在你会读了？"

"这要看情况。我不会读你们读的东西，不过我读的是你们不读的东西。"

"这只箱子里的金币，对你有什么用？"

"毫无用处。金币造出来是为了让人看的，不是为了供花费的。金币给人的乐趣在于它们本身，不是在于它们买来的东西。有了这些金币，我能穿上华丽的衣服，住上豪华的房子，但是我完全相信眼前的一切足够满足我了，我所有的这些使我非常满意。我总在想，在我看着我的金币的时候，有许多人饥寒交迫，没有吃的，也没有火取暖。我也同样感到饿，可是因为我可以做出一顿丰盛的饭菜，我就不觉得饿了。如果人们随时都可能占有，他们就永远不可能占有。人们希望有，只是因为他们没有。"

"谢谢你的这堂哲学课，"特里斯丹说，"可是我来不是为了听你上课的。"

"那你说吧！"

"我需要你。"

"你想要金币？"

"不。"

"你丢掉狗了？"

"它们一直跟着我。"

"你的马累倒了？"

"它正在门外转悠呢，它可从来没有像现在这样结实健壮过。不，"特里斯丹用手擦擦前额说，"现在我需要的远远胜过这些！"

"见鬼！你太贪心了。那一天你向我要狗，说有了狗你就能对付任何危险，当天晚上你便有了托尔和布朗达。另一次，你向我要一匹跑起来风驰电掣似的好马,第二天你就有了巴力。你得当心别要我办我很难办到的事。"

"梅弗雷! 我真是太不幸了。"

"为什么这样说?"

"我没有姓氏,没有家庭,没有祖先,这些我全应该有。"

梅弗雷望着特里斯丹。

"为什么要有这些?"她问他。

"因为只有这样我才会幸福。"

"真傻!"

老妇人耸耸肩膀。

"我需要这些,而且还需要更多的东西。我需要一个女人的爱情,我爱她,她却不爱我。"

"愚蠢的家伙,"梅弗雷说,"你要把你的幸福寄托在一个女人的爱情上,她昨天不爱你,如果她今天爱上你,明天就会欺骗你。我把你抚养大,让你成了一个多情的行吟诗人①,真没有白辛苦②。拿起一把曼陀拉③,去到夏夜月光下的开花的柠檬树下面,唱你的情歌吧。你年轻,你健壮,你怎么会不顾这些,甘愿受一个任性的姑娘随意摆布。你是老虎,竟会在绵羊面前爬行。你不配做我的孩子,快滚!"

梅弗雷回答特里斯丹的时候显示出十分轻视的神情,简直无法形容。

"我再对你重复说一遍,梅弗雷,"年轻人注视着她,声音忧郁地说,"我不需要你的哲学,也不需要你的教训,而是

---

① 行吟诗人是十二三世纪的诗人歌手,很多诗歌以爱情为主题。
② 这是一句反话。
③ 曼陀拉是一种古时用的弦乐器。

需要你的指点。"

"那好，说吧。"

"当一个人想买下世界上的所有财富的时候，他应该出多大价钱？"

"应该付出另一个世界上的所有财富，因为据说毫无疑问地有另一个世界。"

"换句话说，就是应该从上帝那儿收回他的灵魂，然后卖给撒旦，对吗？"

"正是这样。"

"那好，我准备做这笔交易。"

"你！"

"就是我，我指望你帮助我完成这件事，我会报答你的。"

"是这样！不过看来你把我当作魔鬼了。"梅弗雷笑着说，她的神情是想让人相信她本来就是魔鬼。

"不，但是我认为你是魔鬼的忠实仆从中的一个。"

"你搞错了。"

"啊！不对，我没有搞错，我还记得我小时候的一些事情，我曾经在这个茅屋里经历了许多黑夜，可以说我在任何别的地方都没有再经历过。我听见过一些话，自从我离开你以后就没有再听见过。梅弗雷，我对你再说一遍，既然上帝抛弃了我，你应该帮助我去找'另一个'。"

"可是，我可怜的孩子，"梅弗雷用一种半是嘲笑半是认真的语气说，"假定我能够照你的请求帮助你，使你开始和撒旦来往，你希望它怎样对待你的灵魂呢？一个平民百姓的灵魂在它看来能有什么吸引力呢？这个平民百姓又是一个孤儿，在一座城堡里当仆人，靠人施舍长大。它已经有了你的灵魂，就不需要付更高的代价。你的灵魂理所当然应该属于它。你是不是一生中只做了一件好事？你是不是在出卖你所谓的灵魂的同时，会失去什么东西？不，你只会得到什么。魔鬼十分精明，是不会受人骗的。啊！如果你是一名教士或者是一个姑娘，那就是另外一回事了。"

"你在开玩笑，梅弗雷，不过你自然了解我。你知道吗，为了从撒旦那儿得到我想得到的，我会使自己的灵魂变得和圣徒的一样，认至连上帝也会上当！如果有必要，在一年半载里，我会在苦衣①下面耗尽我的体力，因为守斋而损害了身体，我的双膝一直跪在修道院的石板地上，为了一到满期的时候，好让撒旦得到什么用来购买我的灵魂，并且给我我向它要的东西，这些你明白吗？"

"这可是大事！"梅弗雷说，她的像纯绿宝石一样发亮的绿眼睛盯住年轻人。

"你看得很清楚。"

"你想做什么呢？"

"我想报复。"

"向谁报复？"

"向那个不爱我的阿利克丝，向那个被她爱的奥利维埃·德·卡尔纳克，向那座城堡的该死的主人们。我恨他们对我的施舍，如果有其他的人伤害我，我也不会恨得这样厉害。我想成为有钱的人，高贵的人，有权有势的人。我想得到一个人能够希望得到的一切。"

"啊！你爱的是阿利克丝？啊！你恨的是卡尔纳克那家人？"

---

① 苦衣是苦行者穿的粗毛衬衣。

“难道你，你不恨他们！”

“我吗，我恨所有人，尤其是有权有势的人。”

“那你同意啦？”

“还有一句话要说。对给你帮助的人，你回报他什么呢？”

“他要什么就回报什么。”

“你完全决定了？”

“决不反悔。”

梅弗雷站了起来，关上装金币的箱子，把它藏在茅屋的一个角落里。

“你来。”她说。

“你要带我去哪儿？”

“你来，”说着，她打开了门，向左边的天边伸出胳臂，“尽管天黑，你依旧看得见那边有一堆黑黑的东西吧？”

“据说那是一座城堡的塔楼。”

“那儿有一座城堡。”

“那又怎么样呢？”

“是这样，我们上那儿去。”

“谁住在那座城堡里？”

“你就会见到的。啊！那是一个权势很大的爵爷，”梅弗雷说，“你不可能有比他更好的带你去见撒旦的介绍人了。”

“我们赶快去吧！”

“你还要说一句，我不是一个好妈妈，”梅弗雷带着冷笑说，同时将一块毯子扔到他的背上，“没良心的东西，你甚至不亲我一下。”

她一面说一面把她的起皱的黄色的脸凑近特里斯丹的嘴唇，他很乐意地亲了亲她。

"我准备好了。"她说。

"走吧。"

特里斯丹打开门,吹了声口哨。巴力嘶叫着出现了。

"上马。"梅弗雷说。

特里斯丹跳上马去。

"现在好上路了。"她说完也一跃上了马,坐在特里斯丹后面。巴力像箭似的迅速朝着那座阴暗的城堡奔驰而去。

两只狗跟在它后面。

九
吉尔·德·雷斯

"梅弗雷，"在巴力发狂一样不断飞奔的途中，特里斯丹向老妇人问道，"你不觉得这座城堡刚才还隐没在黑夜里，现在却奇怪地发出了亮光？"

"啊！这是因为在城堡里面并不缺少灯火。你不是想看地狱吗，我这就领你去那儿，但是你放心，你会受到很多人的欢迎的。我们去得正是时候。跑呀，巴力，跑呀。"

这匹牲口听到巫婆的叫声，或者不如说是她的口哨声，立刻加快了速度，这似乎难以想象。

距离越来越近，年轻人一直朝城堡望着。他的锐利的眼睛开始辨认出城堡的各个部分，虽然天很黑。

"梅弗雷！是不是我看错了？"他说，"我觉得这座城堡好像四周围着树木，这些树上如同在盛夏一样，长满了绿叶。"

"你没有看错，"巫婆回答道，"你看见了吧，撒旦很会变出东西来的。"

他们到了，巴力停了下来。

出现在眼前的城堡宏伟壮丽，所有的窗子都是灯火通明，像无数的红宝石，一道月光把那些精美的锯齿形雕刻照得清清楚楚。随风送来了狂饮的人的喊叫声和歌声。冬天和严寒仿佛因为看到自己被笑声和歌声驱赶出来十分恼怒，凛冽的北风在这个充满快乐的嘈杂声的石头蜂箱四周吹个不停，比在其他任何地方吹得都更猛烈。

到了吊桥前面,巴力叫了起来,好像它认识眼前这个地方,它很高兴来到这儿。

巴力一叫,吊桥放下来了。

特里斯丹和梅弗雷走进城堡,没有人问他们要去哪儿。

"这座城堡没有守卫吗?"特里斯丹问。

"它自己守卫自己。"老妇人回答说。

我们的主人公一走进院子,就闻到一股温热的、芳香的空气,像暖房里的一样,但是在他的头顶上依旧是阴云密布的天空,只是他的脚踩在如同地毯一样柔软的绿草地上。

这个强行插入冬天里的春天比荒凉、寒冷和饥饿更神秘更可怕。

这是特里斯丹没有预料到的,他向周围看了一遍,站住了,他承认自己有些害怕。

"要后退还来得及,"梅弗雷对他说,年轻人在想什么都逃不过她,"如果你还打不定主意,我们就回去吧。"

"不,不,我们进去。"特里斯丹说。

"那就跟着我走。"

梅弗雷穿过一个被辉煌的灯火照得通亮的拱门,到了一道楼梯面前。它和卡尔纳克城堡朴实无华的楼梯完全不一样,它铺着地毯,墙壁上挂满了华丽的挂毯。在楼梯的梯级上,每隔一段距离就放着一些六尺高的银制塑像,它们高举着点燃的火把。在白色大理石做的大花盆里种着南方来的叶子浓密、花瓣敞开的鲜花,它们放在那些塑像中间,馥郁的花香使得拱顶下的空气更加浓烈。

梅弗雷走上楼梯,特里斯丹跟在她后面,他一声不吭,心中暗暗吃惊。

喊叫声现在听得很清楚,还能听到宴会上的宴客说话的声音。到了二楼的楼梯平台上，梅弗雷推一扇门，不是那扇通往宴会大厅的门，而是一扇被挂毯遮住的小门，一按一个隐秘的弹簧，门就自动开了。她对特里斯丹做了个手势，要他跟着她走。他们沿着一条圆形走廊走到一间装饰得富丽堂皇的房间。只有一幅挂毯把这间房间和发出喊叫声的房间分隔开。梅弗雷撩起挂毯，对特里斯丹说：

"你看！"

特里斯丹越过她的脑袋向前看。

这是一间长长的大厅，天花板上全是镶嵌画，画的是各式各样的纹章；墙上满是金光闪闪的盔甲，女人的塑像，许多种颜色的旌麾，多枝烛台，铜的、银的和绿色大理石的古代风格的花瓶。在一张马蹄铁形的桌子四周，一些男人和女人像古罗马人一样躺着，宾客中年纪最大的还不到二十五岁。在蜡烛光下，桌子闪闪发光，上面放满了高脚酒杯、水壶、碗碟，还有一些金子做的小筐，里面装的秋天的鲜花和水果都倒在桌子上了。在这间大厅里，体力、青春和爱情被毫无节制地消耗着。

空气中弥漫着古怪的香气。到处是笑声和喊叫声。仅仅一个夜晚，要花掉人间这么多的财富，这样的挥霍实在惊人。每个女人都佩戴着金银珠宝饰物，面颊因为快活变得通红，嘴唇因为喝酒更红了，纤细柔软的双手拿着水果。

他们大约有二十个人，全都年轻，全都漂亮，就像梅弗雷说过的那样。

在这些发疯般的女人当中，有些是她们的母亲高高兴兴地看着她们出生，看成是给自己的安慰把她们养大的。在这些年轻的男人当中，有些是为了保持一个伟大的姓氏和成为正直的军人而来到人世，他们在埋葬他们的母亲的时候，还面带笑容，骂他们的父亲的名字。他们是有生命的尸体，在心脏那儿没有东西跳动。他们将他们的梦想，他们的品德，他们的勇气依次地葬送在放荡和罪恶的生活里。

"我想要的不是这个，"特里斯丹低声对梅弗雷说，"我可不愿意和这些人一样。"

"你看这个人。"巫婆指着一个宾客说，特里斯丹还没有注意到他，也许因为他离他只有几步远。

她指的这个人确实和他的同伴不大相同，个儿高大，充满活力，眼睛乌黑有神，容貌显得刚毅有力，看上去在场的所有人加起来也不是他的对手。

特里斯丹看到他的时候，他正一只手拿起一只几个孩子拖来的笨重的双耳瓮，又毫不费力地放到桌子上。然后他一口气喝干了他的酒杯，这也许是宴会开始到现在他第二十次干杯了，可是他丝毫没有醉意。

"他是你的主人？"特里斯丹问梅弗雷。

"是的，"梅弗雷回答道，"他是吉尔·德·雷斯爵爷，是布列塔尼的最高贵、最富有、最有权势的爵爷中的一位。"

她沉默和凝视了片刻以后，又说道：

"特里斯丹，瞧呀，在这些女人当中你有没有看到能使你忘掉阿利克丝的女人？"

"没有。"

"你想和她们一起快活快活吗？"

"不，我想对这一位说话！"特里斯丹指指刚才梅弗雷指给他看的那个人。

这个人虽然在场，但是他并不像其他的宾客那样发疯似的寻欢作乐，甚至可以说他对他们的举动很反感。他的深邃的目光显示他不喜欢这种毫无意思的享乐。

"等我一下。"梅弗雷对特里斯丹说。

　　她在她和他当中放下门帘，走进大厅来到吉尔·德·雷斯跟前，拍拍他的肩膀。

　　"啊！是你，"这个人转过身来说，"欢迎你。你来是要告诉我什么事或者有什么要求？"

　　"有事求你。"梅弗雷回答说。

　　"要我替你做什么？"

　　"我们出去说吧，在这儿没法听清楚。"

　　梅弗雷说罢，就从她进来的地方走了出去，那个年轻人跟在她后面，在大吵大闹的响声中，没有一个宾客会发觉谁来了谁走了。

　　"主人，"梅弗雷对她找来的人指指特里斯丹，"这是一个受我保护的人，他需要你的指点。你愿不愿意为他做点什么？"

　　特里斯丹站了起来。

　　"让他说吧，"这个目光深邃的人用很庄重的声音说道，"何况，梅弗雷，你也知道，我喜欢受你保护的这个人已经很久了。"

　　"大人，你知道我？"特里斯丹问道。

　　"是的，不只是知道你的名字和名声。我还知道你神奇的体力，知道你的灵魂和你的身体一样狂热、刚强、不可征服，正因为如此我喜欢你。我呀，我也知道由于你有这样的灵魂，所以所有比你地位高的人为难你，所有对你的抑制伤害你。就为了这个你来见我。我没有说错吧？"

　　"没有，大人，因为这全是事实。"

　　"一个人因为没有财产，没有祖先，没有纹章，于是他的胸膛里跳着一颗沸腾的、充满奢望的心。如果有谁，任凭是谁，能把他渴望的地位和他向往的称号送给他，他就准备将自己的灵魂卖给这个人。先生，这件事难道很难办到吗？"

"这正是他想做的交易。"梅弗雷说，她蹲在房间的一个角落里。

"真是这样吗，特里斯丹？"

"真是这样，大人，不过我想要的不止这些，我还要另一件东西。"

"或许是爱情的媚药吧？"

"是的。"他回答道，声音很阴沉。

"你指望我的帮助？"

"是的。"

"你认为我具有一种神奇的力量，你认为存在着这种力量？"

"我认为对于那些饱受痛苦却又无法摆脱的人来说，应该有一种能让他们在死去之前不再受苦的方法。"

"先生，你说得有道理。"

宴会上的喧闹声明显地减少，主人撩起挂毯，望着他刚才离开的大厅。

几乎所有的男女客人都睡着了，有的睡在床上，有的睡在地上。有两三堆人还在继续交谈，他们互相握住手，彼此的眼神交错在一起。但是谈话的人的苍白面色和精疲力竭的样子说明他们已经一半酒醉一半困倦，对周围的一切不再有任何感觉。大厅的地毯上撒满了华丽的衣料、金银珠宝饰物和金酒杯。

那些孩子被他们看到的和听到的弄得昏头昏脑，现在也睡着了。这几个站着，靠在塑像的底座上，那几个同宾客睡在同一张床上。

"去准备吧，梅弗雷。"主人说。

"我们带哪一个？"老妇人走到她的主人面前，她的主人向她指指一个背靠着墙的孩子。

梅弗雷像一个影子一样走到那个孩子那儿，她用一种简直难以想象的力气把他提起来，放到自己的肩膀上。可怜的孩子睡得太熟，竟没有醒过来。

"你走在前面，"吉尔说，"我们跟你走。"

老妇人先走掉了。

"先生，"吉尔对特里斯丹说，"一个人要强大有力，就得像你一样，有两只可以帮你战胜危险的狗，一匹可以带你处处可去的马，此外，还应该有这样一只号角，"吉尔继续说下去，"谁需要知道往事，用它能够召唤亡灵。先生，把这只银号角带走吧，在合适的时间和地点它会对你有用的。"

说完，雷斯爵爷从自己的脖子上取下了号角，挂到特里斯丹的脖子上。

特里斯丹正要对他表示感谢，这时候忽然听到一阵呻吟声，好像是一个人在和死亡搏斗最后发出的喊叫，他禁不住全身哆嗦起来。

"大人，你听见没有？"特里斯丹惊恐地问道。

"听见了，"吉尔回答说，"你害怕啦？"

"不，可是这是什么声音？"

"这没有什么。是梅弗雷通知我们她在等我们去。"

他们两个人走出那扇老妇人带着孩子出去的门。在一条阴暗的走廊里走了一会儿以后，吉尔推开一扇门，叫特里斯丹随他进去，那是一间四周墙壁遮着黑布的房间，放在一张祭台上的一盏铁灯闪着微弱的亮光。

"全准备好了？"吉尔问道。

"是的。"梅弗雷回答说，同时把一块黑帷幔丢在一样躺在地上的东西上面，光线很暗，无法辨认出那是什么。这块盖上去的帷幔显出了一些线条，就像一床被单盖在一具尸体上一样。

梅弗雷拿起一只盛满滚热的红色液体的青铜酒杯，放在祭台上，祭台在房间最里面，不过特里斯丹能够看清楚它每个部分。

这个祭台和做弥撒用的祭台外形相同，不同之处是它是用来召请撒旦，而不是用来祈求上帝的。

"用左手画十字。"吉尔对特里斯丹说。

特里斯丹照做了。

"把灯吹熄。"伯爵又转身对梅弗雷说。

她立刻熄了灯，整个房间里一片漆黑。但是似乎有一个看不见的火开始照亮它。因为在特里斯丹眼里，面前的人的轮廓都闪耀着光，只有那个像人的身体的东西依旧在黑影里。

吉尔举行祭礼了，梅弗雷做他的助手。

特里斯丹清楚地看到梅弗雷把那只酒杯送给这个亵渎神圣的教士，杯中的液体像火焰一样发光。吉尔将它当作祭品举起来，好像教士献给上帝代表圣血的葡萄酒[①]。

"过来。"伯爵转过身对特里斯丹说，并且把酒杯递给他。

"该怎么做？"特里斯丹问。

"把酒杯里的东西喝去一半。"

特里斯丹拿起酒杯，放到嘴唇边，但是正要喝的时候，突然缩回了脑袋，面色变得苍白，在黑暗中，显得分外突出。

"酒杯里是什么？"他声音低沉地问道。

---

① 据《圣经》，耶稣在最后的晚餐时，拿起饼和葡萄酒祝祷后分给门徒说：这是我的身体和血。

"喝呀。"吉尔和梅弗雷一起对他说。

"它的颜色像人的血。"

"喝呀。"

"它是热的,好像受害的人还在呼吸。"特里斯丹不由自主地把目光投向那个被黑帷幔盖住的东西。

"喝呀。"这是第三次催他了。

"你害怕啦?"梅弗雷低声对他说。

特里斯丹又一次把酒杯放到嘴唇边,喝了一半,他仿佛觉得他喝下去的是一团火,他的前额变得滚烫。

"现在,"吉尔说,"你已经领了圣体①,不过那是人的血,你有资格接受我们的上帝了,听好。"

同时,吉尔打开一本放在一张木头斜面课桌上好像《福音书》②的书,把手放在打开的书上。

这本书上的字真像是用硫黄写的,因为在主祭一动不动,仿佛是大理石做的白色手指中间冒出了一阵青烟,接着书上出现有魔力的、冒火星的字,主祭一读它们,一个个又不见了。

"三天以后,你将离开你住的城堡。"吉尔用庄重的声音说。

"是的,"特里斯丹低声说,"我应当离开还是留下?"

"应当离开。"

"好的。"

"你穿过普瓦提埃平原去希农。"

"然后呢?"

"你在这个平原上有一座墓的地方停下来。"

"撒拉逊人的墓。"

---

① 领圣体原为基督教重要礼仪之一。
② 指《圣经 · 新约》中的四福音。

"对，一块几乎同岩石似的巨大的石头盖在这座墓上。你抬起这块石头，往墓里走下去。"

"我吗？"特里斯丹吃惊地问。

"是你。"

"这太奇怪了！"

"有什么奇怪？"吉尔问，眼睛一直盯着那本魔书。

"因为在卡尔纳克家族中关于这座墓有一个预言。"

"确实如此，我在这儿看到了，是不是这个？"

　　雷斯家和卡尔纳克家的血合在一起，

　　会打碎保存了七个世纪的封印，

　　黑色的马格里布人将走出古老的坟墓，

　　虽然骑士一直把他看得紧之又紧。

"是的，是这个，"特里斯丹回答说，"不过这段预言是什么意思？"

"它的意思是说，有一天，这块盖在撒拉逊人的墓上的石头将会被雷斯和卡尔纳克两个家族的一个子孙抬起来。"

"可是，"特里斯丹声音颤抖地说，"我既不是你的亲属，也不是奥利维埃的亲属。"

"书上的字消失了，"吉尔回答道，声音始终是同样的严肃，"命令留了下来。你将抬起石头，前途就在下面，但是在那之前，要保持沉默。"

"大人，谢谢你，"特里斯丹说，"命令会被执行。"特里斯丹原来是跪着听伯爵对他说话的，这时站了起来。伯爵凑近梅弗雷，用年轻人无法听见的很低的声音对她说：

"就是他！"

十
出 发

特里斯丹离开吉尔·德·雷斯的城堡的时候，天开始亮了，他走上了回卡尔纳克城堡的路。

也许还是第一次他强迫巴力走慢一些。

他独自一个人。梅弗雷留在伯爵身边。

应该提一提的是，无数纷乱的想法此刻正在年轻人的脑海里翻腾着。他参加的奇特的弥撒，他领食的人血做的圣餐，他接受的抬起撒拉逊人的墓上石头的神秘命令，使他陷入不停地沉思当中。

这是因为特里斯丹虽然是个十分坚强果断的人，但是还不习惯这个时期的巫术需要用人做祭品的事。如果他在跟着梅弗雷走的时候，知道他这一去将送掉一个孩子的性命，他也许会向后转的。我们没有把特里斯丹当作一个十足的邪恶的化身，而是把他看成是一些强烈的欲望的组合体，这些欲望最后终于会把一个人引到歪门邪道上去。他并不是生来就是坏人。他能指望做的坏事，在他身上是一个果，而不是一个因。可以做证明的是因为他有时还富有爱心。他很不愿意看到自己变成坏人，可是没有什么力量帮助他成为好人，于是他在作恶的道路上只想日渐大胆，也顾不得天性了。既然他应该到深渊的底下，那就不用逐渐往下滚，干脆一下子跳下去，这样，他便没有时间考虑，也无法再向后退。

他这样慢慢地向前走的时候，在路上遇到了一个骑马的人。这个人是布列塔尼，他骑在奥利维埃送给他的马上，迷迷糊糊，似醒未醒，正朝雷斯的城堡走去。

"啊！是你，特里斯丹先生，"传令官说，"我很高兴遇见你。我好像昨天还没有好好谢过你。"

"先生，你已经对我谢得太多了，其实是不值得谢的。现在你要上哪儿？"

"我去雷斯伯爵那儿，我的主人非常指望能得到他的帮助，因为这位拉瓦耳①的爵爷是一位有权势的、勇敢的贵族。"

"今天早上你离开卡尔纳克城堡的时候，那儿有没有发生什么事情？"

"没有，只是城堡里的人天没有亮就都醒了，从我离开时见到的奥利维埃先生，到向我亲切地用手招呼的他的高贵的母亲，都是这样。不过，如果你相信我所说的，先生，请加快你的马的步子吧，因为我好像听到城堡里都在叫你的名字，大家在为你担心。"

"谢谢，祝你好运。"

"再见，先生，"传令官说，"因为我非常希望我们在奥尔良破围战中再次见面。"

两个骑马的人分手了。特里斯丹到了城堡以后，别人对他说的第一句话便是："先生，请你去见伯爵夫人，从一早起她已经问到你好多次了。"

正像布列塔尼说的，所有的人大清早便都起来了，或者不如说在卡尔纳克城堡里没有一个人睡过觉。快乐和不安都使人无法入睡，这就可以说明奥利维埃为什么失眠和他的母亲

---

① 拉瓦耳，法国西北部一城市。

为什么睡不着。

特里斯丹去见伯爵夫人，但是在让人通报他到来之前，他又考虑了一会儿。仿佛他这时候下了一个决心，在头脑里决定了以后他将扮演什么角色。他这样短短地思考了一下之后，方才走进房间。

伯爵夫人面色苍白，她不仅一夜没有睡，而且还哭了许久。虽然阿利克丝曾经尽力使她相信丝毫不用害怕特里斯丹，可是并没有用，相反，她我不得不认为应该提防这个性格阴郁、为人粗野的人。她打定主意要对这个年轻人坦白一个秘密，她认为他知道这个秘密以后，将会停止他的复仇计划，尽管她自己将会面临不幸。

"先生，"她对特里斯丹说，"昨天我就叫人找你。"

"我很遗憾我一直不在城堡里，夫人，"我们的主人公回答说，"不过，您是知道的，我经常晚上不睡觉，骑马在旷野上到处跑。"

"我知道，那昨天晚上……"

"和以往一样。"

"找不到你我很担心，特里斯丹，因为我昨天看到你心情不好。"

"新鲜空气对我有好处，夫人，今天早上我平静多了。"

"如果你说的是真的，那太好了。我却不是这样！"

"夫人，您有些悲伤，是吗？"年轻人注视着伯爵夫人说。

"悲伤是由于你引起的。"

"由于我？"

"阿利克丝全告诉我了，特里斯丹，你的爱情和你的恐吓。这就是为什么我想找你谈谈的原因。"

"这是，"特里斯丹费了好一番劲才接下去说，好像觉得他要说的话很难开口似的，"这是因为我已经知道我原来想埋葬在我心底的事被您晓得了，我只得去向黑夜请教①。"

"但是你回来了？"

"而且如同我刚才对您说的，我平静多了，夫人，还多了一些新下的决心。"

"那么，奥利维埃呢？"伯爵夫人欢喜地问。

"和他的未婚妻一样，丝毫不用害怕我，我牺牲了爱情，我迫使我的心保持沉默。这是我能够送给他们的订婚仪式的唯一礼物。"

"你是认真的吗？"

"当然，夫人。"

"啊！这很好，这太好了，特里斯丹，上帝会报偿你的。我早就知道你心眼儿不坏。"

伯爵夫人一面谈一面怀着怜悯的心情望着年轻人。她好像很想把他抱进怀里，因为在一再受到焦虑的折磨后，她认为用言语是无法表达出对他的感激之情的。

"我是第一个原谅你的，特里斯丹，"她说，"那是在阿利克丝告诉了我她和你之间发生的事情以后，亲爱的孩子她也完完全全地原谅你了。"

"夫人，您为什么要对我如此宽容呢？"

"是因为，"伯爵夫人激动地说，"我以为人们更应该原谅那些总是不幸的人。"

"您知道我是不幸的人吗，夫人？"

"你不是孤儿吗？"

---

① 法国有句谚语：静夜出主意。

"您是想说，弃儿。啊！把我生下来的人真该受到诅咒！"特里斯丹愤怒地说。

"这样的咒骂会落到发出的人自己身上的，"伯爵夫人说，她几乎有些吓坏了，"特里斯丹，不要诅咒任何人，尤其是把你送到这世界上来的人。你知不知道他们在这样做之前是多么痛苦？你的母亲在和你分离之前，她的心肯定碎了。不要诅咒她，而是要为她祈祷。如果她已经去世，你的祈祷将使她在墓里得到安慰；如果她尚在人间，你的祈祷将减轻她的痛苦。这位母亲由于对儿子的爱，特里斯丹，她会对你说，她早就知道和她的孩子分开会是多么悲痛。"

伯爵夫人说话的时候，特里斯丹的眼睛一直盯住她，他的目光好像想看到她内心的深处。他从来没有看见过城堡主夫人为了他这样激动过。他的脑海里无疑掠过了一个古怪的想法，因此他让脑袋无力地垂到胸前，陷入了沉思。接着他又朝奥利维埃的母亲望去。面对这样的目光，她垂下眼睛，感到心烦意乱。

"如果情况是这样……"年轻人低声地说，"啊！我以后会知道的。"他想到他刚才的猜想可能成为事实，觉得自己的心因为自豪在怦怦直跳。

"让我们忘记这一切吧，"他的眼睛依旧牢牢望着伯爵夫人，这样，她的每一个动作，脸上流露出的任何表情，都不可能逃过他，"三天以后，奥利维埃先生和我，我们要出发了，战争将会消除失望给我带来的痛苦，如果我能活着回来，那时候我心上的创伤将会完全痊愈。"

"特里斯丹，你一定会建立许多赫赫的战功胜利归来，"伯爵夫人几乎有点儿骄傲地说，"你的名字现在默默无闻，以后会无人不知，那时候你就能实现你的一切愿望。"

"甚至找到我的母亲的愿望?"特里斯丹问道。

伯爵夫人面色发白了,不过她没有回答。

"夫人,您知道雷斯城堡吗?"特里斯丹好像想转移一下话题,这样问道,可是从他的语调可以听出来他问这话另有目的。

"不知道,"卡尔纳克夫人费劲地说,"你为什么问我这个?"

她说这句话的时候,眼神中几乎带着恳求。

"因为今天早上我在回来的路上,"特里斯丹回答说,"遇到了布列塔尼先生,他去邀请住在那个城堡的主人,和奥利维埃爵爷一样,投奔我们共同的主人阿尔蒂斯·德·里什蒙统帅。我原来想那个城堡离这儿不远,您也许会认得它的主人。"

"你说错了。我不认得那个年轻人。"伯爵夫人终于控制住了自己的感情,对他说。特里斯丹察觉到了这点,可是他仍然坚持说下去:

"夫人,如果是我说错了,可是七百年前流传至今的那个预言里,雷斯的姓氏和卡尔纳克的姓氏连在一起。这个预言所说的应当很快就会实现,除非它和其他许多事情一样,只不过是个谎言。"

伯爵夫人同所有心灵高尚的人一样,对待带有恶意的情绪比对待带着善意的情绪更加冷静。她相信特里斯丹这样问她是受到了一种恶意的驱使。她站了起来,用很庄严的语气对他说:

"关于预言一类的事,我不大懂,先生,如果这一个我完全不理解的预言有一天能够实现,那对魔法师墨林来说是莫大的光荣,对我们家族来说也是莫大的荣誉。"

特里斯丹皱了皱眉头。如果伯爵夫人能够看见她刚才在他心中堆积起的新的仇恨,她也许会吓坏的。特里斯丹不能原谅别人有意避开他。

这时候奥利维埃走进了他母亲的房间。

"母亲,神父在等我们去呢。"他对她说,脸上挂着微笑,接着他转身对他的侍从说:

"啊!是你,特里斯丹,我很高兴看到你。"他向这个年轻人伸出手。

"请接受我的祝贺,大人。"特里斯丹回答说。

"你知道神父为什么等我们去?"

"知道。"

"你羡慕我的幸运吧,是不是?"奥利维埃拍拍特里斯丹的肩膀微笑着说。

"大人,谁不羡慕被你美丽的表妹爱的人呢?"特里斯丹声音低沉地说。

"你放心,朋友,我们以后会给你找到一位让别人也羡慕的漂亮妻子的。走吧,母亲;走吧,特里斯丹!"

特里斯丹走进了小教堂,城堡里的仆人不一会儿就全部聚集到了这儿,参加即将举行的神圣的仪式。特里斯丹在暗处背靠着一根柱子,望着神父将两个年轻人结合在一起,听见他对他们说:

"从今天起,我的孩子们,你们就是上帝面前的未婚夫妇了。"

"订婚仪式之后不一定就有结婚仪式,"特里斯丹自言自语地说,"在两个仪式中间将会发生许多事情。"

阿利克丝因为能面对所有人公开她的爱情,她说不出的激动、高兴,又感到十分自豪。她回到自己的房间,奥利维埃在门口站住了。

"后天你将离开城堡，"少女对她的未婚夫说，"你要去打仗了。请你记住，万一你战死，在这儿一次丧事之后紧接着就是另一次丧事。虽然你英勇过人，仍旧要千万谨慎。"

"请你为我祈祷，阿利克丝，上帝会排除危险的。"年轻人回答说。

特里斯丹待在院子里。从昨天夜里起他经历的所有事情开始在他的脑海里乱成一团。此外，伯爵夫人的一句话给他带来了新的希望，尽管它很模糊，可是如果成为事实的话，那么他的种种愿望可能都会一一得到实现。

这样，从此刻起直到出发的时刻，特里斯丹没有和任何人说过话。他几乎很少吃东西，也不睡觉。

在这段时间里，奥利维埃忙着召集人马，他需要组建一支队伍。在城堡里不停地响着搬动盔甲的响亮的声音，马匹走动的声音，挥动长剑的声音。白天在准备各种武器中过去；夜晚，军人们由他们的手下人陪同，在一间废弃不用的大厅里又吃又喝，直到天亮。每一个军人手下有五个人听他的指挥，他们是两个弓箭手，一个年轻侍从，一个侍童，一个长矛手，他们都很会打仗，可是也很会喝酒。

出发的日子到了。

奥利维埃在城堡的院子里检阅他的队伍。

骑在马上的军人面对着年轻的伯爵，跟在他们身后的是我们在上文说过听他们指挥的手下，这些人也骑着马。每个仆人牵着两匹马，就是说，一匹战马，一匹驮辎重的马，这匹马驮着帐篷和各种生活必需品。

大家都明白，组成一支这样的队伍要花多少钱，集合和维持队伍的费用是由率领它去支援国王的贵族负担的。其他的贵族都比不上奥利维埃这样富有，他们每人只带了五个人或十个人来和他会合，扩充他的人马，同时置身于这个年轻人的领导之下。年轻人于是成了大约一百五十个人的首领，这是一个受人尊重的位置。

但是使大家感到惊奇的是特里斯丹挑选的、在院子里闹个不停的伙伴，就只是托尔和布朗达，它们的主人像对待马一样，给它们也披上铠甲。它们仿佛猜到即将去咬别人和挨别人打，因此高兴得又跑又跳，很有点出征的气概。

至于特里斯丹，穿着又轻又薄的锁子甲，已经骑在巴力上。他离开奥利维埃几步远，马鞍上一边放着一把斧头，另一边放着一把长剑。他手上拿着绣着卡尔纳克家族盾形纹章的绸军旗。

留守城堡的人都用赞赏的眼光注视着出发的人的庄严的军容和他们的首领优美的风采。奥利维埃穿了一件像丝网一样柔软、像银子一样发亮的锁子甲，像平时一样熟练地驾驭着我们见过的那匹白马，向他的这支小部队作最后的指示。

伯爵夫人和阿利克丝紧靠在一起，站在他的旁边，她们很悲伤，同时也感到骄傲。她们心里都在想当马蹄声在原野上消失的时候，怎样向对方诉说自己的痛苦。

神父站在台阶最上面，念了几节《福音书》，向所有的人祝福，每个人都恭恭敬敬地低下了头。

最后，阿利克丝将一条她亲手绣的肩带丢给奥利维埃。奥利维埃最后一次拥抱了她，也拥抱了他的母亲。"卡尔纳克伯爵夫人万岁!"的喊叫声经久不息。马开始起步了。

庄稼人都聚集在这儿，观看队伍走过去，他们大叫、鼓掌，向出发的人祝福、致敬。

阿利克丝回到房间里，走上阳台，不停地挥动着手帕，直到看不见奥利维埃的影子。

伯爵夫人呢，跪在她的祈祷室里，自从她和特里斯丹最后一次见面以后，她就没有离开过祈祷室。这时她流着泪，大声说道：

"上帝！上帝！可怜可怜我吧。"

"我的女儿，别再痛苦了，"神父走了进来对她说，"上帝对牢记着他的人，一向行善的人是慈悲为怀的。"

"我的神父，"伯爵夫人投进他的怀里，喊道，"我竟不敢在特里斯丹出发前拥抱他，他离开的时候也没有转过头来看我一眼。在未来将会有灾难出现，我的神父，你了解过去的事情，你能猜测未来会有什么灾难吗？"

这时候，奥利维埃已经走到离开城堡大约两百步远的地方，他对他的伙伴说：

"特里斯丹，你走的时候没有向我的母亲告别，这不大好，她是那样爱你，爱得连我都几乎要嫉妒你了。"

十一
撒拉逊人的墓

在发生上面刚叙述过的那些事情一星期之后，这天晚上七点钟左右，也就是说天已全黑，一支骑马的队伍走进了普瓦提埃平原。这可是真正的平原，因为在这儿看不见树木，也看不见荆棘丛，只见遍地都是石头，仿佛行人走过的地面一根草也不生长似的。

这支队伍就是奥利维埃率领的人马。

特里斯丹一直待在他的身旁，他的心猛烈地跳动着，因为他看到美好的未来在他眼前出现的时刻越来越近了。

"大人，"他对奥利维埃说，"你不认为我们今天晚上最好在这块平原上宿营吗，还有你也应当去拜谒你的显赫的祖先的墓。"

"这正是我想要做的，特里斯丹，等到我们到了那座墓附近就停下来。"

特里斯丹用他敏锐的目光朝黑暗深处望去，他仿佛看到在阴暗的天空前面出现一条线，像是沾上墨水一样，从远处看过去，会看成是一条云，但是他的预感告诉他前面就是出名的墓上的石头。

他一面朝那个方向走去，一面对奥利维埃说：

"我大概看到了什么东西，大人，如果你准许，我亲自去核实一下。"

"去吧。"奥利维埃对他说。

特里斯丹驱着巴力快跑，不多一会儿他便到了那座墓前面，墓是一块金字塔形的巨大的石头，上面长满了青苔。不管是白天还是黑夜，凡是走过这块石头的庄稼人都要对它崇敬地、几乎是恐惧地画个十字，因为这样的纪念物不会没有有关的传说，那些传说如同放在废墟上的鲜花。

"你抬起这块石头。"特里斯丹想起雷斯爵爷说的话。但是独自一个人要抬起这样一块石头是不可能的事。

当他面对着墓考虑的时候，托尔和布朗达如同猎狗那样，在墓的四周嗅来嗅去，好像嗅到了什么奇怪的东西，突然站住了，并且抬起脑袋，发出长长的凄惨的叫声。

巴力张开鼻孔，向着墓的那一边伸长脖子，同时竖起了耳朵。它吸了一口气，和狗一样叫了起来。

"是这儿。"特里斯丹对自己说，他也同样竖起了耳朵，吸了一口气，眼睛盯着墓看，但是他什么也没有见到，什么也没有听到，除了风声。

于是他回到奥利维埃身边，奥利维埃离墓只有一支箭的射程那么远。特里斯丹对他说：

"大人，你可以在这儿停下来。"

奥利维埃下令队伍停止前进，搭好帐篷，准备在平原上过夜。

大家跳下马来。马交给仆人以后，他们就开始干活。

他们点起了火把，用欧石楠燃起了篝火，接着跑到驮辎重的马那儿，取下小锅和小铁桩，搭成炊事用具，准备做饭。那些又矮又胖的弓箭手给身上的盔甲压得直不起腰，把大铜锅顶在头上走过来；木工们在地上竖立起用来支撑帐篷的木头，其他的人则懒洋洋地围着篝火取暖，吃着东西。四周都是马嘶声和仆人的喊叫声，看上去真是奇怪的场面。

外
国
文
学
经
典
阅
读
丛
书

奥利维埃和特里斯丹向墓走去。卡尔纳克伯爵一走到那儿，就恭敬地画了个十字。

"大人，"特里斯丹对他说，"难道你不认为打开这座墓是一件和你的姓氏相称的事吗？"

"为什么要打扰死者的安息呢，特里斯丹？"

"是为了向他们要他们具有的力量，大人。"

"你的话是什么意思？"

"我的意思是，在进行像你现在进行的这场远征的时候，大人，这个祈求是对墓中的死去的贵族表达的敬意。你不是对我说过吗，大人？有人在地下挖了一个很深的洞，在里面安放了一个基督教徒和一个异教徒，他们并排躺着。这个洞非常大，你的祖先当别人把他关进去的时候还活着，他可以在里面直起身子站着，在死之前如果他愿意还能走来走去。"

"是的。"

"那好，大人，谁知道呢？也许你有可能在七个世纪以后，看到你的高贵的祖先的形象，不管怎样，你总会看到他打仗时穿戴的盔甲，后来他给裹在里面长眠了。谁会阻止你拿这副盔甲呢，大人？那几乎是一个护身符，一个骑士用七百年以前祖先用来和异教徒作战的剑去打英国人，这不是一件美妙的事情吗？大人，你认为怎么样？"

"也许你说得有道理，特里斯丹，可是我再对你说一遍，我担心这样做很像亵渎的行为。"

年轻人待在那儿，眼前的这座往事留下的纪念物使他感慨万端。

"大人，那你自己决定吧，"特里斯丹说，"可是我比你更好奇，我真想到墓里面看看。"

"你疯啦？"

"啊! 我知道我该做什么，"特里斯丹说，"如果我能得到一把剑，不是从你祖先那儿，大人，因为那是属于你的，而是从那个长眠在你祖先身边的可怕的撒拉逊人那儿，我不会感到不高兴。他是一个敌人，拿走他的剑是正大光明的事。"

"朋友，别做梦啦。让死去的人在墓里安安静静地躺着吧。你看，在这两个永远并排躺着、交手之后同样沉睡的对手身上，有一个值得注意的教训，那便是死亡会使人和解，永恒会产生宽恕。"

"你没有感觉到在你的内心有一个强烈的愿望，想看看时间对这两位英雄有什么影响吗?"

"我再对你说一遍，没有。"

"好吧，大人，"特里斯丹说，"如果是亵渎的罪行的话，后果就由我来承担，不过我希望你能亲眼旁观，因为，我可以肯定，那将是值得你一看的场面。"

特里斯丹不等奥利维埃回答，就跑去找营地上的所有的人，吩咐他们拿来各种必需的工具，好抬起一块儿乎有岩石那么大的石头。

他们奔过来了，有的拿着厚木板，有的拿着铁杠，一些人带着绳子，另一些人带着十字镐。

当他们都聚集到墓周围的时候，特里斯丹对他们指指石头说:

"就是这块石头得给它移个位子。让我们看看你们是不是有力气的好汉。"

好奇心终于在奥利维埃的身上占了上风，他就任凭他们干了。每个人照着吩咐开始围攻这座仿佛稳立在底部不会动摇的金字塔，特里斯丹当然也参加进来。

托尔和布朗达无疑懂得人们在做些什么，高兴得直叫，在干活的人四周跑来跑去，好像在鼓励他们。不过这个艰巨的活儿干起来很慢。可是大家动作一致，摇动了两三下，还是使这块大石头稍稍动了动，这多少鼓起了一点儿干活的人的干劲。

特里斯丹使出了惊人的力气，有好几次，他叫大家让开，相信他一个人就能推动这块巨石。在场的有些人也许认为他办得到，也许是为了讨好他们的爵爷喜爱的伙伴，也许是很高兴能休息休息，就让他干去，而且后来都肯定地说，在特里斯丹的推动下，大石头摇动了。

这件奇怪的活计进行了五个小时，石头终于抬起来离开了地面。大家把木梁滑到石头下面，靠着撬棒，在石头和地面之间开出一个大得可以让一个人通过的空隙。这块石头跟它紧黏住好几个世纪的地面分开后，露出了一个很深的洞口。一些人打着火把走到洞口前面，弯下身子朝它下面看，发觉那是一个深不见底的好像采石场一样的洞穴。

突然，一片寂静。

"大人，"有一个人对奥利维埃说，"墓里面有声音。"

奥利维埃脸色变得苍白，他仔细听。

"不错，"他说，"好像是斗剑声，还有喊叫声。"

"拿根绳子来！"特里斯丹叫道。

"干什么用？"奥利维埃问他。

"好下到墓里去。"

"你要这么做吗？"

"是的。"

"别干了，疯子，我们听见的声音是一种警告，我们应该离开这儿，我们的亵渎宗教的好奇心不要太过分了。"

"相反，大人，这是上天给我们的指点。"特里斯丹说，他的脸色像大理石一样白，因为在这样的冒险当中，他有自己的目的，这是他的同伴们无法知道的。他把一根长绳子的一头束住腰，另一头叫好几个仆人拿着，然后他握着火把，准备下到墓里。

"大人，你陪我一起下去吗？"他问奥利维埃。

"不，"奥利维埃回答说，"我要祈求上帝宽恕你，不让你抬起的石头再落到你的头上。"

特里斯丹知道奥利维埃不同意跟他下去，并不是害怕，而是出于一种宗教引起的心理。

他很高兴，因为他预感到他将要看到的一切只和他一个人有关了。

他下到洞里。

拿着绳子另一头的人都躺在洞口的边上，眼睛盯牢了这个大胆的年轻人。

托尔和布朗达不再叫了，在洞口转了一会儿，最后也跟着它们的主人跳进洞里。

"怎么样？"奥利维埃问。

"没什么，大人，一直听到同样的声音。"

"这不会是幻觉吧？"

"大人，不是，清清楚楚地听见叫喊声、斗剑声和盔甲相撞声。"

"这真奇怪。"奥利维埃低声说，不管会怎样，他还是画了个十字。

所有的人都集中在他周围，竖起耳朵全神贯注地听下面的神秘的声音。

特里斯丹不停地向下降，洞一定拐了弯，因为他拿的火把光照不到洞口了，好像火把已经烧完了似的。只是一道红色的反光还在高高低低的洞壁上亮了片刻，接着全都陷进了黑暗里。不过拿绳子的人手里的绳子还在向下落，这证明勇敢的冒险家一直在往下降。墓里的声音也没有停止过。

"大人，"一个拿绳子的人突然对奥利维埃说，"出了怪事，因为绳子在晃动，好像特里斯丹先生在和什么对打。"

"快叫他。"

那个人使劲叫"特里斯丹！"他的声音很响亮，拖得很长，但是特里斯丹没有答应，绳子继续晃动着。

"有人叫了一声，"奥利维埃说，"向上拉绳子。"

那个人照着做了，不过他觉得被他拉的人在竭力挣扎，不愿上来。他紧紧抱住岩石注意地听着，因为火把熄了，他什么也看不见。

他忽然感觉到有人向上升，离他只有几步远。他又叫了一声"特里斯丹！"但是和第一回一样，没有人答应。

最后，在墓的口子上出现了一个像人一样的东西，不过不是特里斯丹。

在场的人个个都是英勇的汉子，但是有些人看到这个幽灵出现都吓得赶快逃走，连奥利维埃也生平第一次感到了害怕。

墓底下的声音停下来了。

从墓里出来的那个东西是一个老人，个子很高，面色苍白，很瘦，白胡子，白头发，披着一副8世纪的笨重的盔甲。

夜晚的寒风吹到他的脸上，他仰起了头，向上天表示感谢，接着他向奥利维埃走去，奥利维埃的脸比他还要白。他声音微弱地说：

"卡尔纳克伯爵，我是你的祖先。"

"你！"奥利维埃叫起来，不由自主地向后退。

"是的，"披盔甲的鬼魂说，"你知不知道把我活活关在下面待在那个该死的撒拉逊人身边的那一天以后的事？"

"不知道。"

"你们抬起墓上的石头的时候，是不是听到了喊叫声？"

"是的。"

"是呀，七百年来，每天晚上我都要和这个异教徒，这个魔鬼的儿子相斗。"

"我不了解你。"奥利维埃说，他以为自己是受了幻觉的骗，担心自己要发疯了。

"每天晚上，"老人说，他的声音越来越弱，"他都想离开他的墓，可是因为他是恶鬼，七百年来上帝一直准许我阻止他出去。你明白吗，激烈的相斗进行了七百年，远离人群和日光，在墓底，地下三十尺深的地方！所以，把这座墓打开会带来灾难。"

"为什么？"

"因为他会从里面出来，而且和他一同出来的是接二连三的不幸。"

"我，我并不想打开这座墓。"奥利维埃说。

"是的，我知道不是你，"老人用无力的声音说，"是另一个人。是预言要求这样做的。永别了。"

"你要走了？"

"我要死了，我的使命已经完成了。"

"特里斯丹呢？"

老人指指墓，没有再说一句话，然后双膝跪下，好像是在祈祷。他的嘴唇微微抖动，随后全身不再动一动，脸朝下地倒下去。

"他说了话，是不是？"奥利维埃问他周围的人。

这些人面面相觑，心里想这个年轻人是不是疯了。

"你们都没有听见吗?"年轻的伯爵又问了一句。

"没有。"

奥利维埃向尸体俯下身子,抓起死人的手。

"手冰凉。"他说。

"既然他死了有七百年了,大人,你怎么说他说话了呢?"一个年轻侍从用目光征求了他的同伴的同意之后说道。

"但是我刚才听见他说话就像我现在听见这个人说话一样,"奥利维埃自言自语地说,"他说的话句句清楚,我觉得他对我说的每句话还在我耳边响着。这是怎么回事?"

年轻人又一次地向尸体俯下身子,叫他的祖先,同时摇晃他的胳臂。

但是死去的人对他的喊叫和他的摇动都没有反应。

"好啦,诸位先生,"奥利维埃站起来说,"应该看看特里斯丹怎样了,跟我来。"他转过身来又对四名弓箭手说:"你们别离开尸体。"

奥利维埃向墓走去,他不用人帮助,自己下到墓里,不过还是碰伤了手和脸。有十个人拿着火把跟在他后面。

洞里果然有一个弯,年轻人走到一个拱顶下面,走到头后看见那儿有两个墓,两个都是空的。

在一个墓旁边躺着昏过去的特里斯丹,托尔和布朗达在舔他的脸,想使他恢复知觉。

特里斯丹终于张开眼睛,站了起来,向四周望。

"出了什么事,特里斯丹?"奥利维埃问他。

"没有什么事,大人,没有什么事。"

"谁把束住你腰上的绳子解下来的?"

"一位老人。"特里斯丹回答道。

"这位老人是不是十分健壮?"

"是的。"特里斯丹犹有余悸地说。

"他对你说话了?"

"没有。"

"撒拉逊人有没有说什么?"

"没有。"

"这倒奇怪了。"

特里斯丹继续向四周望,显出不安的样子。

"我们出去吧。"他说。

"你懊悔下来了?"

"不,先生,我从来不无缘无故地懊悔的。"

"你听我说,特里斯丹,"奥利维埃更靠近这个年轻人点,对他说,"我的祖先和我说话了,我完全能肯定,虽然他们都说没有听见。"

"啊!"特里斯丹脸色发白,叫了一声,"他对你说了些什么?"

"他对我说这个撒拉逊人是地狱里的魔鬼,"迷信的年轻人说,"如果我们去寻找他,如果我们把他再关进他的墓里,那我们是在行使基督教徒的权利。"

"这是没有用的,大人,"特里斯丹说,"我们会白白浪费时间。"

"你怎么会这样认为?"

"从我亲眼看到的他逃走的样子,我立刻明白没有人能追到他。大人,他确实是一个异于常人的怪物,因为我一看到他就昏了过去。"

"这一切究竟是怎么回事呢?"奥利维埃说,同时思索起来。

特里斯丹带着一种蔑视的神情望着这个年轻人,把手放在吉尔·德·雷斯送给他的银号角上。

他对自己说："现在未来是属于我的了！"

十二
协 议

正像人们所想的那样，刚刚发生的事情给所有亲眼看到的人很深的印象。应该用来吃晚饭和睡觉的时间现在有了别的用处。人们再下到洞里，把过去被称作"卡尔纳克之狮"的尸体虔诚地放进他的墓里。后来墓又重新关了起来。奥利维埃在金字塔形的墓前面跪下，一直祈祷到天明，这时他的士兵已经在拆帐篷，准备出发了。

至于特里斯丹呢，他没有回答奥利维埃，因为他无法回答。他和大伙儿离得远远的，一心想的是他自己的事。

我们说过，奥利维埃一直祈祷到天明；当曙光初现的时候，他最后一次画了个十字，要来他的马，骑到马上，挥手命令队伍出发。

大家看到他，就猜得出昨天晚上发生的事准是他一生中的一件重大事件。

特里斯丹在出发的那一刻又回到伯爵身旁，做出随时都能上路的样子。伯爵对他的侍从点点头，向他致意。

"我认为我们做这样的事完全错了，特里斯丹。"他说，他是在慷慨地承担一半关于昨夜亵渎神圣的行为的责任。

特里斯丹没有回答。

队伍离开了平原，每个人都没有忘记最后看那座墓一眼，对那些并不清楚我们叙述过的那个场面的人来说，那座墓一点儿也不像受到过侵犯。

整个白天，队伍一直在静悄悄地行进。

到十点钟，他们只走了六法里，来到一个小村庄，今天这个小村庄已经完全消失了。村民们亲切地欢迎这批不速之客。

队伍要在夜里好好补睡一下，晚饭吃得很快，士兵们急匆匆地安排睡觉的地方，一些人睡在火炉旁的凳子上，另一些人睡在麦秆上。

奥利维埃只要一张桌子写信。他确实迫不及待地想把经过的事告诉他母亲。他仿佛觉得只有让母亲知道了这一切，他的过错才会减轻一些。此外，他感到需要谈谈阿利克丝，因为他现在看不到她了。

特里斯丹没有要房间也没有要床，一口说他到处都可以睡。他吃了分给他的十分简单的饭菜以后，回到一间生了很旺的火的房间里，这是房主人的妻子费了好大的劲才说服他接受下来的。

特里斯丹独自一动不动地在沉思，任凭时间过去，就像一个知道在确定的时刻到来之前自己无事可做的人。后来，要实现他筹划的计划的时候到了，他走出房间，来到院子里，从马厩里牵出他的马，像平常那样，骑上没有鞍子的马背，飞奔起来，托尔和布朗达跟在他后面。

骑到一个十字路口，特里斯丹停了下来，他向四周望，尽力望得很远。十字路口没有一个人。

这时响起了午夜的钟声。从哪儿传来的，是什么教堂的，谁也不能说清楚。只是十二响的声音在空中震荡着。

当最后一记钟声在树林的深处消逝后，好像正等待着这一刻的特里斯丹，把他的号角的吹口放到嘴上，用这个一直没有吹过的乐器吹出一声长长的、凄惨的、尖锐的声音。

他接连试吹了三次，三次都发出同样的响声。

这时候，一个巨大的幽灵站到了他面前，他无法猜到他是从哪儿出来的。

幽灵穿戴的和它的肉体在还包藏着一个灵魂的日子里穿戴的一样，就是说，头顶上压着一顶无边铁圆帽，两边面颊都挂着锁环很密的网，好保护他的太阳穴和脖子，一条镶嵌着金丝的钢杠垂直地挂在他的脸上面，这不是用来对付一般的攻击的，它能抵挡住最厉害的攻击。

身体的其余部分都给一件如同蛇皮一样柔软的锁子甲包住，只是墓里的潮湿使锁子甲生了锈。这样一来，这个撒拉逊人的外形就活像一尊活动的塑像。他的脸像大理石那样苍白，在这张脸上的血管里可以感到生命不再流通，只有眼睛和嗓音跟活人一样。

两处张得大大的伤口在流血，一处在脖子上，另一处在胸口。

"你叫我，特里斯丹，我来了。"幽灵说，声音像一个铜人发出似的生硬响亮。

"很好，"特里斯丹说，"你挺准时。"

从年轻人说的话，听不出来他的音调有一点点变化。

撒拉逊人的脸上掠过一丝阴郁的微笑。

"你不是帮助过我吗，"他说，"你是不是把我当作忘恩负义的人了？"

"是的，我帮助过你；没有我，你会永远被关在墓里，所以我有权向你提出一些要求，作为让你得到自由的回报，是不是？"

"提吧。"

"首先，回答我的几个问题。"

"请问。"

外国文学经典阅读丛书

"你是自动来我这儿的, 还是这支号角有召唤你的力
量?"

"这是魔法师墨林的号角, 我来是因为我应当服从它的
召唤。"

"这么说, 我想看见你出现, 只需吹三声就行了?"

"吹三声, 我就会出现。"

"你待在什么地方?"

"对死去的人来说, 是没有距离的。"

"很好。你已经回答了我的问题, 现在答复我的要求。"

"说吧。"

"是雷斯爵爷送我来见你的。他会带给我什么好处?"

"你是他的兄弟。"

"他的兄弟!"特里斯丹高兴得叫了起来, "这样我和奥
利维埃·德·卡尔纳克完全平等了。"

"还有更好的事。"

"是什么?"

"你也是他的兄弟。"

"我的母亲是谁?"

"是卡尔纳克伯爵夫人。"

"我更弄不清楚了。"特里斯丹说。

"不过这是很容易弄清楚的。"

"快说给我听。"

"卡尔纳克伯爵夫人嫁给奥利维埃的父亲的时候, 长得
非常美丽。"

"她欺骗了她的丈夫。"特里斯丹说, 他的第一个想法就
是怀疑他母亲的贞洁。

"不是。她是被强奸的。"

114

"在什么时候？"

"在伯爵出征期间。"

"被谁？"

"被雷斯伯爵，把你送来见我的人的父亲。"

"啊！现在我懂得那个预言了。"

"你不想知道全部事实吗？"

"当然想。说下去。"

"伯爵不在家的时候，有一天晚上，一个女乞丐来到卡尔纳克城堡请求收容，年轻的伯爵夫人毫不怀疑，叫人放她进来。女乞丐在伯爵夫人的酒杯里倒了一种麻醉药，在半夜里带进了一个男人。你知道得够多的了，是不是？"幽灵又问了一句。

"说下去。"年轻人用没有改变的声调说道。

"伯爵夫人恢复知觉以后，她发觉自己在那个男人的怀抱里。她大声喊叫，呼唤人来救她。等到人们赶来，那个男人却不见了。伯爵夫人决定等伯爵回来，把全部经过都告诉他，但是不多久她就发觉她要做母亲了。她是一个聪明的女人，所以她明白既然这件罪恶的行为有了一个有生命的结果，就算伯爵会宽恕母亲，也会杀死孩子，因此最好还是沉默。你的母亲是个善良的人。这个孩子虽然来自一件罪恶的行为，她想他也有权利活下去。她把自己关在房间里，假装有病，闭门不出，后来你来到了人世。"

"后来呢……"

"后来她独自在夜里走出城堡，那是冬天，她把孩子放到旷野上。这个孩子被一个女乞丐收养了，就是把雷斯爵爷带进城堡的那个女乞丐。"

"是梅弗雷。"

"是她。孩子被她抚养大了。伯爵夫人是一个圣洁的女人。她丈夫去世后，她收留了她后悔抛弃掉的孩子，让他回到城堡，待他如同待自己儿子奥利维埃一样，有时候也许还更爱他一些。"

"啊！我以前也猜想到过这点，"特里斯丹声音低沉地说，"那我的父亲雷斯伯爵呢？"

"在犯下那件罪行两个月后他就死了。"

"因此，他临死也不知道有一个因为这件罪行出生的儿子？"

"是的，可是抚养这个儿子的梅弗雷知道。"

"她怎么没有利用她知道的事弄些好处呢？"

"她知道，但是她没有证据。"

"雷斯爵爷，我的兄弟，是从她那儿得知这一切的吗？"

"是从她那儿。"

"是什么原因我的兄弟雷斯伯爵会喜欢我呢？"

"他并不喜欢你。幸好他什么人都不喜欢，只是他看到了你是预言中的那个人，我们需要你。"

"在打开那座墓的时候，难道我没有做命运命令我做的事吗？"

"没有。"

"我怎么能知道你说的关于我的家人的事是真的呢？"

"把你刚才听到的讲给伯爵夫人听，她会全都承认的。"

"很好。其余的就是我的事了。现在我们谈谈别的吧。"

"谈阿利克丝，是不是？"

特里斯丹浑身哆嗦起来，幽灵的话正说到了他的心里。

"我爱她。"特里斯丹说。

"我知道，可是她不爱你？"

"不爱,她爱奥利维埃。"

"那怎么办呢?"

"怎么办! 我要得到阿利克丝。"

"这很难。"

"为什么难?"

"如同教士们所说的,阿利克丝是上帝的一只羊①,这些羊会逃脱狼的。"

"你能使我成为贵族,有钱有势吗?"

"我能。"

"等我成为贵族,有钱有势之后,阿利克丝会爱我吗?"

"不会,不过不管怎样,如果你得不到她的爱……"

"怎么样呢?"

"那么,你还有一个方法,就是你的父亲对伯爵夫人使用过的。"

"说得有理。现在,"年轻人继续说,"我们设想……"

他犹豫起来。

"设想伯爵夫人不大肯认你。"撒拉逊人说出了他的想法。

"是的,设想是这样……那你就不帮助我成为贵族,有钱有势了?"

"也许吧,不过你知道,受人帮助理应回报。"

"你能使我得到贵族身份、财富和权势,那我应该怎样回报你呢?"

"离开我,回到奥利维埃身边;明天你和他出发去希农,你在半路上遇到的第一个女人,你好好听着……"

---

① 也是基督教的虔诚的信徒的意思。

“我在听……遇到的第一个女人……”

“我需要这个女人，以我的主人的名义，我是想说，以我们的主人的名义。”

“你需要她的什么，她的身体还是她的灵魂？”

“两者都要，特别是她的灵魂。”

“可是，你现在自由了，又很强壮，为什么你不亲自执行这个任务，自己去跟踪这个女人呢？”

“因为，”撒拉逊人用愤怒的声调说，“因为我被一个基督教徒打败了，我，我只能担任我的主人和他选中的人之间的中间人。喏，他选中的人就是你。特里斯丹，把这个女人给我们带来，因为这是一个新的米迦勒天使长，是上帝派来的使者。”

“包在我身上。”

“这是一件艰巨的任务，我事先提醒你。”

“好极了。不过如果我要关心她，那么我也应该关心关心我自己。”

“说得对。一旦你看到那个女人以后，如果你认为合适的话，你可以回到卡尔纳克去，因为我相信你急于想见到你的母亲，是不是？”

“是的。”特里斯丹说，声音中充满威胁的味道。

“你办完了事情，再回到我们的这个敌人那儿。”

“我能再找到她吗？”

“你放心好了。”

“很好。”

“行啦，你肯定是我们所需要的人，”撒拉逊人说，“永别了。”

“不要说永别，”特里斯丹说，“是再见。”

他把他的发烫的手放到撒拉逊人的冰凉的手上。

协议达成了。

如果我们可以这样表达的话，特里斯丹对于干坏事也是守信用的，他希望遵守他刚才的诺言。因此他走上他来时走的那条路，虽然他曾经对撒拉逊人承认过他急于想见到他的母亲。

十三
相　遇

破晓时分, 营地上的人都醒了, 部队准备上路。奥利维埃是第一次领队行军, 他想学学打仗的本领, 昨天晚上他最后一个睡觉, 现在他第一个起身。

他发出起床的信号, 首先骑到马上, 和平时一样, 特里斯丹总是在他身旁。昨天夜里没有一个人看见特里斯丹离开, 也没有人看见他回来。特里斯丹这个铁打的汉子, 无论是长途行军, 还是通宵不睡, 还是近来让他心神不安的那些阴郁的念头, 都不能使他感到劳累。

奥利维埃向他伸出手去, 每次在哪怕是很短时间的分开以后再看见他, 年轻的伯爵都会这样, 这成了习惯。

特里斯丹露出冷淡的微笑来回答这种友好的表示, 同时用手指尖碰了碰伯爵的手。

特里斯丹什么也没有说。他已经管住自己的嘴, 不让它说话。他一再听到他内心的神秘的翻腾声和昨夜了解到的秘密对他的可怕的建议。

他想说的话, 只有卡尔纳克伯爵夫人一个人能听, 在那个还没有来临的时刻之前, 他说的话全是没用的、无效的。所以他宁愿不说话。于是他就这样做了。

奥利维埃看到特里斯丹身上好像发生了什么事, 不过他一向尊重这个生性孤僻的人, 从不要求他说出他心里的想法。

"派出去探路的侦察兵回来没有?" 奥利维埃看到他的小

小的队伍准备出发，问道。

"回来了，大人，"一个侍从说，"瞧。"他指着刚走进村庄的几个士兵，还有一个被带来的庄稼人。

"很好！"奥利维埃对这几个人说，"我们能不能上路？"

"可以上路，大人，"一名侦察兵回答说，"只是不能走直接通往希农的大路，那儿有许多无法无天的士兵，也不知道是哪个方面的，只晓得杀人抢劫。我想大人最好还是走这个老实汉子指的路，一路上不会有任何危险。"

"你怎么会认为我们害怕危险？"

"请宽恕我，大人，"刚才说话的那个士兵回答说，"可是我以为你征集军队，是为了去有效地支援王太子，而不是在一条大路上，让强盗土匪杀死你的士兵，也许你也会被他们杀死，死得毫无光彩，毫无价值。"

"你说得对，"奥利维埃回答说，"你的想法十分周到。我们能够信赖这个庄稼人吗？"

"能够，大人。"

"好，出发。"

奥利维埃又发出了一个出发的信号，这支小小的队伍动身了。

一路上荒无人烟，但是特里斯丹每前进一步都要向远处望，他一直在用眼睛寻找那个他应该遇到的神秘的女人。

有几个男人走过去，但是没有女人。

奥利维埃呢，好像沉醉在甜蜜的默想中。对母亲和阿利克丝的思念无疑占据了他整个心灵。已经体验的幸福和将要体验的幸福，像两道光，照亮了他的心和他的脸。现在他正在进行一次光荣的或者是会致命的远征，不管发生什么情况，他都会给他的姓氏增添新的光辉，因为奥利维埃不是那种愿意默默无闻地活着和死去的人，因此，此时此刻他想到自己像一个少女的往昔的平静透明的过去，这是很自然的事。在他穿的护胸甲下面，温和的年轻人藏着一颗容易被最贞洁、最纯真的感情所感动的心。一个处女俯视着他的心灵，在那儿照出了她的形象，阿利克丝的形象不断地被反映出来。接着，昨夜的奇遇使他思索起来。他从来没有做过坏事。不过想到这件事他却不责怪自己。在这件意外事件中他只看到了上帝的决定。他的充满令人愉快的梦想的年轻人的抱负在他的耳边悄悄地说，上帝在保护他，看到他是如此虔诚的基督教徒，如此英勇，又如此多情，上帝很愿意为他制造一个奇迹，给他增添新的力量，使他能够做许多最伟大的事情。在开始一场需要几个月、至多几年的战斗的时候，奥利维埃和他的为了上帝进行了七个世纪奇怪和可怕的斗争的祖先相比，会有天壤之别吗？

赞美在十八岁和二十五岁之间迅速流过的甜蜜岁月吧，年轻人会感到在这期间他的灵魂向生活中的一切魅力开放。他的信仰将四面八方都染上了金黄色，他的青春活力会铺平所有的道路。他的过去是如此短暂，只能引起他一个微笑，而他的未来显得那样远大，仿佛永无止境。他在人生中快步前进，准备经受一切考验，积极对待任何危险。他向不幸挑战，他嘲笑死亡。因为他坚强，所以他无忧无虑；因为他善良，所以他坚强。风尚，政府，世态，都会变，但是一个人在他的道路上对使他入迷的梦想的追求是永远不会变的。正如以往的春天里的树叶和今天的春天里的树叶是同样碧绿一样，正如照耀着我们的太阳是和照耀着全世界的太阳一样，正如那些使人夜里做梦的洁白的星星和死去的一代代人凝视过的星星一样，同样地，在空中，有相同的信仰、相同的感情、相同的爱情在隐秘地转移。每个人都轮着继承这样的转移，除非他像特里斯丹那样, 遭到了上帝的抛弃, 使得灵魂之弦振动的原因在变化。但是灵魂没有变化。仅仅姓名改变, 感情始终是相同的。人的意念是多么崇高, 在人的身上上帝藏起了他整个天性, 光明和黑暗, 荆棘和鲜花, 激情和感觉, 善良和邪恶, 在那儿, 一切都在生命的有力的发动机下面摇动, 一直到这个容器自行碎裂的那一天, 让混合体中的纯净的被称作"灵魂"的神圣的精华回到上帝身边。但是在生与死之间短短的时间里, 会发生多少事情, 产生多少梦想, 甚至出现多少真实的事物! 在一切事物当中, 最美妙和最可靠的, 是奥利维埃目前的年龄, 在这个幸福的年龄, 所有的愿望都容易实现, 所有的梦想都能够成真。

奥利维埃心情宁静地向前走着, 前额因为头脑里那些想法仿佛在发亮。这个幸福的大孩子, 不会想到他喜爱的特里斯丹由于一种暗藏的天性和他之间已经有了距离。如果他能看到他的伙伴心里和头脑里的活动, 尽管他一向无所畏惧, 现在也会吓得向后退的。

这就像在人生的大道上, 善良的灵魂和邪恶的灵魂在并肩前进。

因此, 当奥利维埃完全沉溺于我们说过的那些心思的时候, 特里斯丹却全神贯注地想着他答应下来的可怕的使命。他急着要遵守他的诺言, 好尽早得到自由, 不受人管束, 所以他每次看到一堆人群, 就驱马向那个方向奔去, 想看明白那些人当中有没有他应该遇到的那个女人。可是他看到的都是男人, 只好一声不吭地回到奥利维埃身边。奥利维埃无法懂得他这样不断地跑开究竟是什么原因。

在庄稼人的带领下, 他们终于来到维恩河边。这个向导找到一处能涉水而过的地方。队伍全过了河。

"大人," 庄稼人对奥利维埃说, "现在你们骑马可以直到能看到第二条河的地方，然后你们沿河顺着水流方向走，便能顺利地到达希农。"

奥利维埃奖赏了这个老实汉子，他祝奥利维埃好运，接着唱着歌走上回家的路。

庄稼人说得不错，他们不久就看到了第二条河。他们休息了一会儿，吃点东西，让马也歇口气，然后朝左边走，再沿河下行。

奥利维埃和他的队伍骑马走这条陌生的路，走了差不多两个小时，天渐渐暗下来，奥利维埃对依旧在沉思的特里斯丹说：

"特里斯丹，你好像没有看见在那边那座茅屋前面不太远的地方有一堆人？"

奥利维埃一面说一面伸出手去指着离他约有五百步远的一座小屋。

"不错，"特里斯丹回答说，"那像是一群骑士，因为我看到他们的盔甲在夕阳下闪闪发光。"

"我们往前进，"奥利维埃说，"追上他们，因为他们肯定是法国国王的朋友和同盟者，和我们一样到希农去的。"

奥利维埃策马快跑起来，他的伙伴紧跟在他后面。

他越走近那儿，就越知道他没有看错，他看到十来个骑马的人在一步一步地走着。

他很快到了他们身边。

特里斯丹把这些人逐个看了一遍，想在他们当中找一个女人，可是没有找到。但是他不由自主地将眼睛停留在一个骑马的年轻人身上。这人正处在这支队伍的两个领头人中间，他确实是一个十分年轻的骑士，因为他没有大胡子也没有小胡子，还不到中等身材。

那个年轻人发觉自己被人仔细打量,也朝特里斯丹望,特里斯丹不得不垂下眼睛。他气得满脸通红,又看这个陌生人。但是这个人已经勒马站住,对着刚走近那两个伙伴的奥利维埃微笑。

"这个人好奇怪,"特里斯丹喃喃自语说,"我怎么会在这个孩子的目光前面垂下眼睛呢?我还从来没有在任何人的目光前面垂下过眼睛。"

"请原谅我的冒昧,诸位先生,"奥利维埃说,"但是我很远就看见你们了,我禁不住渴望来见见你们。一个神秘的预感告诉我说我们是去同一个地方,我想,如果我们的目的地相同,可以结伴同行。"

"对,"一个骑士回答说,"先生,如果你们去希农,你们的目的地和我们是同一个。"

"这么说,"奥利维埃问道,"你们是去查理七世国王那儿?"

"是的。"

"然后呢?"

"然后我们去奥尔良。"

"和我们一样。"

"先生们,这太好了,"那个一直端详着特里斯丹的年轻人声音柔和地说,"因为既然你们和国王在一起,上帝也会和你们在一起。"

"这肯定不是男人的嗓音。"特里斯丹想。

"先生,"奥利维埃说,"现在应该让你们知道是要和谁同路了,我来向你们介绍我自己,还有陪同我的贵族。我是奥利维埃·德·卡尔纳克伯爵,我是遵照我们敬爱的君主的兄弟——里什蒙伯爵的命令离开布列塔尼的。"

"可是，如果我没有弄错，"奥利维埃对他们说话的人中的一个说，"法国国王和里什蒙统帅关系不好，对吗？"

"这不影响统帅为国王尽力，因为统帅是这样的一种人，他们认为面对王国的利益个人间的不和应该撇在一旁。"

"先生，统帅是一位品质高尚的人，布列塔尼人都是崇高英勇的好汉。"

奥利维埃弯腰行礼，接着他把陪同他的骑士一一指给对方认识。

"至于我们，先生，"两个领头人中的一个说，"我们来自香槟的沃库勒城，这就是说，我们在到达这儿之前已经走了一百五十法里路。我们穿过一片全是森林的国土，森林里都是敌人，英国人和勃艮第人。幸好上帝，或者至少是他的一位使者始终陪着我们，"这个骑士对着我们刚才提到的年轻人微微笑了笑，又继续说下去，"因此我们不仅平安到达这儿，而且还没有遇到过一个交手的人。这就是我们来的经过。接下来要对你说说我们是谁，先生，"这个骑士说着，便用手指着他的伙伴，"这位是让·德·诺韦隆朋，我呢，是贝特朗·德·普朗吉。"

"这位年轻人呢？"奥利维埃指着在让和贝特朗当中的那个人问道。

"我吗，"年轻人回答说，"我既不是贵族，也不是骑士，大人，我是一个可怜的女孩，上帝的最卑微的仆人，我叫冉①，没有别的名字。"

奥利维埃惊讶地望着这个少女。

"这么说，"特里斯丹走近她，声音低沉地说，"你是一个

---

① 冉，全名冉·达克，是根据法语音译的，一般又译为贞德。

女人？"

"是的，先生。"

"那么，为什么你要穿男人的衣服呢？"

"因为在打仗的时候要像一名士兵，我不能再穿女人的衣服。"

"就是她。"特里斯丹喃喃地说，他仔细看冉，仿佛想在头脑里永远记住她的容貌。

"可是，冉，"奥利维埃说，"你知不知道你将面对的是怎样的危险？"

"先生，我知道。"

"你不害怕吗？"

"不。"

"你相信你的帮助对法国国王非常有用吗？国王身旁有那么多英勇的骑士，他们打起仗来可比你有经验得多。"

"是的，我相信有用，先生，因为我是我主耶稣委派来给奥尔良解围的，并且领王太子去兰斯给他加冕。"

"冉，这是谁对你说的？"

"是天使。"少女回答说，同时显得有些兴奋地抬起头望着天空。

奥利维埃朝冉和贝特朗看看。

"你会认为她是疯了，先生，"贝特朗对他说，贝特朗在每次冉说话的时候，都带着钦佩的神情注视着她，"但是你错了。我们以前也都这样认为，现在我们像做了一件亵渎了神明的事一样，请求上帝的宽恕。先生，请你好好看看这个孩子，她不是法兰西的天使吗？"

特里斯丹的嘴角露出一丝微笑，这逃不过冉的眼睛，她仿佛感到一阵疼痛，因为她脸上的肌肉在收缩。

　　"你的故事一定很感动人，冉，"奥利维埃对少女说，"我多么想知道它，因为我完全相信你是你所说的那样的人。"

　　"我的故事非常简单，大人，"冉回答道，"但是既然你乐意知道，如果你愿意和我并排走，听我讲的话，我很愿意讲给你听。"

十四
少女冉

在两支队伍相遇的那一天的傍晚，他们到了离希农还有十法里的地方。奥利维埃命令休息，大家都歇下来，让、贝特朗和冉他们也叫他们的人休息。

当奥利维埃一个人的时候，他提笔给卡尔纳克伯爵夫人写信。

以下是信的全文[①]。

敬爱的母亲：

我们一路行军，不断遇到奇怪的事。昨天是我的祖先走出他的墓，今天又有一件奇特的事。我遇到一个奇怪的人，亲耳听到一个离奇的故事，我心里现在还因为这次奇遇而无法平静。在去希农的路上，我们碰到一支十来个骑马的人的队伍，队伍领头的是三个好像是首领的贵族，只是三人中有一个比其余两个年轻得多。在知道了这个年轻人的两个同伴的姓名以后，我便问他姓甚名谁，他回答我说他是一个女的，名字叫冉。

母亲，请你想象一下吧，一个只有十七岁的少女，穿了男人服装，脸上表现出神圣的勇气和非凡的毅力。我当然

[①] 这封信很长，按理当时奥利维埃是无法写这样长的信的，看来是作者想借此交代冉的来历。

渴望知道这个少女怎么会在这些全副武装的人当中的。下面便是她本人愿意对我讲的故事，和她在一起的贵族都对我证明她说的全是实话，虽然她说话的时候态度十分诚恳，并不需要任何人为她证实。

我的好母亲，这个女孩生在默兹河①畔的一个叫董雷米②的小村子里。她的父亲叫雅克·达克，是一个贫穷的庄稼汉。她的母亲伊莎贝尔·罗梅，在她的丈夫下田干活的时候，只知道缝衣纺纱。她教给她女儿的也是这些活，所以女孩既不会读也不会写。

冉有两个哥哥，皮埃尔和雅克，他们和他们的父亲一样，都是农夫。

我多么想能够用她用的字眼和熟语来向你讲述冉的童年时代的生活，她怎样牧羊回家，坐到母亲身旁，接受母亲的宗教课程。那不是如同我们的经过推究的宗教，而是那种乡村的宗教，它充满奥秘和迷信，好像传奇，能深深印在孩子们的头脑里和心上，因为它以各种形式出现。它是做母亲的摇着摇篮为孩子唱的催眠曲，它是孩子们在教堂墙上看到的朴素自然的壁画，它是隔壁的牧羊人给他们讲的神怪故事。

在冉的心灵里满是这种宗教。她以各种善行来表达她的宗教信仰。冉经常去圣地③，施舍财物，照料病人，总之，她是她村子里最圣洁的姑娘。

我是从她的同伴们那儿了解到这些细节的，因为冉非常谦虚，自己不愿说出来。

---

① 默兹河，源出法国东北部。
② 也译董莱米、多姆雷米等。
③ 圣地，这里是指教堂等。

冉就这样在传奇和幻想中长大了，但是温柔的女孩的幻想常常被战争和死亡的叫喊扰乱。每天乡村要遭到盗匪的入侵，大家不得不逃难，或者是给被迫躲藏的逃亡者做庇护所。抢劫和火灾对她来说已经习以为常。但是，在冉看来，上帝是不会一直容许这样不幸的事延续下去的。在宗教和战争之间，在人世间的生活带来的痛苦和天上的生活许诺的幸福之间，冉的头脑开始严肃地思考。她无限信奉上帝，所以也相信会有某一位救星出现。她不时地想象自己能成为这个被上帝选中的人，但是她是这样年轻，这样贫穷，这样微不足道，因此她很快就明白自己是无能的人，她只有祈求上帝将她所缺乏的力量赐给另一个人。

但是，有一件事使冉很忧虑，那便是墨林的预言，他在卡尔纳克写下的预言，也传到了她耳中。是怎么传到的？我不清楚。然而冉知道了，她记住以后，又不停地对别人说。此外，董雷米的一个年老的牧羊人，被认为很会预言，而且他的预言都会实现，有人问他法兰西的灾难如何结束，他回答说：

"三个妓女断送了法兰西，一个处女将拯救法兰西。"

这两句预言使容易受感动的少女产生强烈印象，她深信它们有朝一日终会成为事实。于是她萌生了雄心壮志，她要亲自实现这个预言，而且时间不会很长。

母亲，应该补充说的是冉出生以后，出现了一些奇怪的迹象，别人对她讲过，也对所有人讲过。她出生在1411年1月6日的夜里，虽然是冬天的夜晚，却好像在春天的白天里一样，突然给照得亮堂堂的，空气中洋溢着五月的香味，虽然公鸡习惯啼唱的时刻还没有到，这时却提前啼叫了。

董雷米的村民对这样的怪事都惊奇万分，纷纷跑到门外观赏这春天的景象。他们看到一颗星离开天空向下落，落到冉·达克家的屋顶上。就在这一刻年老的牧羊人说出了他的那个预言，同时冉诞生了。

尽管如此，冉的童年生活还是和所有像她一样家境的孩子一样。到了七岁，她就开始看管她父亲的羊群，不过大家都注意到她从来没有丢失过一只公羊或母羊。如果有一只羊跑远了，她叫它的名字，羊就会回来。如果从树林里出来一只狼，她就迎面走过去，只要给它看看她的铲头牧棒①，狼便会急忙逃走。

她这样长到了十二岁，在这个时候她开始关心起她的家乡遭受的灾难，并且考虑怎样想法拯救它。

她对钟产生极大的感情。钟声引起她一种激情。每当她听见钟声响起，她立即心醉神迷。她每次听到钟声都确信在响亮悦耳的声音中夹着对她说话的声音。只是她尽管努力想记住那些话，却从来也无法再重述一遍。

有一天，她和几个同伴来到董雷米和纳夏托之间的一块草地上，姑娘们提议举行一次赛跑游戏，谁第一个到终点，就送她一束花。大家都赞成这样做，于是女孩们开始采花，再扎成花束，冉和别的女孩一样忙着。花束做好了。冉向圣凯瑟琳②许愿，如果她得到花束，就把它放到她的祭台上。她许好愿后，开始比赛。姑娘们跑得像一群鸽子，但是虽然她们跑得非常快，冉比她们更快。一个紧紧跟在冉后面的姑娘看到她跑得太快，于是停下来对她大声说道：

---

① 牧羊人的用具，棒的头上有一勺。
② 圣凯瑟琳（1347—1380），天主教多明我会教士、意大利主保圣人。

"冉内特①！冉内特！你不再是像我们一样在地上跑，像是一只鸟儿在天上飞。"

她也不知道这是怎样回事，但是确实感觉到自己有点离开地面，毫不费力地到达了终点。她拾起花束，但是在她站直身子的时候，她看到眼前站着一个英俊的年轻人，他微笑着对她说：

"冉，快回到你母亲身边，她有话要马上对你说。"

说完，这个年轻人就不见了，也不让冉有时间回答他的话。

冉回到家里，她母亲说并没有叫人找她，也不需要她回来。冉要把她的花束放到圣凯瑟琳的祭台上，为了少走些路，她又穿过家里的园子。但是她走进园子后，听见在右边有声音叫她。她站住了，看见天上有一朵光芒四射的云，从云里发出一个声音对她说：

"冉，你出生就是为了要完成一件非凡的事业，因为你是上帝选定的为查理国王重建大业而效力的处女。你穿上男人的服装，拿起武器，将成为军中的首领，王国里全都要听从你的主意。"

然后云消失了，声音也听不见了。

冉说不出一句话，这样的奇迹吓得她目瞪口呆。

这件事发生在1424年8月17日，也就是韦尔纳伊战役进行的那一天。在这场激烈的战役中，道格拉斯，他的儿子比尚伯爵，奥马尔伯爵，让·德·阿尔库，以及许多英勇的贵族，都在沙场上牺牲了。

园子里的奇遇深深地印在少女的头脑里，她在纺纱的

---

① 对冉的爱称。

时候总想着它。她更加经常地上教堂去，因为她好像觉得那朵光芒四射的云给她带来了天上的信息，使她更加接近了上帝。

一个星期天，她一个人在做祈祷，她整个身心都沉浸在祈祷中。忽然她看见教堂的拱顶裂了开来，一朵金黄色的云落下，在云彩当中她认出了她和同伴们赛跑那天出现过的年轻人，但是这一次他肩膀上多了一对长长的白色翅膀。冉知道他是一个天使，看到他她高兴极了，对他说：

"大人，叫唤过我的是你吧？"

"是的，冉，"天使回答说，"是我。"

"你对你的仆人有什么吩咐？"

"冉，我是米迦勒天使长，是天国之王派我来通知你，他在所有的少女当中选定你拯救法兰西王国，目前它正遭到危难的威胁。"

"我，一个可怜的乡下牧羊姑娘能做些什么呢？"

"和以前一样，做一个聪明的姑娘，等那时候来临，我们会告诉你怎么做的，我们是圣凯瑟琳、圣玛格丽特①和我。她们俩对你早就怀有神奇的友情，作为你对她们坚定的信仰的酬报。"

"愿上帝的旨意能早实现，"少女回答说，"什么时候他需要的话，他可以随意支使他的仆人。"

"阿门②！"天使说。

那朵云合拢了，穿出教堂的拱顶后就消失得毫无踪影。

从那时开始，什么也不用怀疑了，是不是，母亲？冉也

---

① 圣玛格丽特，活动时期在3世纪至4世纪，叙利亚基督教殉教者。
② 阿门，意为"诚心所愿"，基督教祈祷的结束语。

不再怀疑。她在忏悔的时候请求本堂神父听她讲她见到的这件事，问他她该怎么办。本堂神父叮嘱她不要将天使显圣的事告诉任何人，要认真地遵守从上天接到的命令。

三年过去，三年里没有新的奇迹出现在冉面前。冉长大了，女孩变成了成年女子。不过她的生活总是比别人特别。她肯定地说她常常在一片寂静当中听到天堂的乐声。她会重复唱这种任何人都没有听过的曲子，可是过了一个小时，她就记不起了。冬天到了，白雪覆盖大地，她却要出门，说是要采摘鲜花供奉她的圣女，听她这样说的人都大笑不止。她回来的时候，裙袍里兜满了紫罗兰、报春花和金黄色花蕾。此外，还有更加奇怪的事，最野生的动物也一点儿不怕她，狍子和小鹿跳到她的脚跟前，有时候，一只莺飞到她的肩膀上停住，对着她的耳朵唱一首好听的歌。

在这段时间内，法国国王的处境更加恶化，索尔兹伯里伯爵不久前在加莱①登陆，率领强大的队伍朝尚未被征服的法国部分领土前进。这时候，幻象又出现在冉眼前，因为上帝决定的时刻临近了。

圣米迦勒再一次对牧羊女显圣，陪同他的有圣凯瑟琳和圣玛格丽特，他们三个都对她说上帝一直认为她应该拯救法国。他们同时命令她去找查理七世国王，向他通报她是上帝派来的，让她担任作战首领，率领法国人前去抗击英国人和勃艮第人。

上天怎么会挑选这个满怀怜悯心的孩子去打仗和消灭敌人呢，冉甚至想也没有想过，她看到流血就感到难受。不过她只想到应该服从。不幸的是这不是一件容易的

_____

① 加莱，法国北部一沿海城市。

事。怎样把她的心里感觉到的信心让别人和国王本人也能感觉到？怎样使那些不信上帝的人听到只有她一个人能听到的声音？

圣米迦勒又一次出现了，催她赶快行动，因为在她犹豫不决的时候，又有无数的人流出大量的鲜血。既然已经下了命令，就不应该有什么原因拖住她。

冉去找听她忏悔的神父，把她刚才看到和听到的告诉他。

"我的孩子，要服从命令。"神父对她说。

"可是，"冉对他说，"即使我想动身，可是我该怎么做呢？我不认识路，我不认识一个人，也不认识国王。别人是不会相信我的。所有的人都会嘲笑我，他们嘲笑是有道理的，因为如果对那些地位很高的人说：有一个女孩会拯救法国，她将以她的聪明才智指挥出征，她将以她的胆量夺取胜利。还有比这个更荒唐的事儿吗？况且，我的父亲认为，一个姑娘穿男人的服装，这岂不是太奇怪太反常了。"

仁慈的老神父无法回答她的话，只是说她应该服从。于是，冉因为想到要她去执行的艰难任务不禁哭了起来。神父尽力安慰她，要她在再见到圣米迦勒和另外两位圣女时，问他们，她应该用什么方法来服从上帝的旨意，应该走哪些道路。

又是几个月过去了，姑娘什么也没有看见，这让她担心是否得罪了她听到过的那个她所谓的"声音"。

因此她在圣凯瑟琳的祭台前面跪下，从内心深处念了一段祈祷文，恳求圣女如果没有对她的仆人生气就赶快出现。祈祷文是这样的：

"我恳请耶稣基督和圣母马利亚对希望我做的事给我

指点，给我帮助，这件事是赐福给人的圣米迦勒和圣凯瑟琳、圣玛格里特向我提出来的。"

她念完祈祷文的最后一句，一朵发光的云降落下来，只是这次出现的是加百列天使[①]，陪同他的还有两位圣女。冉低下头来，她熟悉的声音响起来了，说道：

"为什么你要怀疑，你要犹豫，冉？为什么你要问怎样完成你应该完成的事业？你说，你不知道去国王那儿的道路，希伯来人也不认识能引导他们去'应许之地'[②]的道路，但是他们动身上路了，一根火柱为他们引路。"

"可是，"冉说，"我应该和什么敌人作战？我应该完成的是什么使命呢？"

"你应该与之作战的敌人，"那个声音说，"在奥尔良附近。为了不使你再怀疑，我们将真实情况告诉你，在今天，他们的军事首领索尔兹伯里伯爵被打死了。你应该执行的使命是解除对奥尔良公爵的美丽的城市[③]的围攻，公爵现在是被关在英国的俘虏。此外，你要护送国王去兰斯加冕，因为只要他没有加冕，他就只是王太子，而不是国王。"

"可是，"冉继续说，"我不能一个人前往。我应该向谁请教，求得他的帮助？"

"你说得对，冉，"那个声音说，"你去邻近的叫作沃库勒的地方，在香槟这个地区，只有它始终效忠国王。你到了那儿，要求和罗贝尔·德·博德里库骑士说话，你大胆地告诉他你是从哪儿来的，他会相信你的。"

"我怎样认出博德里库骑士呢？"

---

① 加百列，《圣经》中传达上帝佳音的七大天使之一。
② 见《圣经》中《创世纪》，上帝赐给亚伯拉罕迦南地方，说："这迦南地要成为你子孙永远的产业。"因此叫"应许之地"。
③ 即奥尔良。

"他就像你马上看到的这个人。"那个声音说。

果然,冉看见在黑暗里出现了一个没有戴头盔、没有佩剑、没有装马刺的骑士的形象。

几天以后,她来到沃库勒,她看见一个没有戴头盔、没有佩剑、没有装马刺的骑士走进这个村子的教堂,完全像一个信奉基督教的骑士。冉跪到他面前,对他说:

"先生,你是罗贝尔·德·博德里库骑士吧?"

"是的。"骑士回答说。

于是她便对他讲了她所经历的事情。博德里库听了万分惊讶。母亲,想必你会想象得到。他相信一点儿魔法,如同他求教的沃库勒本堂神父一样。百姓们却不怀疑神灵的启示和预感,虽说他们缺乏知识。他们对博德里库大喊大叫,要他相信冉所说的一切。

冉又说道:

"在狂欢日①之前,我应该到达国王左右,为了能赶到,哪怕走断我一双腿也情愿。因为在世界上没有人,国王也好,公爵也好,苏格兰国王的女儿也好,都不能重振法兰西王国,只有我可以帮助它。虽然我更喜欢待在我可怜的母亲身旁纺纱,因为打仗不是我能干的活,但是我不得不去,是我的主人要我去。"

"你的主人是谁?"骑士问道。

"是上帝!"冉回答说。

博德里库被感动了,在他为她申请到许可证以后,他答应带她去国王那儿。

冉向她的父母亲宣布她要离开家了,他们想尽法子使

————————
① 是四旬斋的第三个星期的星期四。

她改变主意，但是上天的旨意比他们有力，他们无法阻止她动身。

她的小哥哥皮埃尔提出来要陪她一起走。村子里的人凑了钱，买了服装装备和一匹黑色骏马送给她。

国王的许可证送到了。但是英勇的骑士博德里库对给一个女人带路，又意识到她身上有一种他没有的力量，感到很羞愧，在出发的时候，他不肯再和她一起走。这样，让·德·诺韦隆朋和贝特朗·德·普朗吉就承担起带领这个受神灵启示的少女的责任。他们这支小小的队伍在所有认识冉的人的祝福声中上了路。

敬爱的母亲，这些就是我昨天遇到的少女的奇妙的故事。我现在对她非常崇敬，因为她像你一样圣洁，像阿利克丝一样美丽。

母亲，请把我的信交给我们的可敬的神父，他可以把它抄进我们家族的回忆录里。我完全相信这个少女是上帝的使者，我想要我们的后代知道我是最早信任她的人中的一个。

在我给你写这封信的时候，她正平静地睡在一间茅屋的地上，好像我们的一个最普通的士兵。

明天，我们将和她一同进入希农，我的好母亲，我会把国王命令我们的事再写信告诉你。

第二天，冉和她的同伴又开始上路，但是在出发的时候，奥利维埃想点一点手下的人数，他每天都是这样做的，好检查一下是否有人不在。

只有特里斯丹不在，在以前他总是第一个准备好出发的。

大家叫他的名字，四处寻找，可是一点儿用也没有。

奥利维埃只好出发了，不过他抱着希望，也许特里斯丹走到前面去了，也许在路上他会赶上来的。可是他们走到希农城门时，特里斯丹始终没有出现。

十五
希 农 城 堡

　　我不知道在现在希农是不是一座使人快活的城市,可是在查理七世待在那儿的时候,它是一座相当凄凉的城市。它的阴暗的围墙和各种武器装备使它的外表更像城堡,而不是国王的住所。在法兰西国王一个省一个省地被驱赶、一个城市一个城市地被追捕的时期,这种情况自然是不足为奇的。

　　奥利维埃和他的同伴走进希农的时候,黑夜即将降临,他们造成很大的嘈杂声。不过城里的人知道他们是王太子的忠诚的仆人,是来支援王太子以后,都热烈欢呼着迎接他们,争着给他们安排住处。

　　奥利维埃不愿意离开冉。神秘的少女对他产生了很大的影响,就像她对所有满怀热情的人和虔诚信教的人那样。此外,她作为一个女人,处在粗野的士兵中间,很可能会遇到危险,他想尽可能靠近她好保护她。因此他和冉、让·德·诺韦隆朋、贝特朗·德·普朗吉住在同一家旅店里。他留下几个人在身旁,其余的要他们保证一听到他发出的信号就集中,然后让他们分散去住。

　　冉被托付给旅店老板的妻子拉巴蒂奥太太。别人不得不把冉的情况告诉她,她听了简直着了迷,一口答应要给冉最好的照顾,并且准备将董雷米的少女惊人的故事讲给城里的所有大嫂大妈听。

奥利维埃不想耽误时间，他派人去禀告国王，请求国王同意他在让·德·诺韦隆朋和贝特朗·德·普朗吉的陪同下去向他表示敬意，并且对他宣誓效忠。

看到这几个年轻的贵族对冉的百般关心确实令人感动。这些勇敢的骑士，全身铁甲的劳累不堪的军人对他们年轻的同伴体贴得几乎像母亲对待女儿那样。他们担心她住的房间不好，去看望她，想了解清楚她还有什么不放心的地方。他们知道她对上帝十分虔诚，就在旅店里到处寻找，终于找到一个带耶稣像的十字架，把它挂在她的床头上。

几个贵族约定在冉待在城里的整个期间，他们轮流在她的房门口守夜。冉流着感激的眼泪谢谢他们对她的关怀。

他们派去求见国王的使者回来了，告诉他们国王等他们去。

"你们去见王太子殿下，"冉对他们说，"请竭力说服他，因为我相信他对我会毫不信任的。尤其是设法让我能见到他，其余的事由我负责，因为我要对他说的事只有他、上帝和我才能知道。"

"冉，你放心好了。"奥利维埃说。

三个贵族离开了旅店。

年轻姑娘匆匆地吃了一顿简单的晚饭以后，回到楼上她的房间里，在炉火和放在桌子上的一盏灯的亮光下，出神地想起她原来的幸福生活，她刚刚和它告别，也许永远不会再享有它了。她又想到她的母亲，她离开她的时候，竟没有拥抱她一下；母亲一定在晚上等她回家，就像她平时习惯做的那样，可是她没有看到女儿回家，只见到一封告诉她冉已经出发的消息的信。信是请董雷米的本堂神父写的。因为冉虽然崇高但没有文化，她不会写字。

在这时候，让、贝特朗和奥利维埃来到了国王居住的城堡。这是一个正方形的堡垒，外表凄凄惨惨，又挺吓人，两侧角上各有一座塔楼掩护，它们是石头做的哨兵，眼睛能注视东西南北，可以通知城堡里的国王它们看到什么人前来。

他们来到国王城堡的大门口，看到在第一道拱门里站着一个年轻人，或者应该说是一个十八岁左右的孩子，一双大大的蓝眼睛，金黄色的长头发，身材优美，神态显得机灵果断。

"诸位先生，"他说，"国王派我来迎接你们，领你们去见他。请随我来。"

两个手拿火把的仆人走在最前面，这个青年领着几个来客穿过半个院子，这个院子又阴暗又荒凉。然后他们走上一道冰凉的、光秃秃的石头楼梯。年轻人走进几间没有人的房间，在他走进去之前，里面还是一片漆黑。房间墙上的一些光滑的兵器和罕见的包金饰物给两支火把照得闪闪发亮。

六个人一走进国王的房间，这几间房间又是静寂无声，一片漆黑了。

很大的壁炉里面是空的，黑黑的，和外面的寒冷空气一样使人感到冷，而外面的空气又从打开的门和没有关拢的窗子穿了进来。当一个人想到他是在国王的房间里的时候，他看到眼前这样的情景，不会不感到万分伤心。

两名仆人在一道门帘前面站住了，从门帘透出了后面房间的亮光，那个在大门口迎接奥利维埃他们的年轻人撩起帘子，请他们走进一间客厅。在一张只放着两副餐具和烧着旺火、木柴噼啪作响的高高的壁炉中间，坐着一个大约二十六岁的人。这个人穿了一条白裤子和一件丝绒紧身短上衣，衣服的两只大袖子加了白鼬皮衬里；脖子上戴的一条缀着宝石的金链条垂在他的胸前闪耀着光辉。他没有戴帽子，可是就他现在坐的姿势，很难看到他的脸。因为三个贵族进来的时候，他正在聚精会神地默想，左肘支在他坐的大椅子的扶手上，左掌支着头，背朝着奥利维埃和他的同伴进来的门。他看着燃烧着的火，用一把细长的剑尖把火拨旺。

"先生们，是国王！"年轻的领路人走进客厅后说，并且请他带来的几个人走到他的前面。

听到这句话，查理七世，因为正是他本人，抬起了头，这样，他的脸就露了出来，这是一张总在深思的、清秀的、显得很有智慧的脸，剪得整整齐齐的头发遮住了他的前额。

"欢迎你们，诸位先生。"国王说，从他的语调能听得出他对把他从沉思和清静中拉出来还不知道是该高兴还是该发火。

他招呼的几个人向他鞠躬，这时候那个年轻的领路人很随便地走到壁炉前烤起火来。

国王站了起来，注视着在他面前的三个贵族，悲伤地说：

"如果你们不知道你们是在我的住所里，诸位先生，你们是猜不到的，是不是？这座城堡哪儿像国王的城堡。"

"陛下，国王在我们眼里是至高无上的，"奥利维埃回答说，"国王哪怕在法国只有一座城市，在一座城市里只有一处房屋，只要他的周围有许许多多忠诚勇敢的臣民，总有一天，他们会把他失去的送还给他。"

让和贝特朗又躬身行礼，表示赞同奥利维埃说的话。

"诸位，你们的到来，给这些臣民增添了力量，"国王说，"我永远不会忘记你们的行动。你是奥利维埃·德·卡尔纳克伯爵吧？"

"是的，陛下。"

"你是一位英勇坚强的骑士的儿子，先生，我早就盼着见到这个儿子，并向他感谢他的父亲的效力。卡尔纳克伯爵牺牲的时候，我还很小，但是我记得我经常听见先王查理六世非常尊敬地说到他的名字。这是一个布列塔尼人，这就说明了一切。布列塔尼人都是勇敢的战士。"

"而且对法国国王的大业永远忠诚，"奥利维埃回答说，"儿子一辈将竭尽所能不让他们的父亲感到羞愧。"

"你是什么时候离开布列塔尼的，先生？"

"刚刚两个星期。"

"是谁使你下这个决心来找我们？"

"陛下，难道我没有到拿起武器的年龄吗？"奥利维埃说，"难道我不应该荣幸地响应里什蒙伯爵的召唤吗？"

听到里什蒙这个名字，国王的前额像蒙上了阴影。奥利维埃察觉到后，便又说了一句：

"陛下，里什蒙伯爵，您的仆人中间最勇敢最忠心的一个。"

"很好，先生，很好，"国王有点儿不耐烦地说，"我们了解陆军统帅的勇气和忠心，是极大的忠心，"国王带着讥讽的口气继续说下去，"以至几乎不顾我们是否同意要为我们效劳。你们两位先生，"他转过身对另外两个骑士说，"你们是让·德·诺韦隆朋和贝特朗·德·普朗吉，又是两位忠诚的人！"

"是的，陛下。"两个骑士说。

"你们是不是罗贝尔·德·博德里库派来见我的？"

"是他。"

"他曾经派人向我请求许可证，说要送一个年轻姑娘来我这儿，这是怎么回事？这个年轻姑娘是谁？"

"陛下，她是一个活生生的奇迹。"

"那么，"国王带着怀疑的口气说，"你们已经给我将这个奇迹领来了？"

"是的，陛下。"

"这么说，你们很信任这个年轻姑娘？"

"完全信任。"

"你们叫她什么？"

"冉。"

"这么简单？"

"陛下，是这么简单。"

"冉保证能做什么？"

"她保证能解奥尔良之围，陛下，并且护送您去兰斯接受加冕，王冠是您有权得到的，而您现在还没有戴上。"

国王的脸有点儿红了。

"看来，"他说，"她能做还没有任何人能做到的事？"

"她保证能。"

"诸位先生，你们相信这可能吗？"

"相信，陛下，我们再重复说一遍。"

"你们都疯了，先生们，允许我对你们这么说。一些像你们这样高贵勇敢的骑士怎么会如此相信一个十七岁的姑娘，胜过相信自己呢！他们的剑不够了，所以他们需要铲头牧棒！你们为什么不穿女人穿的衬裙和短上衣，代替锁子甲和盔甲，你们的服装要适应你们的信任呀。"

"如果冉命令我们这样做，"贝特朗说，"我们会照做的。"

"你们去做你们认为合适的事吧，先生们，"国王口气严厉地说，"就像我一样，我会做我认为合适的事。我的意见是，我们经受了许多损失、耗费了许多精力以后，我不能再征集一支新的军队，招致新的灾难；一个小姑娘，也许她是一个疯子，自以为注定能拯救法兰西，我们得跟着她跑吗！你们怎么会希望国王我去对我的年老的骑士们，对迪诺阿，对拉伊尔，对凯桑特拉伊，对你们说：'我不再信赖你们的勇气了，你们去追随那个女孩吧！'这是在发疯，先生们，这是荒谬绝伦的念头。"

"正是因为这样所以应该试一试，"一直在烤火的年轻人插进来说，"既然直到现在，合乎情理的事没有得到成功。"

"住嘴，艾蒂安，住嘴，孩子，"国王说，他的声音一半温和一半严厉，"这不关你的事。"

艾蒂安坐了下来，叉起腿，拿起手边一本有关猎犬的大书，看起书中的图画。

"但是，"让大胆地说，"我们是遵照您的命令动身，把冉带来的。"

"先生们，我不对你们说相反的话，只是我一再考虑了之后，我认为法兰西王国比个人的想法重要。"

"也许是从前的法兰西王国，"艾蒂安说，"可是，您现在有的王国，我怀疑它有什么价值。"

爱开玩笑的孩子表示蔑视地撅了撅嘴，又继续翻阅他的书。

"另一个理由是我不能再损害我余下来的那一点点东西了。"国王说，他仿佛不能像平常那样容忍艾蒂安的不礼貌的插话。

"如果您愿意见见冉，陛下，您会信服的。"

"因此我不愿意见她。谁能说她不是魔鬼创造出来的呢？这足够断送她的王国了，自然不会断送她的灵魂。"

"陛下，您相信不相信我们对您的大业的忠诚？"诺韦隆朋问道。

"相信, 诸位先生。"

"您相信我们都是勇敢的人吗?"

"那当然。"

"您相信我们值得信赖吗?"

"毫无疑问。"

"那好! 陛下, 我说说我亲眼见到的事情。在冉和我们一起出发的时候, 别人给她带来了一匹马, 是她的乡亲送给她的礼物, 那是一匹黑色的骏马。冉从来没骑过马。她想骑到马上, 那匹马却直立起来, 连我这样的好骑手, 陛下, 我也无法骑上去。"

"后来怎样呢? "

"是这样。她说: '把这匹马带到这个十字架边上来,' 她指指路口的一个石头十字架, '马会很容易骑上去的, 就像一个孩子骑上一只小绵羊一样。' 马给牵到她说的地方, 好像给一个牢固的马嚼子拉住, 低下了头, 让她骑了上去。"

"陛下," 贝特朗·德·普朗吉接着说, "我曾经亲眼目睹一件比让刚才讲的更加神奇的奇迹。我们刚刚出发, 就看到由于天降大雪, 田野上和树林里从前一天起就没有食物吃的鸟儿, 都飞到冉的四周, 向她讨谷粒吃。冉在她的茅屋里储藏了一些粮食, 这时她把大麻籽和小麦粒撒在她周围, 排成行列的鸟儿护送我们有半个小时, 一直飞到大路旁的一棵树上才停下, 对着冉唱再见的歌, 然后飞回村子去。"

"先生们, 这些都是偶然的事情," 国王说, "此外, 当前我们不再需要冉也不再需要任何人。在我们四周, 仗打得够多了, 血流得也够多了。我已经开始和英国国王谈判关于奥尔良城的事。我要求把它交给勃艮第公爵, 他安排一个由他选定的官员管理城市。用这种方式，奥尔良就能得救，我们也能安心了。总之，勃艮第公爵不是一个坏人，他是想为无畏的约翰的被害①报仇。说实话，这是合情合理的事。"

"现在他是想得到奥尔良，我觉得这似乎还是很合理的，"艾蒂安挖苦地说，"况且，这会讨拉特雷莫伊喜欢，因此想必也会讨国王喜欢……"

"艾蒂安，艾蒂安，"国王生气地说，"为什么不闭上嘴？拉特雷莫伊伯爵是一个忠心耿耿的臣民，一个忠实的朋友，一个正直的顾问。我听说所有在这儿的人都尊敬他，即使只是因为是一向认为自己正直的陆军统帅里什蒙把他举荐给我的关系。"

他说这句话的时候，神情显得有些古怪。

"是不是这个原因使您不愿意再看到陆军统帅，陛下？"艾蒂安说。

"够了！"查理七世说，他的声音是那样严厉，这一次艾蒂安也只得闭上了嘴。

这时候，有两个仆人撩起门帘，大声说：

"请国王用餐！"

第三个仆人走了进来，一只手端着一只盘子，放的是一只小鸡，另一只手端的盘子里像是一根羊尾巴。

"啊！多么可怜的晚餐！"艾蒂安俯下身子看两只盘子，说道，"如果明天传令官站在台阶最上层大声叫道'法国国王昨天因为消化不良而去世'，我将会十分吃惊。"

查理七世神情变得很伤心。

---

① 无畏的约翰（1371—1419），勃艮第公爵，1407年杀死奥尔良公爵，1419年9月26日，他约王太子在蒙特罗桥相会，在桥上中了奥尔良公爵的岳父阿尔马雅克伯爵手下人的埋伏，被杀害。

"这是事实，"他说，"永远不会有谁相信查理七世国王无法邀请前来拜访他的三位正直的贵族共进晚餐。诸位先生，你们看，这就是国王过的日子。"

"陛下，幸好，"艾蒂安一面说一面在查理对面坐下来，"幸好您有我陪着，好给您解闷，使您得到一些安慰，因为没有我，说真的，不知道您会变成什么样子。"

"我不留你们了，先生们，"国王说，"你们去休息和用餐吧。你们可以明天再来看我。"

"陛下，我们怎么对冉说呢？"奥利维埃问道。

"诸位，你们就对她说，"艾蒂安回答道，"优柔寡断是国王最主要的性格，他要求好好考虑到明天，再决定是否接见她。"

"不，不，先生们，"国王用坚决的口气说，"你们去对冉说，我会给她一支护送队，陪她回她的村子去，即便她中途停下来。后代的人如果知道法国国王有一刹那间竟会相信这一类荒唐的事准会大笑不止的。"

三个年轻人向国王告辞后离开了他。他们下楼的时候，正为他们的活动没有成功感到惭愧，一个女人走到他们面前对他们说：

"诸位先生，是你们把那个沃库勒的姑娘带到希农来的吧？"

"是的。"冉的三个同伴齐声回答。

"国王同意接见她啦？"这个女人又问。

"没有，你看我们都为他的拒绝感到难过。"

"好的，先生们，你们可愿意跟我去见王后，我的女主人，也许国王明天会改变决定，因为王后已经听人说过关于冉的事情，她惊叹万分。她的意见是国王应该接见冉。"

"好呀，"奥利维埃心里想，"上帝早已决定好了，查理七世国王只能得到女人们的拯救。"

三个贵族跟着虔诚的王后玛丽·德·安茹①的女使者走了。

---

① 玛丽·德·安茹（1404—1463），查理七世之妻。

十六
爱　情

"您知道吗，陛下，"艾蒂安说，同时把仆人刚刚端来的小鸡切成碎块，因为国王和这个年轻人用餐的时候，他不能容忍仆人们待在左右，用餐成了他的一种消遣，"您知道吗，陛下，那几位贵族从您这儿带走的是一个十分错误的主张。"

"他们尤其会从我这儿带走这样的看法：认为我准是一个软弱无能的国王，所以让一个像你这样的孩子有权高兴怎样说就怎样说。"

"哟！陛下，问题不在这儿。如果天下所有的国王周围都有像我这样的孩子，他们就会事事称心如意。这几位年轻的贵族把他们的剑、他们的生命、他们的仆从都交出来为您效劳，我以为您对待他们的态度显得有些漫不经心。第一位，因为是陆军统帅派来找您的，其余两位，因为他们给您带来了本来是您自己叫人召来的那个姑娘。他们会把您看作一个无情无义的国王，而作为没有王国的国王本来就够您受的了。里什蒙陆军统帅什么地方得罪了您，我能稍稍问一下吗？"

"他是他的兄弟布列塔尼公爵硬要我接受的，而我需要和公爵结盟。我给了他陆军统帅的职位，其实我是迫不得已。做国王的永远不会原谅别人迫使他做任何事，即使是对他有益的事。"

"可是陛下，他曾经为您多次效劳呀。"

"是哪些？"

"首先，他叫人杀了吉亚克先生。"

"一个我喜欢的人。"

"这个人一直偷到您的口袋里。"

"这倒是事实。好吧！就算我原谅他这次杀人的事，因为有人肯定地说他做得对，而且国王不能自由地喜欢他中意的人。说说他另外的贡献。"

"不错，他本人杀了卡米·德·博利厄，您的第二位宠臣，他偷您比前面那一位还凶。这些就是不应该忘记的功劳，陛下。"艾蒂安笑着说。

"所以我一直抱有希望，有一天将看到我喜欢的您被这个专杀宠臣的人杀死。那会不会是他对我的又一次效劳？"

"陛下，谢谢这样的比较，但是我和我刚才提到名字的人没有什么相似之处，我只有您对我的友爱。我没有偷过国家的一文钱，使您破产的并不是您每天请我吃的晚餐。"

艾蒂安说这最后一句话的时候，声调动听，手势风趣，国王禁不住笑了起来。

"你确实没有使我破产，所以，等我们到巴黎以后……"

"陛下，您走的路却不大对头。"

"你要我怎样做呢？"

"我要您能听从别人给您提的好建议。"

"我听从过拉特雷莫伊的建议。"

"您把那样的做法也称之为听从好建议？"

"难道不是你的陆军统帅里什蒙把他安插到我身边，还要我任命他为大臣的吗？"

"陆军统帅完全错了，不过请耐心点。"

"你想说什么？"

"我想说陆军统帅是一个爱报复的人，很可能在不久后的某一天，这位宠臣将会跟随另外两位走同一条路的。"

"谁使你这样猜想的？"国王说，眼睛盯着艾蒂安看，眼光里几乎含着期望。

"没有人，只不过'三'这个数字上帝喜欢。"

查理七世叹了一口气。

"啊！"年轻人继续说道，"您更喜欢比较有根据的猜想。"

"艾蒂安！"

"陛下呀！我看您的灵魂深处如同看一本打开的书一样。您年轻，您仁慈，但是您软弱，您一心希望做好事，却任凭别人干坏事，您还说，这是为了得到安宁。如果您知道您花了多大代价买到安宁，陛下，您宁愿喜欢打仗和失眠的。"

"艾蒂安，你几岁了？"

"我十八岁，陛下，您是知道的。"

"那么，平均算来，你还可以活四十年，对不对？"

"陛下，为什么对我说这个？"

"因为看到你这样大岁数的孩子教训起人来像一个老头儿，叫我很伤心。到了你五十岁的时候，你做些什么事呢？教训人的事留到以后做吧，现在还是来谈谈爱情和比武。做事要当其时。好啦，你打开这个橱子，拿一瓶塞浦路斯酒出来，给我们两人都斟满一酒杯，我们喝酒吧，再谈谈别的事情。"

"啊！我知道您想谈些什么，陛下。"艾蒂安说，他照国王吩咐的给两只酒杯里斟满了像黄玉似的甜烧酒。

"那好，如果你知道了，不讲交情的朋友，为什么不说出来呢？"

"因为我认为此时应该谈谈更严肃些的事，陛下。"

"孩子，还有什么比爱情更严肃的事吗？如果你知道就好

154

了，我对你说这个，是因为你是唯一一个我可以随意对之敞开心胸的人。你要知道，在我看来，任何事物和爱情相比都算不了什么。当然，荣誉是美好的，我明白，谁都会为能够制服百姓、使自己的名字在所有的海岸被反复传颂而感到自豪，为自称是汉尼拔[①]、恺撒、查理曼[②]或者圣路易[③]而感到自豪。但是，孩子，我有什么办法呢，我找到另外一个名字，当它被两片被人爱的嘴唇叫出来的时候，它同样响亮。任何人躺在他所爱的女人的怀抱里，他就是国王。因为爱情，是没有边界的王国，是没有荆棘的王冠，是永远不会醒的美梦。不管我们曾经是什么人，总有一天，我们都会成为一文不值的尘土，我们在墓底里只能做一个可笑的鬼脸。不要为那些虚幻的奢望浪费掉我们一生中美好的岁月。别把鲜血洒在我们的康庄大道上，给它铺满鲜花吧，这岂不是要好一些，美丽一些吗？因此我对四周的事物都不感兴趣。他们想要我的王国，让他们拿去吧，让他们瓜分掉吧，这跟我无关！阿涅斯爱我，我的王国就在这里面。别人都以为我软弱、懒散、没有毅力，他们判断错了，艾蒂安。如果明天阿涅斯不再爱我了，我会征服全世界，来重新获得她的爱情，但是她始终爱着我，那么其他的事何必管它呢？愿上帝在人间给我们留下一个角落，足够让我们相互偎依在一起，这便是我对他的全部请求。"

艾蒂安听着国王说，同时在思考什么。

"我让你不愉快了？"查理问他。

"陛下，没有。您知道我好久以来就强迫我的心保持沉默了。"

---

① 汉尼拔（公元前247—前183），迦太基统帅。
② 查理曼（742？—814），即查理大帝，法兰克国王，查理帝国皇帝。
③ 圣路易（1214—1270），即路易九世，法国卡佩王朝国王。

"请原谅我，我总是忘记你爱过阿涅斯。"

"陛下，但愿我永远爱她。您能因为我的感受和您的感受相同而指责我有罪吗？此外，我爱阿涅斯夫人，是为了她，不是为了我。阿涅斯夫人爱我，只是把我当作一个在她身边被她抚养大的孩子，一个她年轻时的朋友。她能以另外的方式爱我吗？不能。当我看见她爱您的时候，我不愿意把自己埋在自己的痛苦中，陛下，我希望我的爱情能为她做些事情，您的爱情至少能给我一种补偿。我使自己成为您的信使和您的心腹。我看到她一面看您的信一面微笑，我也看到您看她的信的时候一副高兴的神情。每次您对我谈到她，我仿佛听到我自己的心在说话。您看着她，就像是我看着她，陛下；您了解她，您和她完全相配，所以我对她的爱情转化成了对您的忠诚。此外，如果我得不到现实中的东西，难道连梦想也不能有吗？陛下，这种梦想您是无权嫉妒的。每逢我独自一人，我就想起她的模样，我为她写诗，有时候您把它们当作您写的送给她。有一次，您落下了一朵从她那儿得到的花，我拾了起来，珍贵地保存着。我的心好像寄生虫一样，靠着您们剩下的面包屑维持生命。陛下，我是经过反复考虑才向您供认这些的，您知道吗？首先，我这样做是出于您对我的友情，因为您的心灵理解所有微妙的感情，其次是可以有权谈到她和享受到听人赞美她的幸福。陛下，爱阿涅斯夫人吧，爱她就像她爱您一样，因为如果您不再爱她，而她依旧爱您，我会悲伤得死去的。"

国王听了他说的话，觉得自己眼睛里涌满了泪水。关于这种爱情的朴实的知心话他听了也许有二十来次了，说话的人没有私心，没有嫉妒，是他的忠实的奴仆。所以他爱艾蒂安就像爱自己的孩子，他对艾蒂安无限信任。

"好吧！艾蒂安，今天晚上我们去看阿涅斯。"国王对他说。

　　“陛下，您要去看她？”

　　“是的。”

　　“您带我一起去吗？”

　　“只要你愿意。”

　　“只要我愿意！我想我当然愿意，陛下。”艾蒂安像孩子一样快乐地说。

　　“不过我有一个想法。”

　　“什么想法？陛下。”

　　“会不会有一天阿涅斯真爱上你。”

　　“我吗？”

　　“你年轻，你漂亮，你多情，女人们都看得到，你的心思她们也猜得到。在她们的爱情的天平盘上，王冠算不了什么东西。如果阿涅斯真爱上你呢！”

　　“啊，陛下，那对她来说可是十分糟糕的事。”艾蒂安认真地回答道。

　　“可是，万一它发生了，你打算怎么办？”

　　“我会离开，陛下，为了惩罚她和替您报仇。”

　　“来，让我拥抱拥抱你，”查理充满感情地说，“再没有比你的心更高贵的心了。”

　　这时候，一个仆人走了进来。

　　“有什么事？”国王问道。

　　“陛下，”仆人说，“王后派人来请求和你做一次交谈，是她前来你的房间还是她等候你去她那儿？”

　　“去回禀王后，说我去见她。”

　　仆人退了出去。

　　“你去找阿涅斯，艾蒂安，”国王对他的年轻侍从说，“对她说, 我随后就到。我给你两人一刻钟的谈话机会。你瞧, 我真是一个好心肠的君主。"

"我遵照您的命令做, 陛下。"年轻人说, 然后穿上斗篷走掉了。

对国王来说, 任何突如其来的打搅都叫他头痛, 甚至厌烦。他无可奈何地离开自己的房间去见王后。他正想离开城堡去看阿涅斯, 王后却要和他见面, 因此他更是冒火。

他走进玛丽·德·安茹的房间, 心里暗暗决定只和她谈一两分钟就走。

王后独自一个人在房里。

她看到国王进来, 站了起来。

玛丽·德·安茹当时大约二十四岁, 她的朴实无华的美丽正闪着鲜明的光彩。

"陛下, 请原谅, 虽然你已经表示过你今晚想一个人待着, 我还是想和你谈谈。因为我要对你说的事太重要了, 即便如此, 我也不会耽误你很久的。"

"夫人, 说吧。"查理坐下来说, 同时做了个手势, 要王后也坐下。

"有三位贵族今天晚上到城堡里来过, 是不是? "玛丽问道。

"是。"

"其中有两位请求您同意接见一个叫冉·达克的姑娘。"

"对。"

"而您拒绝见她? "

"是的。"

"陛下, 我都知道了。有人对我讲过这个姑娘的一些十分神奇的事情, 所以我叫人把这几位贵族请来我这儿, 要他们详细说说她的奇妙的故事。听了他们的叙述以后，我深信不疑这个姑娘确实是上帝的使者和预言中的处女，因为您知道，陛下，有一个预言说，法国将被一个处女拯救。"

"我知道。"

"所以我答应这几位年轻的贵族会和您谈一谈，陛下，我说我会竭力说服您，使您改变原来的决定。"

"很不幸，夫人，这个决定是不能改变的。"

"为什么，陛下？"

"因为，就同我对你见过的那几位贵族说过的那样，就同他们可能对你转述过的那样，我的看法和你完全相反。我，一个男人，一个国王，不能让一个自称得到神灵启示的乡下姑娘来指挥一支由英勇的士兵和正直的汉子组成的军队。"

"这样的话，冉……"

"明天回家去。"

"不能改变了？"

"夫人，不能改变。"

"好的，陛下，我要对您说的话就是这些，现在您可以离开了。"

查理拿起王后的手，吻了一下。

"我拒绝了你对我的请求，夫人，你不会怨恨我吧？"

"不，不，陛下，不过我希望在明天之前您能改变意见，黑夜会给您出好主意的。"

"夫人，我可不相信。"

"谁知道呢？"

国王向玛丽·德·安茹告辞，回到他的房间去拿他的斗篷，因为除了屋外天冷以外，他还不愿意在他外出的时候让别人认出他来。

但是，就在他还没有走上分开王后的套房和他的套房的楼梯之前，玛丽·德·安茹已经穿好一件黑色的大披风，几乎把脸全都遮住。她离开她的房间，走到院子里，然后走出城堡，向左一拐，消失在一条狭窄的小街的黑暗中。她走的就是几分钟前艾蒂安走过的路。

她终于走到了一幢小房子面前，房子的山墙很雅致，在黑夜里露出它细齿状的边，只有一扇窗子有亮光。

"正是这儿。"玛丽·德·安茹喃喃地说，拿起门环敲门。

一个女人来开门。

"你找谁？"这个女人问。

"找阿涅斯·索雷尔小姐。"

"她在这儿。"

"我要和她说话，不过和她一个人。"

"夫人，请问你的姓名？"

王后稍稍撩起一点披风。

"王后！"那个年老的女人叫起来。

"别出声，"玛丽·德·安茹说，"除了阿涅斯夫人，别让任何人知道我在这儿。"

"耶稣—玛利亚！"年老的女人一面咕噜，一面领着王后走进一间装饰得很豪华的低矮的客厅，"王后来到我的女主人家里！这是怎么回事呢？将会发生什么事呢？"

十七
阿涅斯和玛丽

王后在阿涅斯的女仆领她走进的房间里等了一会儿，阿涅斯进来了。玛丽·德·安茹正在深思，没有听见门打开的声音，忽然听到身旁有人很谦恭地对她说："夫人，我来了。"她不禁哆嗦了一下。

王后转过头去，看到这个被人称作"漂亮夫人"的绝美的女人跪在她的跟前。阿涅斯在王后等候的时间，取下了项链和宝石首饰，那都是国王来看她的时候她习惯戴的，因为她知道国王非常喜欢这种华贵的装饰，他把它叫作她的美貌的"陪衬"。阿涅斯是一个十分机智、十分有见解、十分善良的女人，她不愿意过分打扮地出现在玛丽·德·安茹的面前，因为王后的简朴是有口皆碑的。

王后禁不住对着眼前的这张秀美的脸细看了好一会儿。阿涅斯的漂亮头发里点缀着一粒粒珍珠。一双大眼睛此刻向下垂着，长长的睫毛在粉红色的面颊上投下了淡淡的阴影，直直的鼻子是希腊型的①。牙齿比她头发里的珍珠还要白。

"站起来吧，阿涅斯，"王后对她说，"你坐在我身边，我们来谈谈。当我们在一起的时候，你才是王后，证明呢，就是我来要向你提一个请求。"

"殿下，这是什么意思？"

"请听我说，阿涅斯，我相信一位国王的妻子，尤其是像

---

① 希腊人多直鼻梁。

查理七世这样的国王的妻子，从上天接受了一个艰难的使命，但是她能使它变得崇高，如果她充分理解它的话。一位王后不再是一个女人。如果她年轻，如果她美丽，如果她爱别人，她就应该把青春、爱情、美丽都藏到她内心的最深处，为了他的王冠，她应该牺牲她的一切感受，以前我就是这样做的。但是，在另一方面，上帝给她一个责任要她承担，这个责任补偿了她失去的东西。她应该成为百姓的保护人和她的国王丈夫的顾问。她的影响应该出现在政治和法律的枯燥无味的问题中间，好让美妙的事物介入，引出结果。最后，对她来说，当失去君主的爱情以后，臣民的爱就应该代替君主的爱。阿涅斯，这些就是我尽力做的事。"

"夫人，您已经成功了，"这个女人说，"因为大家都爱您，大家把您当作一位圣女一样尊敬。"

"如同我对你说的，阿涅斯，"玛丽·德·安茹说，"有时候，国王的爱不给王后，她看到她的丈夫将他的珍贵的爱情和信任移到了另外一个女人身上。"

阿涅斯听她这样说，垂下了眼睛，面颊变得通红。王后注意到了，赶紧又说下去：

"我不仅理解这种移情，而且我也原谅它。在王国里有远离爱情的严肃认真的事情。不过王后仍然感到痛苦，要知道，阿涅斯，对她说来，时间是漫长的、难熬的。她不能对任何人吐露她心底的悲痛。她必须从自己身上获得力量，她在这样的考验中很快就心力交瘁。但是还有一个安慰留给她，那便是她的丈夫虽然将爱情转移到另外一个女人身上，但是这个女人是值得他爱、能够爱他的。对于王后，什么也没有丧失。如果她明白她的使命，那么她会证明这一点的。现在她只需要有足够的力量使自己能原谅给她带来痛苦的那个女人，并且来到这个女人身边，对她说：'让我们两人做我独自一人无法做的有益的事吧。'"

"夫人，是吗？"阿涅斯眼睛里饱含着感激的泪水大声说道，"因为做了有益的事，其余许多事就能得到原谅，是不是？"

"国王爱你，作为女人，我也许要恨你；作为王后，我只是前来对你说：'阿涅斯，我们一同救救国王！'"

"啊，夫人！"阿涅斯又跪了下来，不停地吻王后的手，同时泪水也洒满王后的手上，"您使我太幸福，同时也使我太不幸了。您的宽厚大度是如此高尚，使我的心中充满喜悦和羞愧。"

"阿涅斯，请站起来，你心地善良，如果说你曾经伤害了我，你这样做也是无心的。在今天以前，我已经原谅你了，首先是因为我是基督教徒，其次是因为我是女人。我对你再说一遍，国王爱你，我理解这种爱情，你比我漂亮，你不是王后。这种爱情应该对他有好处，他应该在爱情中寻求乐趣，他完全找到了。你对国王的头脑有极大的影响，请你为了他的幸福和法兰西的幸福，运用你的影响吧。"

"夫人，请您吩咐，应当要做的，我都会去做，即使从今天晚上起要我离开红尘，进修道院也愿意。"

"阿涅斯，你知道法国目前处在怎样的状况？"

"知道，夫人，唉！"

"你知道国王是怎样无动于衷地眼看着英国人占领我们美丽的国土，以至有一天拉伊尔只得极其坦率地对他说：'陛下，人们不会再快活地丢失他们的王国了。'"

"这些我都知道，夫人。"

"你完全不是造成这种无动于衷的原因，阿涅斯。对一个

163

为你所爱的国王来说,多一个省少一个省有什么关系! 完全出于你的爱情,你直到现在还没有对国王提过什么建议,而他只会听你的话。你的才智是通过学习成长的,不过缺乏经验所以还不成熟。这是因为你的年龄、还在于对你微笑的幸福、你所感受的爱情的关系。在你的爱情里没有奢望,也没有自豪,因为你爱国王,我相信,就像你爱他的王国里的一名最微不足道的学生一样。好啦! 阿涅斯,你应该在我努力进行的活动中帮助我,因为我的爱情里充满了对查理的希望和为他感到的骄傲。他应该夺回他的王国,他应该赶走英国人,他应该最终成为国王,查理曼和圣路易的法国的国王。"

"夫人,您认为我能做到吗?"

"也许。"

阿涅斯摇摇头,表示有些疑虑。

"你的意思是国王过于软弱,不能从事这场战斗,是不是? 如果他什么人也不爱,我自然对他不抱希望,但是他爱你,爱情能够使他做一切重大的事情。当上帝想拯救一个人的时候,他会使用所有的方法,为了一个王国,他能做他为一个人做的事情。目前,上帝不愿意神圣的征服者、受过难的国王①、路易九世的法国落到英国人手中,因此他可能制造出一个奇迹,或许我完全弄错了,或许他会这样做的。"

"夫人,您说的什么呀?"

"说的是事实。听我说下去。上帝看见勇气离开了那些最伟大的人,就将它送给了最渺小的人。他看到国王失去了毅力,就将它送给了一个女人,王国里最低微的人中的一个,就像以前他把才能送给伯利恒的最低微的孩子②。一个姑娘,一个

---

① 路易九世曾做过四年战俘。
② 指耶稣,耶稣诞生在伯利恒。

十七岁的牧羊女，不会读也不会写，自称上帝派她来赶走英国人和把王国交还给国王。"

"这个姑娘呢？"

"她现在就在希农。只是国王原来要她来的，现在却不愿意接见她，并且命令她明天回去。如果这个女孩走了，法国就完了。"

"谁使您这样认为的，夫人？"

"我每天向上帝祈祷，阿涅斯，是上帝告诉我的。我请求国王不要让冉回去，他拒绝了我的请求，所以我前来找你，是请你能说服他同意他拒绝过我的这件事。查理七世注定是一位上帝会使他伟大的国王。一位君主的爱情有时候可能比他的德行对他更有用。问题只在于怎样运用这样的爱情。国王今天晚上想必会来看你。"

阿涅斯迟疑着，垂下了眼睛。

"说呀，阿涅斯，是不是我不值得你坦诚相待？"

"值得，夫人，我在等国王来。"

"很好！他回到城堡后下的第一道命令应该是吩咐人将冉领来见他。"

"他会下这道命令的，夫人。"

"唉！"王后站起身来说，"如果国王爱我像他爱你一样，我能使他做多少大事啊！"

这时候，有人敲临街的门。

"这是他，是不是？"王后说，声音很激动。

"是的，夫人。"阿涅斯说，同时低下头来吻玛丽·德·安茹的手。

"好啦，阿涅斯，"王后竭力克制住自己，说道，"请你记住你的允诺，你去迎接国王吧。我在这儿等着他进屋后再走，因为我不愿意他见到我,也不愿意他怀疑我曾经来过。"

"请您再说一遍您原谅我,夫人。"阿涅斯带着恳求的眼光说。

"是的,我的孩子,我出自内心地原谅您。"

敲门声又响了。

"去吧。"王后第二次对阿涅斯这样说。于是阿涅斯走出房间,亲自去给国王开门,这好像成了她的习惯一样。

"我敲了两遍门了,"查理走进门来,同时说道,"你没有在等我来吗,阿涅斯?"

"不,在等,陛下。"

"艾蒂安有没有来通知你我要来?"

"陛下,艾蒂安在这儿。"

玛丽·德·安茹耳朵贴在门上听到阿涅斯和查理在离她几步远的地方走过去,因为在此时此刻,女人的感情控制了王后的身份。她仿佛听见有接吻的声音,它一直传到她的心里,使她的心都碎了。等到她不再听到任何声音,她脸色苍白,全身颤抖,打开她待的客厅的门,离开了那幢房子。

几分钟以后,她回到城堡里。

"喂,艾蒂安,你对阿涅斯说了些什么呀?"国王走进那间年轻侍从待的房间,问他,"你有没有对她说我们曾经谈到她,而且我爱她爱得简直发疯了?"

"没有,陛下,我什么也没有对阿涅斯夫人说,"艾蒂安回答说,"因为我来这儿以后,阿涅斯夫人差不多一直让我独自待着。"

"是真的吗,阿涅斯?"国王问道。

"是的,陛下。"

"那么在这段时间里你做了些什么?"国王说着在这个妇

人的跟前躺了下来。

"陛下,你一定记得,"阿涅斯回答道,"有一次我对你说过,我是多么信任占星家和魔法师。"

"记得。"

"你知道这种信任是合情合理的,因为在我还是一个孩子的时候,他们中的一位就对我预言说我将被法国国王所爱,您见到我仅仅片刻工夫,陛下,您便会说您爱我。"

"是吗?"

"陛下,是这样,刚才还有一位占星家在这儿。"

"这个占星家向你预示了什么?"

"陛下,没有为我预示,而是关于您作了许多预示。"

"他能预示我还会拥有更多的东西吗?是不是在世界上有第二个阿涅斯?"

"陛下,他向我预示,如果您愿意听从我的建议,有一天您会成为一位伟大的国王。"

"啊!真的如此!你要给我什么建议呢?"

"只有一个。"

"说吧。"

"您能听从吗?"

"这何必问!"

"那好!陛下,您应该接见某一个我想是叫作冉的女孩,并且听她对您说些什么。她从很远的地方来为您效劳。"

"你也站在这个可怜的女孩一边吗?"

"是的,陛下。"

"你确实这样希望吗?"

"我希望这样。"

"你听好,艾蒂安,阿涅斯希望这样。你马上去对让·德·诺韦隆朋和贝特朗·德·普朗吉两位先生说,他们可以做好准备,明天晚上把冉带来见我。你满意了吗,阿涅斯?"

"是的,陛下,我说不出的满意,您无法想象得到。"

接着,她声音很低地对自己说:

"王后殿下是有道理的,一个国王的软弱可能是种美德。"

艾蒂安来到冉和她的同伴住的旅店。

奥利维埃、贝特朗、让和冉都聚集在一间客厅里,他们向姑娘讲述他们和国王见面的经过,又说他如何固执,不肯接见她。

"不用到明天他便会后悔的,"冉说,她始终怀着永远不会丧失的神奇的自信心,"他会派人找今天他不接受的那个女人。既然上帝愿意,国王应该也愿意。"

她正说到这儿,艾蒂安来了。

他还没有说一句话,大家也无法知道他来到拉巴多老板的旅店是想干什么,可是冉站起身,向他走了过去。

"先生,欢迎你,"她对他说,"你是王太子殿下派来找我的。"

艾蒂安望着冉,露出惊讶的神情。

"冉,你怎么知道是国王派我来找你的?"他说,"我还没有对你说呢。"

"我的'声音'从来不欺骗我,"冉回答说,"我远远地就听见你来了,你是带来好消息的人。"

"这么说,冉说的话都是真的了?"奥利维埃问道。

"国王同意接见她啦?"拉巴多太太也问道,是她把艾蒂安领进来的,后来就留在那儿听他要讲什么。

"是的,诸位先生,"艾蒂安回答道,"国王明天晚上接见你们，再和你们。"

　　"我们的旅店多么幸运啊！"当冉感谢上帝的时候，拉巴多太太叫了起来。她赶紧跑出去，要把这个好消息告诉她的丈夫。

十八
奇　迹

第二天,国王召集了宫廷的所有人员,要他们当天晚上聚在他的身边,听冉怎么说。

这些人是拉特雷莫伊,查理·德·波旁,旺多姆伯爵,兰斯大主教,拉伊尔,凯桑特拉伊,塞甘弟兄[①]。塞甘弟兄是这个时代的最伟大的神学家中的一个,查理七世经常和他探讨问题。还有其他一些骑士,其他一些修士,一个比一个英勇,一个比一个博学。

"你看,夫人,"国王对玛丽·德·安茹说,"黑夜出主意,我终于照你要求的做了。"

王后向查理表示感谢,好像她一点儿也不知道他作出这样决定的真正原因,同时她显得像是她的功劳似的。

"陛下,"兰斯大主教这时开口说,"在目前情况下,不应该草率行事,我的意见是要好好向冉盘问,使她无法招架,承认她有妖术,如果她不是像她说的那样,是上帝的使者的话。如果她回答我们所有的问题,真相就会愈加明显,我们也能得到完全的胜利了。"

"你怎么想就怎么做吧。"查理七世说。然后他转过身来对旺多姆伯爵说:

"先生,你今天晚上亲自去找冉,把她以及她的同伴奥利维埃·德·卡尔纳克、让·德·诺韦隆朋和贝特朗·德·普朗吉儿

[①]　基督教的教友的一种叫法。

位先生带来见我。"

到了晚上，大家都聚集在一起，旺多姆离开大厅去找冉，这时拉特雷莫伊对国王说：

"陛下，有一个方法可以立刻检验出这个姑娘是否真的具有预言的天赋。"

"什么方法？"查理七世问。

"陛下和其他的贵族待在一起，让一位骑士坐在您的宝座上。"

"这位骑士恐怕就是你吧，拉特雷莫伊先生？"艾蒂安说，他和平时一样总是待在查理身旁，"我不知道为什么我会有这个想法，你很高兴坐一坐国王的宝座。"

拉特雷莫伊没有回答年轻人开的玩笑，国王却带着微笑听到了耳朵里。

"这个方法确实很好，"查理说，"冉从来没有见过我，这样就可以更加突出她的本领，为了要和我面谈，她不得不猜猜谁是我。先生，"国王说着向宫廷中的一个年轻爵爷转过身去，"你来坐到我的座位上，因为你和我年龄一样大，而且你穿得比我还华丽。"

"我遵从陛下的吩咐。"那个年轻人说。

"那好！你立刻坐到宝座上来，我呢，先生们，我待在诸位当中。"

位置刚刚调换好，大厅门就打开了，冉出现了。

一片深沉的静寂迎接她走进大厅。少女是第一次看见这么多贵族，但是她一点儿也不紧张。她极其尊敬地鞠了躬以后，就径直朝查理七世走去。

每个人都移开身子给她让路，她走到国王跟前，双膝跪下，对他说：

"高贵的王太子，愿上帝赐您幸福长寿。"

"冉，你弄错了，"国王说，不过他无法掩盖他的激动的心情，因为检验的结果很清楚，事实再明显不过，"我不是国王，国王是坐在宝座上的那一位。"

"啊！不要再想骗我了，"冉回答说，"因为您确实是王太子，而不是别人。"

大厅里响起低低的表示惊奇和赞叹的声音。

"高贵的王太子，"冉又说道，"为什么您不愿意相信我呢？陛下，我对您说，您可以相信我说的话，上帝怜悯您，怜悯您的王国和您的百姓，因为圣路易和查理曼曾经跪在他脚下为陛下请求过他。此外，如果您愿意，我要对您说这么一件事，它会向您证明您应该相信我。"

"冉，你要对我说什么呢？"国王依然有点怀疑地问道。

"我要对您说的话，陛下，"少女说，"只能对您一个人讲，因为这是一些很隐秘的事，您在所有这些听我们说话的爵爷面前听我说它们，您会脸红的。您能不能带我到您的祈祷室去，我在那儿对您说。"

查理同意了，领着冉走进大家待的大厅旁边的祈祷室。

"好啦！冉，就我们两个人了，"国王说，"说吧。"

"我很乐意，陛下，不过在我对您说那些非常秘密的、只有您和上帝能够知道的事的时候，您信任我吗？您相信我是上帝的使者吗？"

"相信。"

"陛下，您能不能保证立刻做我要请您做的事？"

"能，冉。只是，"国王说，"你要回答在大厅里的教士们提的问题，是我答应他们向你提问的。"

"请放心，陛下，我会一一回答，他们会相信我的。但是我需要的是您的信任,因为上帝对我说要对我信服的人是您。"

"好的! 说吧,冉,如果你对我说的是事实的话,我自然相信你。"

"陛下,"少女盯住国王望着,对他说,"去年的诸圣瞻礼节①,您记得吗,那一天您把自己关在您的祈祷室里? "

"记得。"

"您向上帝祈祷,那不是通常的祈祷,而是只与您有关的祈祷,对不对? "

"确实如此,"查理回答说,"你能不能对我说说祈祷文的内容? "

"我很愿意,但是您要先告诉我您有没有把这个祈祷文的内容泄露给别人知道? "

"我没有对任何人说过,只对上帝。"

"因此只有上帝能够对我说到它了。陛下啊,有一个想法不断地缠住您,这个想法是:您的敌人说您不是查理六世国王的合法儿子,而您,陛下,终于也对此产生了怀疑,因为很不幸,上帝离开了您的母亲,伊莎贝尔王后,她有时候忘记了应该有的对丈夫的忠诚②。"

"这是事实,冉,"国王脸色发白了,说,"继续说下去。"

"好的,陛下,去年的诸圣瞻礼节那一天,您跪在现在我们待的这个地方,您向上帝提了三个请求:

"上帝啊,如果我确实不是法兰西王国的真正的继承人,请使我丧失将这场要耗费我的可怜的王国如此多金钱和鲜血的战争进行下去的勇气。

"上帝啊,如果紧压在法兰西身上的可怕的灾难是我的罪

---

① 又译"诸圣日",基督教节日之一,在 11 月 1 日。
② 查理七世的母亲曾说他是私生子。

孽造成的，我请求你使我的可怜的百姓从并非是他们的错误中振作起来，将所有的惩罚落到我的头上，哪怕是无休止的苦行，或者甚至是死亡。

"上帝啊，如果是相反的情况，是我的百姓的罪孽，我请求你怜悯他们，以你的仁慈宽恕他们，使得王国从它陷入达十二年之久的灾难中摆脱出来。"

"这些全是真的。"国王喃喃地说，惊讶地望着冉，几乎有点害怕了。

"所以，"少女继续说，"上帝听了您的祈祷以后，满足了您的请求，因为这是一颗基督教徒的心和一位伟大的君主的愿望，他派了我来见您，对您说：'不用害怕，陛下，大胆地重新鼓起勇气，因为您确实是查理六世国王的继承人。'现在，陛下，我们回到刚才离开的大厅去吧，好让所有的人都深信您是先王的继承人。"

国王和冉回到宫廷的人聚集的大厅里。所有人的眼睛都朝着查理望，每个人从他苍白的脸色和激动的神情看得出来这个少女刚才对他说的话给他留下了深刻的印象。

"诸位先生，"国王说，"在我们这儿出现了一个明显的奇迹。这位姑娘确实是上帝的使者。"

他对兰斯大主教和他的谋士们说：

"诸位先生，你们向她提问吧，你们会像我一样看到真相的。"

大主教开始先问，他问她的童年，她的故乡，她见到的幻象，接着对她说：

"冉，你对我们保证过，一种不容置疑的神迹能使我们认识到你的使命是真实的。这是怎样的神迹？我们等待它出现，如果它是如同你对我们说的那样，我们准备相信你是上帝的真正的使者。"

"请你们都跪下来，"冉说，"和我一样祈祷。"

每个人都照她说的跪下了，她虔诚地合起双手，用充满温情和信念的声音说道：

"我的最最仁慈的上帝，为了向您的神圣的热情致敬，我恳请您准许赐人幸福的米迦勒天使长、赐人幸福的圣凯瑟琳和圣玛格丽特显露在您的卑微的仆人面前。如果您始终打算让我，一个可怜的姑娘，以您的名义来帮助法兰西王国的话。"

冉的话刚一说完，天上的云就降了下来，接着裂开，不仅使人看到了冉祈求显圣的米迦勒天使长他们，而且还看到许多别的天使，他们拍打着翅膀，唱着赞美上帝的歌。

"赐人幸福的圣米迦勒，"冉面对天堂才有的壮丽景象，低下了眼睛，说，"我请您来，是希望您现出神迹，这样我就可以被人承认是上帝的真正的使者。"

"你信任我们，冉，"那个声音说，"我们会信守对你说过的诺言。"

圣米迦勒说完，做个手势，一位天使离开了天上的合唱队伍，手上拿着一项王冠飞到地上。这项王冠闪闪发光，人的眼睛几乎无法经得起它的光辉。

"这便是答应过你的神迹，冉，"那个声音说，"那些最不信上帝的人见到后，也会立刻停止怀疑的。"

"但愿如此。"冉说。

这时，那朵云合拢了，又升向天空。只是那位拿着王冠的天使留在地上，向查理七世国王走去。国王看到他走近，惊讶地站起来。这位天使对他说道：

"陛下，我来是要告诉你，你得到了上帝的宠爱，他给你

派来这位姑娘拯救法兰西王国。放手让她去做吧，同时你要给
她许多士兵，你能召集多少就给她多少。为了证明她应该在兰
斯使你加冕，这是我们的上帝送给你的来自天上的王冠。不要
再怀疑了，因为再怀疑就是冒犯上帝。"

天使把王冠放到国王面前，立即不见了。

大家都惊奇万分地站了起来。

冉禁不住流下了眼泪。

"你怎么啦，冉？"国王问她。

"陛下，"她回答说，"我多么想跟随这位圣洁的天使一
同离开，因为从今天起就要开始执行我的使命了，在这个世界
上我将要经受许许多多痛苦。"

"只要我活着就不会让你受到痛苦，冉。"国王对她说。

"陛下，也许能吧。"纯洁的少女擦干眼泪说。

"诸位先生，"国王于是大声说道，"上帝保护我们，上天
帮助我们。我们不要再一直迟疑下去，那会激怒上帝的。冉觉
得什么时候合适就出发，从现在起，我把我的一切权力都授予
她，我把我自己的剑送给她，请她使用。"

"谢谢陛下，"冉弯腰行礼说，"不过我只能使用一把剑，
就是将在菲埃布瓦的圣凯瑟琳教堂里一位年老的骑士墓里找
到的一把剑。这是我听到的声音下的命令。那把剑的柄上有百
合花徽装饰，很容易认出来。我去布卢瓦①的时候，将亲自去拿
它。我们要在布卢瓦集合，把奥尔良需要的粮食送到这座忠诚
的城市去，直到依照上帝的意愿我为它解了围为止。现在，"
她转过身去对塞甘弟兄继续说下去，"我的弟兄，你愿不愿意
写下我口授的东西，因为我不会写，我甚至连自己的名字也不

---

① 布卢瓦在奥尔良西南方。

会写。"

塞甘弟兄和所有的人一样已经做好了决定，表示会听从冉的安排，于是冉用有力的声音口授下面的信：

"耶稣——马利亚，英国国王，请正确对待上天之王的旨意。

"请把你们强占的所有美丽的城市的钥匙还给少女冉，她是以上帝的名义来要求国王的，如果你愿意听从道理的话，她已经做好准备，和你讲和。英国国王，如果你不照办，我作为作战首领，将在法国的任何地方，攻打你的军队，不管他们是否愿意，我将把他们赶出法国。如果他们顺从，我会宽恕他们；如果他们抗拒，少女冉即会一一杀死他们。她是以国王和上天的名义来和你们搏斗的，要把你们全部驱逐出法兰西国土。她要向你们证明一件事，如果你们不听从道理，她会进行一场法国一千年来从未见过的大规模的杀敌行动。你们必须记住，上天之王给了她，她和她的士兵无比的威力，你们在上百次的攻击中根本不可能有这样的威力。你们，在奥尔良城外的弓箭手，高贵英勇的战士们，遵从上帝的旨意，滚回你们自己的国家去吧。如果你们不肯，你们要小心少女冉。你们会永远忘记不了你们的损失。不要以为你们会一直占领圣母马利亚之子、上天之王的法兰西，而且查理国王，上帝将法兰西交给他的真正的继承人将会拥有法兰西，他将在威武雄壮的队伍护送下进入巴黎。倘若你们不相信上帝和少女冉的事情，我们不论在什么地方发现你们，都将狠狠地给予你们打击。人们会看到是上帝的权大还是你的权大。

"你若是愿意在奥尔良城讲和，就给一个答复，你不

177

要自取灭亡，你，贝德福德公爵，英国国王的摄政①。如果你不愿意，我，以及法国人，将以基督教徒身份开始最杰出的行动。"

"明天，"她口授完这封信后说，"我把这封信交给一个传令官，让他带给贝德福德。我们在这儿等摄政的回音，同时做打仗的准备工作，千万不要浪费时间。如果他拒绝离开奥尔良，我们就出发，把他赶走。"

接着她在这封信上画了个十字，它既是她唯一能签的笔迹，又是她受自天意的使命的记号。

然后，她向拉伊尔、凯桑特拉伊和所有的正直的骑士走去，他们都还待在原地。她对他们说：

"先生们，不要因为要跟随我走而脸红，因为你们听从的不是一个女人，是上帝，上帝是世界上最强大有力的国王。"

"冉，"拉伊尔激动地说，"因为这是一颗正直的心。你认为应该怎样就下命令吧，因为，以上帝的名义，我看了和听了刚才那些事以后，我愿跟随你到天涯海角。"

大家都同意拉伊尔的话，冉于是向王后走去，单膝跪地，对她说：

"夫人，全靠您我才见到王太子殿下，由于您法国将得到拯救。"

"你知道啦？……"玛丽·德·安茹说。

"我知道，"冉声音很低地说，她这时的眼光只有王后一人能够理解，"我知道为了王国的利益您同意做什么，但是我也知道上帝爱您，他在天上会酬报那些在人世间受了许多苦

①　贝德福德公爵，亨利四世的第三子，1422年亨利五世死后，他成为幼王亨利六世的摄政。

的人。"

王后亲了亲冉的前额。国王没有能听清楚冉说的最后一句话，他对少女说：

"你可以走了，冉，因为你需要好好休息。明天，我要给你军事统帅的身份，也就是说你会有一个盾牌侍从①，一个小侍从，两个传令官，还有一个小教堂的神父。"

"谢谢，陛下。"冉说。她在全场的人的赞扬声中走出了大厅，尤其是阿朗松公爵，他为了付给把他俘虏去的英国人赎金，最近不得不卖掉他在古尔日的领地，他对它十分珍惜，所以卖掉的时候几乎落泪。

"阿涅斯是对的。"国王望着冉走远，说道。

"好啦，眼前这个女人将会使您富有和得到权势，陛下，"艾蒂安走近国王身边对他说，"这样，我们就不必老是吃小鸡和羊尾巴了。"

就在这时候，一阵阵很响的喊叫声送到国王耳中，这是希农的百姓发出来的，他们从拉巴多老板娘那儿知道了这个少女负有使命的事，所以前来等她从国王那儿出来。他们听说她刚才创造的奇迹后，用火把照着护送她回去，一路上不停地对她欢呼。

---

① 盾牌侍从，一般为年轻贵族担任，持盾牌。

十九
特里斯丹在他母亲身边

我们在上文说过，在进希农的时候，特里斯丹人不见了。奥利维埃没有看见他，但是立刻就对他的失踪既不感到不安，也不感到吃惊。他对特里斯丹的性格早已习惯。他猜想他的侍从也许是去打猎，也许是到附近地区侦察了。年轻的伯爵的猜想和真实情况相距简直有十万八千里远。

此外，他的心思全被他看到的事缠住。埋葬死者的墓上的石头七百年以后给抬了起来，就像那个预言所说的那样；他确信和他的祖先作了一次谈话，他的祖先对他讲了一些奇怪的事，撒拉逊人突然消失；再以后是和冉相遇，董雷米的处女使他目击了一些神奇的场面，这一切让奥利维埃陷入长久的认真的沉思当中。他写信给他的母亲和阿利克丝，把他心中想到的都告诉了她们。但是有一件事给他很大的震动，这件事他没有对任何人说过，他只是不断地和自己谈到它，这就是他想对预言和事实作出解释，在这两者之间找出关系，"雷斯家和卡尔纳克家的血合在一起"，特里斯丹实现预言的时候，他可能在其中看出有某种关联。只想到这一步，然后奥利维埃的思路就再也找不到深入的方向，也得不出任何结论。在他的侍从的一生中会发生什么事，雷斯家和卡尔纳克家的血怎么会合在一起？特里斯丹怎么会成为实现那个预言的人？这些都是奥利维埃百思不得其解的，也都是他无法回答的，因此他在最近写给他母亲的信里，坦率地向她提出这个问题，请求她如果可能的话，解答一下。

奥利维埃因为这件事深深忧虑，对这一点读者丝毫不必吃惊。我们立刻就交代明白。我们所描述的那个时代充满这一类琐事，它们被人接受了，认可了，就成了事实。在15世纪以后，上帝和撒旦之间的斗争才完全停下来。直到那时候，人们才相信有这场斗争，才相信分别代表善和恶的两种力量在争夺世界。有些人，有些知识和经验都很丰富的人，他们竟相信魔鬼的力量，把自己整个地和热情地交给了魔鬼，认为他们从此事事都能成功。这种信任被那些借助媚药和魔法达到某些目的的人利用了。他们终于动摇了某个基础不稳的道理。从那个时期开始，另外一些人很认真地研究起巫术这个问题，突然在这里面发现了简单的秘密。他们分析以后，把巫术归到人文的范围，使之成为一样奇怪的，甚至有趣的事情，但是现在不可能有结果。他们为了从天上来的亮光，除去了从下面来的亮光。一代一代的人终于因为这些信仰而发笑，就像成了大人的孩子由于从前在摇篮四周看到的、叫他万分害怕的鬼魂而发笑。但是，为了能存在下去，这些信仰在15世纪一直牢固地存在着。它们被一些无知的人、有野心的人、追求物质享受的人接受和承认，这些人渴望得到人间的利益，准备用永存的利益来交换，他们根本不相信永存的利益，因此在这场交易中，他们希望诈骗一下魔鬼，这样做似乎是可以得到原谅的行为。

特里斯丹又骑上巴力这匹不会疲劳的骏马出发了，重新经过和卡尔纳克伯爵一起走过的那条路，不过现在他风驰电掣般地飞奔过去。他看到了荒凉阴暗的普瓦提埃平原。他在那座肃静庄严的墓旁边经过，但是一分钟也没有歇一下。这不是一个人，这是一个在前进的意志。

特里斯丹直奔到卡尔纳克城堡才停下来。自从奥利维埃离开以后，城堡就显得冷冷清清。巴力走在院子石板地上发出的声音惊动了留在城堡里的所有的人，他们都跑出来看发生了什么事。伯爵夫人也准备来看看嘈杂声是从哪儿来的，会不会是他的儿子的信使来了，但是她还没走出一步，特里斯丹就出现在她眼前。

他脸色苍白，伯爵夫人不禁叫了一声。

"奥利维埃遭到不幸了！"惊恐的母亲一开口就这样说。

"还没有。"特里斯丹声音低沉地说。

"可是你为什么会回来？你的脸色为什么白得这样厉害？"她接着问。

"你就会知道的，夫人。"

卡尔纳克夫人对她的儿子不再担心，但是又开始对这个年轻人的态度害怕起来。

"你说吧。"她说。

"这儿就只有我们两个人，夫人？"

"是的。"

"没有人能听到我们说话？"

"没有人。为什么要这么问？"

"这是出于对您的尊重，夫人，因为此刻我要对您说的话是只应该您一个人听的话，传出去后所有的人立刻就都知道了。"

"特里斯丹，我听你说。"

"夫人，请坐下。"

伯爵夫人照他说的坐了下来。

"这是怎么回事？"她喃喃地说。

"我就说给您听。我们直接来谈正题吧。您和我一样清楚，在这座城堡里有一个预言，现在这个预言的含义我知道了。预言说将有一个雷斯家和卡尔纳克家的儿子抬起普瓦提埃的墓上的石头。"

"是的。"伯爵夫人惊恐得身子向后倒，不过眼睛仍旧望着特里斯丹那逼人的目光。

"这正是这个预言的含义吧？"他问。

"也许是……说下去。"

"是您要我说下去的，夫人，"这个年轻人带着嘲笑而又像是尊敬的口气说，"好，我说，我们穿过普瓦提埃平原，没有一个人愿意或者敢抬起那块石头，我把它抬起来了。在那座墓里我碰到了两个人，两个都是活人。"

"活人！"伯爵夫人叫道，同时站了起来，想把她听到的话给她带来的恐惧从身上抖落掉。

"是活人，"这个侍从重复说了一遍，"那个撒拉逊人全对我说了，夫人，因为，如果说躺在那座墓中的卡尔纳克伯爵是您的儿子奥利维埃的祖先的话，那么，这个撒拉逊人，这个异教徒，这个撒旦的儿子，就是我，罪行的儿子，邪恶的孩子，我的祖先。"

特里斯丹一边说，一边交叉着双臂向伯爵夫人走去，伯爵夫人不由自主地往后退。

"因此，我便是预言中所预料的那个人，"他继续说，"我来是要请问您，夫人，作为一位有权势的爵爷和一位高贵的夫人的儿子，为什么我既没有这一位的姓，也没有那一位的姓。"

这个问题使伯爵夫人惊呆住了，一开始她只能垂下头来，没有回答。

"您不回答，我的母亲。"特里斯丹说。

"你要我怎样回答你呢?既然你全都知道了。"

"那么您应该明白我现在希望什么,要求什么。"

"好吧,"伯爵夫人说,"你究竟要什么?"

"夫人,既然我是您的儿子,我要做您的为人人都知道的儿子;我要您高声宣布,特里斯丹是我的孩子,特里斯丹有权享有和奥利维埃一样的姓,一样的身份,我要您给我这个姓和这个身份。"

"你不知道全部情况,特里斯丹,"伯爵夫人温和地说,"因为如果你知道了,你就不会说你刚才说的这些话,你会明白你所要求的事是不可能做到的。"

"不可能!啊!不。"

"不可能,我对你再重复说一遍。你不像奥利维埃那样是一个神圣的结合的孩子,你是一次亵渎神圣的罪行的结果。"

"那有什么关系,夫人!我只知道,而且我只愿意知道一件事:您是我的母亲。"

"这就是这个姓在你身上唤醒的全部想法,特里斯丹,"伯爵夫人惊奇而又亲切地望着年轻人说道,"你要记住,你本来以为自己是个孤儿,现在你有了一个母亲,你不投入她的怀抱,不感谢上帝给你的恩惠,而是只想着这件事能够给你财富和身份!这不好,孩子,这不好。"

"您呢,夫人,您知道真实情况,为什么却从来没有叫过我一声'儿子'?我应该怎样感激这一位妇人,她知道自己是我的母亲,却一直等到我发现了这个秘密才叫我是她的孩子?"

"我还能做些什么呢,特里斯丹?"伯爵夫人说,她坐了下来,她的双手握住了年轻人的手,"相反,难道我没有做过我本来不该做的事?我从来没有把你叫作我的儿子,确实是这样,但是这几个字虽然没有到我的嘴唇上,它们却在我的心里，在我的眼神里，在我的细微的动作里。公开地叫你'我的儿子'，这会损害我丈夫的姓氏，折磨奥利维埃的心灵，因为没有一个人愿意相信这是事实，大家会把我看作是你父亲的共犯。应该维护家族的传统名誉。我是第一个为这件事深感痛苦的人。难道我不能把你当作一个外人对待，完全抛弃你吗？有谁强迫我接受你进入这座城堡？没有，因为在这个世界上没有人知道，也不能证明你是我的儿子。但是，在我的丈夫去世以后，我收养了你，我在城堡里给了你一个地位，那是我的心对我说要给你的。你没有像我家中的孩子一样受到尊敬吗？奥利维埃不是一直习惯把你看成是一个朋友、一个兄弟吗？好好想想吧，特里斯丹。"

"夫人，我全想过了。"特里斯丹生硬地回答她。

"还应该怎样呢？你要一笔财富，一座城堡，一个称号！我都会给你，我会使你得到这一切。但是你要知道，把奥利维埃的姓给你，这首先是对他的盗窃行为，因为你不是他合法的兄弟，这也是徒然地损坏我的名声。此外，任何法律都不承认这种出生，除了我可以讲述的情况外，没有什么能为它证明。而我在讲述的时候，会因为羞愧而死去。你要我给你什么都可以，特里斯丹，除了奥利维埃的生命，对他母亲的尊敬，以及他的家族的名誉。"

"我的决心是不可动摇的，夫人，"特里斯丹把手从他母亲的手里抽了出来，说道，"我只知道一件事，这就是我是您的儿子，不管可能发生什么事情，应该对我过去悲惨的、被遗弃的生活有一个体面的补偿。"

"听好，特里斯丹，我要对你说一件事，"伯爵夫人说，"一件我一直尽力想对上帝也隐瞒的事，因为那差不多是一个罪行。当我的丈夫伯爵去世以后，我叫人把你带到城堡来。驱使我这样做的感情是很容易理解的。你只是我肉体生下的儿子，我可以而且我不得不恨你，因为你是我的往昔生活中的一个不幸，一生中的一个污点。但是你不是你父亲犯下罪行的原因，我要是任凭你四处游荡，像一个乞丐，一个流浪儿，我会感到羞愧的。我把你找到我身边来，不是出于对你的爱，因为我并不认识你，也不可能爱你，只是出于一种讲求公正的感情。特里斯丹，看，这便是罪行所在，你性格粗野、孤僻、古怪，已经在处处影响我。我的心灵已经习惯你是我的儿子的想法。母亲的本能是不可思议的本能，上帝甚至把它放到了母狼的心里。这种本能在我的身上苏醒，并且到了这样的程度，我爱你完全像爱奥利维埃一样，我对你低声说，有时候我爱你还胜过爱奥利维埃。你们两人最近出发的时候，我把他紧紧抱在怀里，我给他的吻一半是给你的。你们走远以后，我对自己不敢拥抱你，哭了很久。我向上帝祈祷，求他保佑你这个被抛弃的孩子，祈祷的次数要超过为我的幸福的儿子。当你爱的阿利克丝对我说你对她的爱情的时候，有那么短短一段时间，我的心里竟想她能爱你就好了，哪怕会伤害奥利维埃。还有，特里斯丹，你看看，是不是因为我爱你才不得不告诉你这些事。不管你回到城堡是抱着什么目的，不管你刚才对我说了些什么，我很高兴能见到你，抱住你，自由地叫你是我的儿子，称心地拥抱你。”

伯爵夫人说着就伸出双手抱住特里斯丹的脖子，将他的头贴到她的胸口，又用充满激情的声音说道：

“这场战争结束以后，我的特里斯丹，你回到这儿，会再得到炉火旁和餐桌上的位子。既然你已经知道了你身世的秘密，我们来平静地谈一谈，把彼此心底的话全吐出来。你对我诉说你的喜悦，我对你袒露我的心事。我的爱暗暗地关心着你,它就像一个仁慈的守护神。过些时候,等到青年时期的强烈的感情随着时间消失,我会把真情告诉奥利维埃,我们四个人,他、你、阿利克丝,以及我,组成一个家庭。如果说你的自尊心没有完全得到满足的话,你内心肯定会感受到极大的快乐。相信我说的,我的孩子,心中的快乐远远胜过自尊心的满足。"

"夫人,这是在骗人,"特里斯丹用嘲笑的口吻说,同时推开了她的手,"可是我不相信您的爱,我也根本不愿意接受您的爱。我想要的,我再重复对您说一遍,是我的姓氏,我的身份,是阿利克丝,哪怕为了这些我要杀死哥哥和母亲。您决定吧,快点决定吧,因为我等不及了。"

"特里斯丹,看在上天的分上,我最后一次恳求你……"

"啊!您认为,"年轻人继续说下去,他明明知道他说的不是真话,但是他固有的会说坏话做坏事的天性需要他这样,"您可以把我的父亲当作情人,无所顾忌地委身于他,然后将你们罪恶的爱情带来的儿子抛弃,这样一切就都结束了!不,夫人,我不是您的儿子,我是对您的惩罚。您设法使上帝保护您抵挡我的愤怒吧,不过我不相信他能做得到,因为我太恨您了,我的母亲。"

读者们也许看见过,在大西洋的岸边,波涛冲向悬岩,潮湿的拥抱将它完全遮没后,接着突然后退,好像受了惊似的,留下阴沉的悬岩一动不动、孤零零地直立着。伯爵夫人就好像这样,从特里斯丹身前向后退去,她在紧紧拥抱过他以后,便这样让他站在那儿。

她仔细观察这个人,时间很短,可是被她看到的一切吓坏了,如同一个人原来以为看到路上开满鲜花,走近以后,却发现四周都是污泥和蛇,不禁吓得胆战心惊。她感到羞愧,因为让这个毫无心肝的人看到了她内心世界的一角。她向后退，不再是由于恐惧，而是由于蔑视。她刚才对这个人是如此百般迁就，尽管她明白她应该比以前任何时候都要表现得冷静坚强。但是回答她的请求的只是威胁，回答她的坦白的却是凌辱，回答她的爱的却是命令。她的高贵家族的自尊心又在她身上占了优势，她用坚定的声音对特里斯丹说：

"很好，先生，我不再认识你了。你快出去！"

"夫人，"特里斯丹紧握双拳，口吐白沫，向她走过来，"您得留神，我想做的事一定会做得到，不管要我付出多大代价。"

"随你吧，"伯爵夫人说，"你想怎么做就怎么做吧。"说完她就使劲地敲身边的一只铃。

一个仆人进来了。

"你叫城堡里的所有人都上来，"她说，"我在这儿等他们。"

不一会儿，房间里站满了留下守卫古老城堡的仆人和弓箭手。

伯爵夫人面色像大理石一样苍白，她指着特里斯丹说：

"你们看这个人：这是一个弃儿，一个私生子！我不知道该怎么说，我收养了他十三年，在这座城堡里，我让他坐在我的餐桌上，我让他坐在我的炉火旁，而他的整个灵魂还比不上我的最没用的一只狗。你们都认识他，是不是？这个人趁我的儿子不在城堡的机会，回到这儿，企图污辱我的侄女，企图杀我，而我一向像母亲那样对待他。"

伯爵夫人把最后一句话说得特别有力，同时用高傲的眼光望着特里斯丹，继续说道：

"把这个人丢到城堡大门外面去，拉起吊桥，放下闸门，

如果他走到你们的箭射得到的地方，你们就像对付野兽一样
射死他。"

听了伯爵夫人这样说，手下的人就向特里斯丹扑过去，虽
然他拼命用力挣扎，用脚踢倒了其中四五个人，可是还是给带
走了。

到了院子里，他叫唤托尔和布朗达来帮助他。两只狗听到
它们主人的声音都顺从地奔过来想救他，靠了他自己非凡的力
气和两只狗的援助，特里斯丹几乎快占上风了。就在这时候，
一个弓箭手瞄准了他，射出一箭，穿过他的肩膀。

看上去特里斯丹疼得十分厉害，因为他像一头受了伤的狮
子那样大叫了一声。他知道自己失败了，他拿起号角想召唤撒
拉逊人，可是他还没有能把号角放到嘴上，就发觉自己被捆得
结结实实的，全身是血，给丢到城堡大门外面。

伯爵夫人呢，经过这么多感情上的起伏折腾，她已经昏了
过去。

二十
特里斯丹被迫服输

　　特里斯丹因为疲劳、挣扎、流血过多，也昏了过去。当他恢复知觉的时候，血已经不流了，托尔和布朗达在舔他的伤口。他好像一点儿也不疼了。

　　换一个人，一定会抚爱他的两只狗，感谢它们的好意，但是特里斯丹甚至想也没有想到这么做。他首先被唤醒的是仇恨的感情。在一场对抗中，比力量和比意志的对抗中，他还是第一次显得如此无能。他立刻回忆起刚才的事，他和他母亲之间发生的事现在清清楚楚地出现在他的头脑里。他的脸色比他昏过去的时候还要白，两眼充血。这时黑夜降临了，他只看见自己独自一个人在一片黑暗中，他想召唤撒拉逊人，问问这次失败究竟是怎么回事。

　　但是他是给捆住的，他的两只手给绳子反捆在背后，捆得十分紧，特里斯丹使尽力气也无法把绳子挣断。他不得不叫他的狗来帮他。它们正躺在他身旁，朝他望着，好像在等待主人随时命令它们。特里斯丹伏地趴着，叫它们的名字，把紧捆的双手给它们看。聪明的畜生立刻开始行动起来，用尖利的牙齿用力咬开了绳子。

　　特里斯丹一下子就站了起来，背靠在一块克尔特人石头上，他就是给人丢在这些石头当中的。他使劲地吹起号角。

　　号角声刚停，撒拉逊人便出现了，他也背靠着一块石头，在特里斯丹对面。

"你知道刚才发生的事吗？"特里斯丹问他。

"知道。"撒拉逊人回答道。

"我的母亲把我赶出来了。"

"我全知道。"

"我受了伤。"

"我看到了。"

"我，特里斯丹，给人捆住，丢到了大门外面。"

"确实如此。怎么样呢？"

"怎么样！这就是我们的协议吗？"

"什么协议？你请求我做的难道我没有做到吗？你想要知道你母亲的名字，你知道了；你想要一个家庭，我让你看到了；你想要一个说明我没有说谎的证明，伯爵夫人不是叫你儿子了吗？你还想要什么？"

"现在我需要报仇。"

"说得有理，你会报仇的。"

"我要马上报仇。"

"不行，这不可能。"

"你说不可能。"

"不可能，我重复说一次。"

"你欺骗了我，对你来说，不是什么事都是可能做到的吗？你没有把我买去，可是偷了我的灵魂，不是吗？"

"如果我什么事都可能做到，"撒拉逊人声音平静地说，"我也不需要你了。还有，你打算怎样报仇呢？"

"我怎么知道？像他们伤害我那样伤害他们；要他们流血，要他们送命，要他们感到耻辱，最后报了仇！"

"目前这是不能做到的。"

"为什么？"

"我告诉你，有些人是那样纯洁，我完全不能反对他们。你瞧。"

撒拉逊人朝着卡尔纳克城堡那边伸出手去，特里斯丹看到伯爵夫人跪在她的跪凳前面，阿利克丝跪在她身旁祈祷。

特里斯丹想朝着这两个女人冲过去，他以为他的眼睛看得到，人也能到达那儿。可是他刚走出一步，一道高墙挡住了他，他什么也看不见了。

"伯爵夫人和阿利克丝正在祈祷，"撒拉逊人说，"我们不能损害她们。她们中的一个是你的母亲，"撒拉逊人带着几乎是嘲弄的微笑说，"另一个是不愿意做你的情人的人，你想能够惩罚她们，应该等到她们在犯罪的时候，除非你只是想消灭她们的肉体。你想杀死她们吗？死亡是一种惩罚吗？让使你痛苦的人平静地睡眠，永久地安息，而她们在临死的当儿，留下给你的是终身的悲伤和内疚，这就是对你合适的报仇吗？只有平民百姓才相信这样的手段。因为你爱的人和你恨的人并排长眠，她们死了，却像活着的时候一样纯洁，你的灵魂会因此更加宁静，你的愿望会因此而减少吗？你是不是需要有一个恶毒的主意，使她们向你靠拢，让她们在顷刻之间丧失她们一生中的特权？啊！当你看到或者知道她俩中的一个要做坏事，或者不愿内疚的时候，再大胆地惩罚她，因为在这种状况下死去，她才属于我们，而不是属于上帝。你放心吧，我保证你会报仇的，可是在那之前要等待，因为我要再对你说一遍，在目前没有什么可做的。"

"但是，你建议我做的事，"特里斯丹回答道，"以前我能够、现在依旧能够不用你帮助便做得到。为了要我耐心的建议，我需不需要把我的灵魂出卖给撒旦呢？难道你只不过是一个骗人的精灵、想带我走入歧途吗？难道你只不过是一个不忠诚的助手、在答应服从我的时候一心想有权支配我吗？撒拉逊人，你得当心，因为我要告诉你，在这个世界上我什么都不怕，不怕你，不怕任何人；我要向人的精神报仇，如同向人的肉体报仇，我要向撒旦报仇，如同向凡人报仇。"

特里斯丹一面说一面露出威胁的神情向这个冷酷的鬼魂走去。

"你疯了，"撒拉逊人用嘲笑的语气回答说，"你甚至比疯子还要疯，你是个忘恩负义的东西。我说到要耐心，你感到惊奇，而我，我可是经过七百年的苦斗才重见天日！你怎么想指望我们不需要耐心就能战胜上帝的力量呢？我们只有依靠耐心才能再征服人的本性。只有一步一步地跟随'人'，密切注意他生活中的最小的行动，我们才能控制他的灵魂。这就是我现在为你做的事，我希望能做好，因为是你属于我，而不是我是你的奴隶。你应该满意我向你提出的建议，相信我说的话。将来有一天你会报仇的，也许是你达到了你所期望的目的，也许是你破坏了那些曾经破坏你的幸福的人的幸福。

"到目前为止，你帮我们做了哪些事呢？一件也没有。你得到了帮助，却没有一次帮助过别人。我有理由说你是个忘恩负义的东西。你的狗是从哪儿来的？你的马是从哪儿来的？当你筋疲力尽的时候你用来召唤一个强大的力量的号角又是从哪儿来的？你是怎么知道你的家庭的秘密的？知道这个秘密是你走向美好未来的第一步，而且以后你能够使你的母亲完全听从你的愿望。这一切都是靠了我，我得到了什么回报没有？一点儿也没有。你看得很清楚，如果在这一类同盟中有什么不忠诚的行为，那个不忠诚的助手便是你。你也看得很清楚，有权抱怨的是我，我是我们两人中的强者，因为我不抱怨。好啦，把手伸给我，我们好好谈谈。"

"不。"特里斯丹低下头说。

"你恨我?"

"是的,我的脑袋像火烧一样,脑子里各种想法一团糟,不过它们都对我说,不要再相信你。"

"你想去当修士吗?"撒拉逊人哈哈大笑说,"这倒是一个报仇的好法子。你白天在禁食和祷告中度过,夜晚在沉默和深思中打发过去。你去当修士吧,特里斯丹,你去当修士吧。还正是时候。"

撒拉逊人不停地笑着。

"你能教给我向我的母亲报仇的法子吗?"年轻人又问道。

"不能,今天不能。"

"你能教给我向奥利维埃报仇的法子吗?"

"以后再说。"

"你能教给我怎样得到阿利克丝爱情的法子吗?"

"也许将来有一天可以做到。"

"这么说,现在你什么也不能帮助我?"

"除了我做过的,什么也不能做。"

"那么,我不再需要你了,其余的事我一个人来做好了。"

"随你的便。你是要撵我走?"

"滚吧。"

"你不再需要我了?"

"滚吧。"

"等不到明天,你就会召唤我的。"

"滚吧,我再说一遍。"

"不过我事先提醒你,如果你召唤我," 撒拉逊人说,"那就不再是我接受命令,而是由我来下命令。"

特里斯丹拔出剑，向幽灵奔过去，可是幽灵不见了，剑碰到石头上断成好几截。

这是对他的一个警告，不过他并没有得到教训。他一心想的是报仇的事。他又向城堡走去，同时考虑怎样能进入城堡而不被人看到。但是这座无情的石头建筑物对于任何企图闯入的人都威严地挡住。他立刻看到用指甲、用体力都没有一点儿用。

不仅仅这样，接着站岗的弓箭手大声叫起来，叫他离开。他跑得还不够快，于是听到耳朵边响过一支箭的呼啸声，他总算来得及消失在黑暗中。

特里斯丹此时此刻的心情真是难以形容。

"回到奥利维埃那儿去，"他对自己说，"他可什么也不知道，而且他没有城堡也没有弓箭手保护他。"

他叫唤巴力。

巴力跑了过来。

特里斯丹松了一口气。他原来担心马听见他叫不会来呢。

特里斯丹跳上马，驱马朝他想去的方向奔去。巴力跑了十来步，可是突然好像有一只看不见的手插到骑马的人的双手当中，它不得不服从这只手，转过身去，向相反的方向飞快地奔驰。特里斯丹一看不妙，连忙勒紧缰绳，使它从右向左移动，然后来回拉动马笼头，想叫马站住，可是马不再听话了。特里斯丹只好抓住马鬃，两膝用尽全力紧紧夹住马身子，他想把马闷死，就像前些年，他曾经闷死过一匹制服不了的马那样。但是这样的压力不但没有使马平静下来，反而只会激怒它，它奔得越来越快，甚至马蹄都碰不到地面。巴力从来没有跑得这样快过，一座座山，一片片平原，如同施过魔法似的，转眼都消失了。特里斯丹只觉得晕头转向。不过他不是一个轻易服输的人。他愤怒地大叫了一声，他相信他听见一阵很响的笑声在回答他。他弯下身子，伏在马脖子上，同时两只手握住马鼻子，把它扭向一边，让马不能呼吸，但是马低下头去，一直到马上的人不得不松手为止。它摆脱了这又一次的束缚以后，跑得比风还要快。

特里斯丹本来是一个无与伦比的骑手，本领高强的驯马人，这时候却被迫两臂紧紧搂住巴力的脖子，抓住马鬃，好坐稳身子，不会掉下马来。接着特里斯丹明白让暴躁的马停住已经不可能，决定跳下马。但是正当他准备跳的时候，他仿佛觉得地面离他有好几百里远，他是在空中奔驰，如果他跳的话，就会掉在他看到的下面的城镇里而致粉身碎骨。于是他不再打算向下跳，而是紧紧抱住了巴力。他感觉到自己前额上淌满了冷汗。巴力一直往前奔，特里斯丹无疑是受了幻觉的骗，因为他清清楚楚地听到马蹄碰到地面的声音，只是在他的想象中地面和他相隔得那么远。他还是生平第一次感到害怕，不过也应该说这样没有终点的奇怪的飞驰看来确实不会有结束的时候。除此以外，还有托尔和布朗达跟在巴力后面跑，它们不再像两只跟随主人的忠实的狗，而是像追赶猎物的猛兽，它们的喊叫声充满威胁。特里斯丹明白，如果他能在马上脱险的话，他还得和两只狗斗一斗。他认识到他遇到的这一切都是撒拉逊人一手造成的，一种无法抗拒的威力摆弄着他。这时候他想起了他曾经对那个异教徒发过誓要跟他较量。他趁自己还有一点儿力气，两手握住他的匕首，用尽双臂之力对准马的前胸尽可能深地刺进去。

马疼得大叫了一声，几乎立刻就跌倒了，同时把特里斯丹抛到地上。年轻人正想站起来，已经认不出他是主人的托尔和布朗达向他的脖子猛扑上去。他左手挡住了一只狗，又用右手阻拦另一只狗的攻击,他突然感到发了疯的畜生的牙齿咬进了他的胳臂。可是特里斯丹好像给弹簧弹起来似的站直了身子,一只手握住了一只狗的腹部,另一只手握住了另一只狗的脖子,把它们高举过头,然后狠狠地丢到地上。两只畜生一动不动地躺着,发出临死前的喘气声。

"瞧呀,我始终是特里斯丹,坚强的人,压不垮的人!"年轻人在一片寂静当中用胜利的声调叫道,"谁想挡我的道就该谁倒霉!"

他得意地向四周看了一圈,仿佛在向所有的看得见和看不见的敌人挑战。

但是把巴力弄倒在地上,又摆脱了两只狗,事情并没有结束,还应该继续赶路,原来是骑马走的,现在要步行了。也就是说,不管他有多大力气,他以前片刻时间走完的路,以后要花好几天的时间才行。不过一开始就得到的成功使特里斯丹很快安下心来,他毫不气馁,开始果断地在这累人而漫长的旅程上跨出了第一步。

他环顾了一下四方,不过是白费劲,因为他什么也认不出来。他经过的这个地方对他来说完全是陌生的,没有任何标志能够引导他前进。这是一片无边无际的旷野,荒无人烟,难以穿越。特里斯丹大步走着,当他回过头去看他到底走了多少路的时候,他发觉自己几乎仍旧在原地未动。因为,或许是他没有向前走过,或许是他的马和狗跟在他后面爬行,他一直看得到它们,可是它们和刚才一样一动也没有动。特里斯丹眼看不妙,决定如果遇上一匹马就拉住不放,不管它有没有被人骑着,然后骑上去继续赶路,但是没有一个人也没有一匹马出现扰乱旷野的寂静。在这个黑夜行走的人前面,地平线越来越远,视野里没有一根线条变化,如果有一点点变化,就说明环境在稍稍改变。此外，没有什么可以向特里斯丹证明他走的路是对的，万一他能到达某个地方，非常可能他走到的时候，会发觉他白走了许多路。

我们的主人公的前额上淌着大滴的汗珠，全身感到疲劳极了，因此他的腿只能断断续续地移动着。在他对付巴力、托尔和布朗达的那一阵，他的伤口又裂了开来，血大量地流出来。他越来越衰弱，有好几次他甚至不得不停下来，擦擦脸，用手帕止住伤口流的血，同时想看看附近会不会有条小河，可以喝水解渴，减轻他的热度。可是他很失望，他看到四周只有石头和枯树。

"撒拉逊人说得对吗？"特里斯丹低声自语道，"难道我的力量果真只能从他那儿得到吗？"

"撒拉逊人说得对，"一个声音回答道，使得年轻人连忙转过身来，"你已经把自己交给了他，没有他你现在什么事也不能做。如果你愿意就召唤他来，时间还来得及。明天天一亮，就太迟了。"

"不。"特里斯丹怒气冲天地说，然后他继续向前走，他无法发现那个对他说话的声音是从哪儿来的，不知道它是风吹来的，还是因为人正在发烧才听到的。

特里斯丹默默地走了一个小时，一个最优秀的赛跑运动员跑起来肯定也不可能比他走得快，可是他四周的景色毫无改变。只是他走得过于快了，伤口又使他疲乏，他觉得头脑里热血沸腾，仿佛有一圈铁箍紧紧套在头上。他已经不能自由地想了。他摇摇晃晃，站也站不稳。他竭尽全力地吸着夜晚的空气，想稍稍缓解燃烧着他的胸膛的干渴。可是他吸进的可以说是火，因为他呼出的气直冒火星。他的干燥的舌头和嘴牢牢贴到一起。他又走了几步，其实是像一棵被狂风吹得根部摇动的树一样晃荡。接着他好似一个头晕的人，身子转了两三转，就倒在路上的石头上。特里斯丹无疑成了一个普普通通的人。

虽然他跌倒得那样突然，但是他还是有时间明白对他来说是死亡临头了，就要没有报过仇而死去了。尽管他体力非常弱，然而他几乎是不由自主地把号角送到嘴上，动作比他的念头还快。他用仅存的少许力气吹起来。

但是号角没有发出一点声音。巴力、托尔和布朗达都没有出现。号角不服从特里斯丹了。

年轻人面色变得苍白。他看到第二次吹和第一次一样没有成功，就拼命地大声叫道：

"来帮帮我，撒旦，我需要你呀！"

回声重复了他的叫喊，它逐渐消失在远处的地平线那边，可是并没有唤醒他正在等待的幽灵。

特里斯丹觉得他的力气更加弱了。他凭着他的傲气，做了最后一次努力，有气无力地喃喃说道：

"来帮帮我，撒旦，我恳求你！"

然后他惶惑不安地向四周望。

这时候，一个黑影在旷野上出现了，跨着缓慢的、匀称的步子向这个垂死的人走来。

"好险呀。"来的正是撒拉逊人，他指着打开夜色的第一道曙光说。

二十一
菲埃布瓦的圣凯瑟琳教堂

"瞧！"撒拉逊人用嘲笑的口吻又说道，"你没有我单独行动的时候并不长。我会把狗和马都再给你，让你和过去一样使唤它们。看到你怎么感谢为你效劳的畜生真叫人高兴。"

"一匹要累垮我的马，两只想咬死我的狗，"特里斯丹回答说，"啊！如果我没有受伤，我才不会找你来。"

"你是要我离开吗？不用为难，我会走的，你靠你自己能摆脱困境。"

"不要走，"特里斯丹声音低沉地说，同时向撒拉逊人投去一个被打败的敌人的眼光，"不要走，因为我什么事也做不成了。"

"你的脾气不太好，"撒拉逊人响亮地笑着说，笑声中也带着冷酷，"你从来没有很高兴地做过一件事。你需要我，却粗暴地对待我。这是愚蠢的行为。既然我们注定要生活在一起，该死的，我们就应该融洽相处！如果我们两人中的一个有权粗暴地对待另一个，这一个该是我，因为毕竟是你在时时刻刻地打扰我。依照我们最近的协议，你现在是归我所有，不再是我应该服从你。我今后为你做的事都是出自单纯的善意。要好好对待我，好像对待一个主人那样。唉！你要记住，一个人只有献身给魔鬼，他才能不会受到伤害，每天骑着一匹不会疲劳的马跑儿百里路，带着两只无敌的狗和一切危险作战！唉！你真相信靠了一张血写的契约，一个人的能力能增加好几倍，然后他可以生活在普通人的环境里，他的体力和毅力还和以前完全一样？你想错了，你是属于我们的，完完全全属于我们的。你要百依百顺，否则就会送命，还有，要从我们这儿逃跑不是一个办法，因为如果我们得不到你的生命，我们也会得到你的来生。"

"要是我后悔呢？"特里斯丹回答说。

"啊！这用不着担心；你一向不是一个会后悔的人。如果你打算回到上帝那儿去，十分钟你就到了，因为你现在还躺在这块石头上，你跌上去的时候一直发出临死时的喘气声。不过我们要赶紧一点，因为我没有很多时间待在你身边，我有其他的事要做。"

"其他的事？"

"对。你以为在这个世界上只有你为我服务，需要我帮助吗？不值得为了一点点小事就撂下原来的活儿。啊！我曾经抛弃了这个世界，如今我重新找到了它。不过，我要感谢你，因为是你我才得到了自由。自从我从那个可怕的墓里出来以后，我并没有感到快乐。感谢撒旦，人世间一直很不好。不过，我们俩，让我们关心只和我们有关的事吧。你把我从墓里拉了出来，我使你知道了你的身世，把你从懵懵懂懂中拉了出来。你好处没有得到，反而让肩上挨了一箭，不过我会治好你的伤口，那不成问题。你弄死了你的马和狗，我会把它们还给你。你的号角发不出声音了，它会重新出声，不过只限你要求我帮助的时候；如果你叫我来是要命令我，它就不会有声音。我对你再说一遍，只有我才有权发号施令。我做的一切都是为了惩罚你的怀疑。我们的宗教和上帝的宗教一样严肃。没有纪律我们什么事也做不成功。"

"你骗了我，撒拉逊人，你捉弄了我。你不能把我所要的给我，却要我为你效劳。当我成功以后，你便会抛弃我。"

"又来了！"幽灵恼怒地说，"永别啦！"

"不，请别走，因为我需要你留下。"

"你要明白，我们的事比你的事更紧急。我们是要使整个一个民族完蛋。你要报复的只是一个女人和一个孩子。我们仅仅只有一年时间来完成我们的任务，你却有一辈子的时间来办你想办的事情。应该让我们先开始，这是完全合理的。不过你放心，等到我们成功以后，你就可以随心所欲地去做你想做的事。我们仅仅要求你耐心等一年，然后我们不管是胜利还是失败，只要你忠实地为我们作战，我们那时候会来帮助你的。还有比这个更好的安排吗？你是一个不幸的人，你要听从命运安排，而且以你的处境你能找到最好的办法。"

"你说吧，我会照做的。"

"巴力！托尔！布朗达！"撒拉逊人喊道。

三只畜生听见喊声都奔了过来。马的前胸还有一个在流血的伤口，两只狗的头上的伤口也在出血。

"你做得也太过分了，"撒拉逊人抚摩着三只畜生说，它们绕着他转，做出向他讨好的动作，"今后可不要再这样干。它们都是听话的好畜生，为了能使你记住对它们是怎样无情无义，在它们身上会留着你造成的伤口的痕迹。巴力前胸的鲜红的血印将使它以后跑得更快，你的坐骑只会更加出色。现在说一说眼前的局势吧，冉已经离开希农，去菲埃布瓦的圣凯瑟琳教堂拿那把有百合花徽的、就是她的幻象指定给她的宝剑。这是一件可怕的武器，用武力或者用偷袭都无法夺到它。不过，如果她哪一天犯了罪，宝剑就会在她手中碎裂，她就属于我们了。该由你去造成她犯这个很必要的罪。你可以使用任何方法来使她失去信心，你尽管使用，因为，我再说一遍，我需要的不只是她的肉身, 更是她的灵魂。这些要赶在她在兰斯给国王加冕之前完成, 这件事是她向国王保证过要做的。这是我们能够和这位对法国大有影响的女人进行的最后一局比赛, 你要记住这一点。如果再获胜, 这个在普瓦提埃胜过我们的大国, 这个发动十字军东征和信仰宗教的国家, 便会又回到上帝那儿, 变成人间的灯塔, 把我们抛进永远的黑暗里。你看, 这比你个人报复的事要紧多了, 你应该感到骄傲, 因为你被选中来完成这项重要的任务。"

"我应该怎样入手?"特里斯丹问道。

"骑上巴力, 等到它停住你才能停住。那将是在一座教堂附近, 因为你清楚, 每当巴力在路上看到一座教堂, 它都会突然停下来。你走进这座教堂, 将看到那儿发生的事情。你要摸摸情况, 好决定你是应当回到法国人的营地去, 还是去敌人那边。不如说这也是我给你的劝告。我希望你不要认为这是叛国行为, 只要这种行为能够对你有好处。你到了英国人那边, 靠了你原有的勇气和我向你提供的机会, 你会很快地发迹, 你会有法子得到另一个名字, 不再叫红发特里斯丹这个乡下人用的名字。然后你可以更好地监视冉, 你认为有必要的话, 还能很容易地混进她的随从人员当中, 而不用担心被认出来。你一直盼望富有和权势, 是不是?"

"是。"

"那好! 我再对你说一遍, 去英国人那边, 他们是一个慷慨的民族, 他们会比任何人都大方地奖赏干坏事的人。他们的策略就在这上面, 确实很不坏。不过你要等待去他们那边的最恰当的时刻和对他们来说最有好处的机会。这一切都说定了, 是不是?"

"是。"

"你要无限忠诚于我们的事业。"

"是。"

"要绝对服从我们的命令。"

"是。"

"要不停顿地追踪那个该死的冉。"

"是。"

"你能发誓吗?"

"我发誓。作为交换呢?"

"一年以后,你会得到你向我要的一切。"

"你能发誓吗?"

"能,你放心,我的誓言和你的誓言一样有价值。现在你动身吧。看来你应该有一把剑来代替那把你在我身上击碎的剑,一旦有必要,好用它去和那个冉作战,你把我的剑拿去。它有点重,可是是一把好剑。去吧。"

特里斯丹跳上巴力,离开了。

天大亮了。

当巴力停步的时候,大约是中午,太阳当空明亮地照着。天上仿佛在过节一样。特里斯丹看到离他有百步远的地方有一座教堂的尖顶,正像撒拉逊人对他说过的那样。可是教堂四周围着密集的人群,骑着马是不可能穿过的。特里斯丹便将马和狗交给一个站在店门口看人来人往的酒店老板看管,他向教堂走去。

他刚到达教堂门外,便看到一支光彩夺目的队伍走过去,盔甲、护胸甲、马铠和军旗在阳光下发出彩虹般的各种鲜艳的光辉。在队伍前面走着一些传令官,他们左手握成拳,放在腰上,使劲地吹着他们的长长的铜喇叭,喇叭上挂着饰有他们的爵爷的纹章的彩旗。后面是骑在马上的伯爵、男爵和骑士。在他们中间的是骑在一匹白色骏马上的冉,这匹马是阿朗松伯爵夫人送给她的,因为感激她许诺会将新近才从英国的监牢里出来的公爵平安无事地带回来。冉的右边是拉伊尔,左边是凯桑特拉伊,身后是她的小侍从,她的神父,她的持盾侍从,还有她的两个传令官中的一个。因为,我们还记得,冉曾经派了一个传令官带了她在国王那儿写的信去给贝德福德,这个传令官要在布卢瓦才能和她见面。

持盾侍从是让·多隆,小侍从是路易·德·孔特,外号叫伊梅热,传令官是昂布维尔,另外一个叫居耶内,神父是帕凯雷修士,所有这些正直、虔诚的人都是国王亲自挑选的。

在第一批人马后面的是梅松的、波东的、昂布罗瓦斯德·洛雷的爵爷,塞朗海军司令,还有两百五十到三百名左右的士兵,领头的是奥利维埃·德·卡尔纳克,他一面走一面和我们已经认识的艾蒂安交谈。艾蒂安向国王请求允许他参加这一场盛典,因为他热情的性格使他对冉产生了极大的兴趣。他走在奥利维埃旁边,他觉得自己和奥利维埃这个生性朴实的年轻人相处得十分融洽。

这一群人向教堂走去,两旁的百姓向他们热烈欢呼。这座教堂就是菲埃布瓦的圣凯瑟琳教堂。这支朝圣的队伍只有一个目的,便是在尽可能多的人的目睹下,去取一把剑。虽然冉从来没有到过菲埃布瓦,可是她预言那把剑肯定在教堂的中殿中央,盖在一个老骑士的墓的石板底下。

特里斯丹走进了教堂,他不想给他的哥哥认出来,躲到一根柱子后面,从那儿他可以什么都看到,而不被人发现。

骑马的人都下了马,把马交到他们的持盾侍从手中,再取下马刺,脱下盔甲,解下长剑,交给他们的小侍从。然后一队人在肃穆的气氛中,怀着无限的虔敬走进教堂。百姓们跟在后面也进来了。这座小教堂容不下这么多人，于是把几扇大门打开，让外面的人能看到教堂里面要发生的事。

冉首先跪下，她做了短短的祷告之后，站了起来，指着一个上面有座大理石雕像的墓，雕像是躺着的，双手合掌，头枕在一只垫子上，这是墓中的骑士的像。她大声说道：

"抬起这块石板，自从它放在安息在这个墓里的正直的骑士身上那一天以来，从来没有给抬起来过。抬起它，这是上帝的意愿，因为只是由于他的命令我才扰乱了一位死者的安息。在这块石板下面我们会发现一把在剑身和把手上有五朵百合花徽的剑。你们把这把剑交给我，找到它是上帝允许我提供的又一个证明，证明我负有神圣的使命，因为我要用这把剑赶走眼前的法国的敌人，就像牧羊人用一根山楂树枝驱赶惊慌的羊群一样。"

一道阳光透过教堂的彩画玻璃窗，照亮了这个少女的容光焕发的脸，在场的人都看到她头上有一道光轮发亮。

有几个人向那个墓走去，抬起盖在墓上的大理石板。

这块石板放到了地上，主持仪式的神父为打开的墓祝圣。这时候冉又跪了下来，一只手伸进大开的墓，从里面取出那把预言中的剑，给大家看，四周响起热烈的欢呼声。

冉把剑紧紧抱在怀里，说：

"贵族们和平民们，骑士们和村民们，我对你们发誓，只有等我为拥护王太子殿下的美丽的奥尔良城解围以后，我在兰斯使法兰西王位真正的继承人查理七世国王加冕以后，我才把这把剑插入剑鞘。我在这儿请求上帝，一旦我完成使命，让我能够回到我的茅屋，回到为我伤心的家人跟前，回到我的白色的羊群当中，它们一直待在一棵大树四周等我回去，以前我总坐在那棵树下。"

"但愿如此！①"人群齐声回答道，从四处响起了圣歌的声音。

"现在，"歌声停下后，冉大声说道，"去奥尔良！"

"去奥尔良！"每个人都兴奋地重复喊道，女人一个个走到冉跟前亲她的手，老人们跪在她的面前，孩子们摸她的甲胄。每个人心里都充满庄重的仰慕之情，眼睛里饱含激动的泪水，望着这个美丽的处女，她朴实得如同一个牧羊女，坚强得像一个使徒。

浩荡的队伍又上了路，向布卢瓦进发，他们将在那儿和最后一批援军会师，这些援军应当在去奥尔良之前和他们会合。

所有旁观的人也纷纷离开了教堂，跟在冉后面叫喊："光荣归于上帝！"

只有一个人留在教堂里，他在沉思。

这个人就是特里斯丹。

特里斯丹是卡尔纳克伯爵夫人的儿子，就是说在他的血管里也流着高贵的血。他刚才见到的场面同样使他非常感动，他的双膝甚至有两三次不由自主地跪了下来，仿佛要逼他祈祷一样。上帝正是不时地向迷路的人指出一条道路，使他们毫不费力地直接回到他身边来。但是特里斯丹一看见幸福、富有和高兴的奥利维埃，心中立刻又涌上了仇恨。

"一切都已决定了，"他一只手摸了摸前额，突然说，"走吧！"

他肯定自己没有被人认出来，于是就离开菲埃布瓦的圣凯瑟琳教堂，背朝着那支在军乐声中逐渐走远的兴高采烈的队伍，满腹心事又无可奈何地走上一条漫长的、荒僻的路。

---

① 为祈祷文中表示愿望的结束语。

二十二
奥尔良

　　冉在布卢瓦待了好几天，等候应当来这儿和她会合的军队。虽然她曾经说过，不管法国国王的士兵有多少，他们都会获得胜利，因为上帝在为他们作战。但是参加出征的将领们，尽管相信冉说的话，还是更喜欢等待必要的援军到来，他们认为这样会更慎重一些。冉同意了他们的想法，为了以后他们也能赞同她的意见。她耐心等候。

　　从她到达希农再来到布卢瓦，已经有很长时间了，这段时间都用来做作战的准备工作，召开会议，贮藏各种军需品。奥利维埃派到他母亲那儿去的信使，见到了伯爵夫人，这时回到了在布卢瓦的年轻伯爵身边。

　　这个每日被人期待的心爱的儿子和未婚夫派来的信使来到卡尔纳克城堡的时候，受到了像国王的使节那样的欢迎。他把那封叙述冉的神奇使命的信交给伯爵夫人，两个女人都感谢上天让奥利维埃能够参与这样一次令人惊叹的出征。卡尔纳克夫人和她的侄女开始问信使一个又一个问题。阿利克丝，这个纯真的童贞女，贞洁的未婚妻，基督教徒的心灵，忽然产生了一个美好而神圣的想法，她要做一件东西送给上帝的那位神秘的使者，那位崇高的牧羊女，因为在她虔诚的头脑里，认为上帝会为她所做的事报偿她的心上人的，而且对她来说，这种报偿只应该给予他们两人中正在冒极大的危险的一个。她要求那个信使等几天回去。她开始日夜不停地制作一面漂亮的白绸军旗，上面布满金色的百合花，中间是耶稣基督像，他手上拿着世界，左右各有一位跪着祈祷的天使，在没有圣像的一面，她绣了几个金字：**耶稣　玛利亚**。

这件活完成以后，她交给了信使，还附了一封信，在信里她请求奥利维埃使冉能接受这面军旗，并且告诉她，在远离她的地方有一个和她同龄的少女，上帝不让她也承担任务，但是她要向她献上一个表示自己的信仰和同情的证据，祈求上天使她获得成功。

信使把这面军旗和这封信带给奥利维埃的同时，还带有惊恐中的伯爵夫人的一封信，她在信中只给儿子写了一句话：

　　提防特里斯丹。

事实是，信使在城堡逗留的日子里，发生了我们在上文叙述过的事，只是阿利克丝一点儿也不知道，她正把自己关在房间里，虔诚地做那面军旗。听到特里斯丹和城堡里的人相斗的声音，年轻姑娘问是怎么回事。她的姑母为了不让她惊慌，回答她说是弓箭手之间发生了一场争吵；后来争吵声没有再传来，温顺的少女对这个回答丝毫也没有怀疑。

信使在布卢瓦找到了伯爵，把两封信和军旗交给了他。

奥利维埃看到阿利克丝的信，感到说不出的高兴，而在看到他的母亲的信的时候，又万分吃惊。

他问信使是怎么回事，信使讲了他见到的情况。也就是说特里斯丹和伯爵夫人曾经进行了一次谈话，然后伯爵夫人命令把他赶出城堡，不过这样做费了很大的劲。他又说从那时候起到他离开，就是说两三天内，没有人再听到提起特里斯丹这个人。

"这真是奇怪了。"奥利维埃思忖，他原来对特里斯丹失踪的事还迷惑不解，现在他母亲的短短来信又告诉他要多加小心，预示他可能会有危险。

"特里斯丹后来没有在城堡再出现吗？"奥利维埃又看了一遍他母亲的信，同时问道，他想尽量在信里发现有什么隐秘的含义。

"没有，大人。"

"我的母亲和她的侄女都安全吗？"

"吊桥已经拉起来，狼牙闸门也放下了。弓箭手在塔楼上，就在特里斯丹先生来的那天晚上，岗哨对一个黑夜中在城堡四周转来转去的人射了一箭。"

"很好，其余的事我会考虑的。"

接着奥利维埃去见冉，他对这位董雷米来的少女说：

"冉，我有一个未婚妻，我爱她，她也爱我。等到你解救奥尔良和在兰斯让王太子殿下加冕以后，我打算回到她身边去，成为她的丈夫，如果那时候上帝还让我活着。我给她写了信，讲述了你的感人的经历，告诉了她你的美好、圣洁的使命，于是她把自己关在房间里，做了这面军旗，要我请求你收下，因为她深信这件礼物会给我和她的纯洁的爱情带来幸福。冉，你愿意接受这面军旗吗？你接受下来，我会因此感到万分高兴，我对你将更加忠诚。"

虔诚的年轻人一面说一面在冉面前跪了下来，他把冉看作一位圣女一样，向她献上了阿利克丝做的军旗。

"谢谢，尊贵的先生，"冉深受感动地说，别人对她表示的敬重总使她禁不住流下眼泪，"谢谢你们的礼物，我非常乐意接受它，我们俩将在这面军旗的保护下共同作战，因为你要和我并肩战斗。可是，请告诉我，先生，今天你得到的都是一些好消息吗？”

“不，冉，相反，在我的喜悦中也插进了一件令人痛苦的事情。”

“是不是一个朋友欺骗了你，某个人感情上冒犯了你，你爱的人背叛了你？”冉问道。

“正是这样。你是怎么知道的？”

“上帝准许我能看透别人的心事，并且保护他喜爱的人。”

“你说得对。冉，那么我应该害怕呢，还是要有信心？”

“要有信心，因为有上帝保佑，就永远不应该灰心。不过我得有一件礼物送给你的未婚妻，来回报她送给我的军旗。不幸的是我很穷，可是也许我能给她比最值钱的礼物对她还更有用的东西。这是经我家乡村子里的老神父降福过的两块圣牌，先生，一块你带给你的未婚妻，另一块你自己留着。你们两人都要有信心。我以耶稣基督的名义向你保证，你会幸福地，像胜利者那样地重新看到你的城堡的大门。”

奥利维埃流着泪水，吻了冉的双手，将他刚得到的两块圣牌中的一块交给了那个信使，对他说：

“快回到我的母亲和我的未婚妻那儿去。你只要把你刚才听到的话对她们再说一遍，这就够了。”

信使立刻动身了，留下了冉和奥利维埃两个人。

“我们的敌人是同一个人，”她思索了一会儿之后突然对伯爵说道，“我对这个人做了些什么事，竟使他想害我？”

“你认识我母亲嘱咐我要提防的这个人？”

“不是你和我们相遇的时候陪伴你的那个人吗？”

“是的。”

“我第一次见到他就全身颤抖。”

"他果真是这样危险？"

"对。他是怀疑的化身。人的最大的敌人。但是上帝比他更有力量。不过他可会干坏事呢。"

"但是你刚刚对我说过，冉，我们一点儿也不用害怕他。"

"那是说你，而我呢，是另一回事了。"

"你，冉，他能对你怎么样？"

"我不清楚。我所知道的是，他将会伤害我。不过，不管怎样，这没有什么关系，"少女微笑着说，"我会高兴地经受上帝给我安排的一切痛苦，只要他愿意。他的圣子①不是为人类受尽痛苦吗？会有比殉教者的使命更美好的使命吗？好啦，先生，我们不再想这个了，这叫人不愉快。让我们只记住一件事，那就是应该援救我们在奥尔良的弟兄，听从希望法兰西王国幸福的耶稣基督。"

冉望着奥利维埃微微笑了笑，她显示出给人安慰的信心，这种信心会产生力量。

这时候，她的神父帕凯雷走进来了。

"我的神父，"冉对他说，"这儿有一位高尚的年轻姑娘送给我的一面军旗，这面军旗应该放在一双神圣的手中，我把它托付给你。在行军中，在瞻礼日，在仪式行列中，在我们就要去奥尔良的路上，你举着它，走在我们前面。因为，如果我没有弄错的话，我们等待的圣塞维尔元帅，戈库尔爵爷，以及许多高贵的军人，现在已经到布卢瓦了。"

冉为了证实她说的话，走到窗口，指着外面正朝她待的房屋过来的一支队伍。

---

① 指耶稣。

不一会儿，所有出征的将领都聚集到了少女的周围，她对他们说：

"诸位先生，时间紧迫。明天拂晓我们就出发，沿着右边的河岸走，再穿过博斯平原。"

"可是，"凯桑特拉伊提醒说，"那一带是英国人控制的地区。"

"没有关系，"冉回答说，"我们只会获得更大的胜利，他们的弱点会更加明显。况且，这是上帝的意愿。"

将领们相互对望，这时候都不敢说话。但是，当冉离开他们以后，他们决定不照冉说的做，队伍沿左边的河岸走，通过索洛涅①。

第二天早晨，大家准备出发。

冉首先下令所有的军人做忏悔。她认为祈祷和灵魂的净化，是最好的武器，所向无敌。

宗教仪式完成以后，开始排列装粮食和牲口的船队，许许多多的牛、羊、猪，放到两支队伍当中。然后大队人马上路了。

这支队伍与其说是在出征，还不如说是瞻礼日的游行行列。帕凯雷神父走在最前面，举着冉昨天交给他的那面军旗，和其他的随军教士一同唱着圣歌。冉走在将领们的中间，不时地斥责他们说的放肆的话。她经常待在拉伊尔身边，尽管他总是没完没了地讲一些粗话，她还是对他有很大的好感。他为了故意惹她生气，常常对她说：

"冉，我要放弃……②"

"闭上嘴。"冉对他说。

"我认错，"拉伊尔笑着说，同时吻冉的手如同对待一位

① 索洛涅，巴黎盆地南部地区名。
② 这里指放弃宗教信仰。

213

公爵夫人一样。

那些年老的将军一个个累得要命，他们都习惯兵营的生活，现在却俯首帖耳地跟着这个怕羞的农家女奔往战场，就像一头头猛狮跟在一只白色的母羊后面一样，看到他们这副模样，确实叫人奇怪。士兵们都不懂得这位古怪的统帅对他们会有这么大的影响。他们以前奔赴前线的时候，大叫大嚷地抢劫，四周簇拥着妓女，花天酒地，整日醉醺醺的；现在他们却好像去望弥撒，两眼朝天望着，在沉思着什么，因为担心给冉听见，谁要是想和一个同伴谈谈过去的事情，都放低了嗓门。这种精神上的改变是上天干预的结果，这个从默兹河畔来的穷姑娘对如此多的一向不守纪律的人施展了她的威力，她明确地显示出上天赋予她的一种最英勇的人也从没有遇到过的力量，它能征服最坚强的人！

他们在第三天到达奥尔良城郊，可是这时候冉发觉别人欺骗了她，因为她看到她和城之间隔了一条河。她几乎要发火，但是没有，她请求上帝原谅她将要犯的罪。她考虑怎样根据这样的处境拟出一个可能做到的最好的行动计划。

在距离冉刚才下令她的军队休息的地方大约两百步远，有一座英国人占据的城堡。她命令去夺取它。当士兵们准备要带的武器的时候，她对他们说：

"这不必要，不会发生战斗的。英国人已经非常害怕我们，那些占据城堡的人一看到我们去就会立即逃走。"

冉的话才说完，大家果然看到驻扎在那座城堡的英国人就在田野上溃散了，连要他们投降的警告都还没有发出。

冉的队伍不费吹灰之力进了城堡。只看到冉的出现就产生这样的畏惧，这件事更增加了她的士兵的勇气。

冉待在岸边，她看到一只小船向着她这边过来。她说：

214

"这是迪诺阿来接我们了，再过两小时我们就能到奥尔良。"然后她一只手碰碰奥利维埃的胳臂，另一只手指着一千步左右远的一座城堡给他看，城堡上飘动着一面没有文字的黑色军旗。她说道：

　　"先生，那边就是我们的敌人，那边就是我们从前的伙伴，忘恩负义的灵魂，暗中伤人的东西。如果有朝一日我会遭到不幸的话，这个不幸就是从那儿来的。"

二十三
特里斯丹开始行动

两小时以后，一个奇特的场面使得奥尔良人震惊万分，纷纷跑到城墙上，或者爬到自己家的屋顶上。许多小船既无风帆，也没有人划桨，正溯河而上。原来应该驾船的人，没有像水手那样操作，而是跪着，大声唱着感恩赞美诗，美妙的歌声一直送到被围困的人耳中，他们也齐声唱起来。在第一只船上的是冉、迪诺阿和拉伊尔，其他的船上装着军需品，麦子、牲畜。不是大地上的风，而是上帝吹的气，推着船队前进。船队在奥尔良城下停住了，冉走上岸，命令把粮食等带进城里。仿佛英国人从来没有占领过卢瓦尔河两岸一样，因为他们没有一个人走出城堡，除非是想逃跑。

奇迹是太明显了。冉像一位救星一样受到欢迎，在两百支长枪的护送下，冉进了城，立刻就到了教堂，当众感谢上帝。同时她的部队中其余的人回到布卢瓦去，准备装运第二支船队。

人群都跟着冉跑，像在菲埃布瓦一样，大家亲她的手，摸她的军旗。奥尔良人从她的身上看到了自由，正如同病人看到了痊愈的希望。人人争着提供自己的住宅给上帝的使节居住，因为他们都相信上天会降福给有幸让冉住进去的人家。

"谢谢，好心的人们，"冉对所有提出这个要求的人激动地说，"不过我事先已经知道我应该去哪儿。"

"冉，你说吧，我们会领你去。"

"奥尔良公爵的财务官住在什么地方？"

"是雅克·布歇？"

"对。"

"啊！这可是一个高尚的人，他的妻子是个圣洁的女人，他的女儿是一个虔诚的姑娘。"

"我想去的便是他的家。"

"就是我呀！冉，"一个原来在人群中的老人挤了出来，跪在崇高的牧羊女跟前，"就是我呀！你给予我的光荣和恩惠是从哪儿来的呀？"

"这个光荣和这个恩惠，先生，来自你本人的德行和你对上帝的崇敬，是上帝送我到你家住的。"

"冉，那就请跟随我来吧，因为没有一个人家能像我家这样热情接待你了，哪怕是法兰西国王的王宫也比不上我。"

冉跟着财务官走，如果有谁嫉妒雅克享受到的光荣，那么没有一个人会因此责怪冉的，因为人人都清楚，雅克确实是最正直的人。

全城的人都跟在他们身后走，一面唱着，一面在冉经过的路上投鲜花。

这时候，第一批粮食运进了奥尔良城内。

"夫人，"雅克·布歇指着冉对他的妻子说，"上帝派了一位天使来到人间，这位天使选择在我们家休息一段时间。"

"我的孩子，"冉对雅克·布歇的女儿说，"你愿不愿意把你的房间的一半借给我住，把你的床的一半让给我睡？"

少女没有回答，只是流着感激和激动的泪水吻冉的手。

"告诉我你叫什么名字，我的孩子。"牧羊女问她。

"奥梅特。"少女答道。

"奥梅特，"冉叹了口气说，"这也是我第一个女友的名字，我和奥梅特一起，在田野上奔跑，我十岁那一年，和她一同采花献给圣玛格丽特。奥梅特！你真幸福，没有离开父亲的茅屋，远离兵营和战争，生活在顶部光秃的树的宁静的阴影下。"

"你为你要完成的使命懊悔吗？"雅克·布歇问道。

"不，老爹，因为我有责任完成它，我感到遗憾的是我离开了我的终日哭泣的母亲，我的只有靠祈祷才能得到安慰的父亲，还有我的哥哥和我童年时的朋友，我也许再也见不到他们了。"

冉正是这样一个姑娘。每次她战胜一个困难或者得到一次胜利，她在新的生活的光辉当中总会回想起她往日平静的生活。她为新的生活感到自豪，同时会禁不住怀念过去的日子。

"啊！朋友们，"她看着听她说话的人说道，他们都因为看到她面带愁容而十分吃惊，一小时前她刚实现她第一个诺言，她的成功给全体百姓带来了欢乐，又将会使全世界惊叹不已，"啊，在你们叫作天使的人身上，她也有许多和一般女人相同的地方。奥梅特，你就会看到的。你靠近来看我，我对你不隐瞒我往日的软弱，也不隐瞒我目前的软弱。"

冉一面说，一面双手紧紧抱住少女的头，一再地亲吻。

"好啦，冉，把这种忧愁赶走吧，"奥利维埃说，他和平常一样，一直没有离开冉的身边，"为了效忠于法兰西国王，拯救国家，我们都离开了我们所爱的人。上帝会看重我们做的这一切的，总有那么一天，你会重新见到默兹河岸，我会重新见到卡尔纳克平原。是不是这样，艾蒂安？"

"我希望会这样，"这个可爱的孩子，阿涅斯的不爱说话的心上人说道，"我希望会这样。我原来可以不必离开我喜爱的人，因为没有任何人强迫我跟随你们走，因为我不是一个军人，我不是，因为我直到现在都生活在唱抒情歌曲和作诗之中；是呀，我跟着你走，冉，不知道是为什么，只是因为你年轻，因为你高尚。既然我注定要将我的生命交给某一个人，我就把它交给你，如果它能对你有点用处的话。"

奥梅特望着说这番话的人，她看到他是那么年轻、俊美，和她一样文弱，在他说的话里她听出了和她同样的想法。她几乎不由自主地想到这个人的心和她的心如此相似，他们简直像兄妹一样，两个相像的心灵的会合也许会带来幸福。因为奥梅特是一个动人的少女，她穿了一件亚麻布裙袍，显得十分美丽，如果穿了丝绒裙袍就会更加美丽了。她像上帝最心爱的人那样纯真无瑕。

但是门口传来的很响的嘈杂声打乱了她的沉思，那是和冉一同来到奥尔良的将领们走进了屋子。他们是迪诺阿、凯桑特拉伊、加马什爵爷、伊利埃爵爷前来开会，想知道进了奥尔良以后，下一步该怎么做。

"冉，"迪诺阿说，"今天你已经神奇地实现了你的诺言。在听到你的意见之前，我们什么也不能决定。"

"谢谢，谢谢，"冉回答说，"不过我的意见非常简单。如果你们想获得胜利，只要记住不用考虑地按照它行事就行了，因为它不是我的意见，是上帝的旨意。"

将领们躬身行礼，表示赞同她的话，虽然在他们当中有少数人，像一些老兵，还抱着怀疑态度，没有完全相信她的使命的真实性。

"这就是我的命令。"冉又说了一遍。

"你的命令就是这个吗？"加马什爵爷说。

"是的，先生。"

"你有什么权力在这儿下命令呢？"

"我首先有从上帝那儿得到的权力，我重复对你说一下；

其次是有从国王那儿得到的权力，先生，这点你和我一样非常清楚。服从我吧，因为，再说一次，只有在这种情况下，你才能赶走英国人。"

"让我们看看你的计划。"

"先生，"冉转过身来对迪诺阿说，"你明天动身去支援今天傍晚已经出发去布卢瓦的部队。至于我们，明天和后天，我们一起研究本城的状况和围攻者的情况；三天以后，我们将攻打在图尔内耳城堡里的英国人。"

"我反对这个计划。"加马什爵爷说。

"我也反对。"拉伊尔说。

"为什么？"

"因为我们的军队人数太少，最好等迪诺阿率领他的援军回来。"

"战胜敌人靠的不是士兵的多少，也不是个人的勇气，而是毅力。"

"这一切说得很好听，不过我可不参加作战。"加马什爵爷说。

"好吧！虽然这叫我很难过，可是没有你我还是要打这一仗的，先生。以后你将会因为不能分享胜利和光荣而感到痛苦。"

"我同意冉的安排。"迪诺阿说。

"我同意迪诺阿的决定。"凯桑特拉伊说。

"我和凯桑特拉伊、迪诺阿和冉的想法一致。"伊利埃爵爷跟着说。

"这么说，你们都认为我错了？"加马什爵爷叫起来。他的意见居然没有占优势，他还真不习惯这样的局面。

"不是，先生，"冉说，"是大家认为我有道理。"

"好极了！既然是这样，既然大家都听从一个出身低微的傻姑娘的话，而不听从像我这样的骑士的意见，我也不再反对了。在合适的时间和地点，我的锐利的剑会发言的。但是从今天起，依照国王和我的荣誉的要求，我要取下我的旗帜，只做一个可怜的侍从。我宁愿做一位高贵的人的士兵，也不愿意服从一个不知道来自哪儿、做过些什么事的女孩。"

"是的，先生，"冉激动地说，同时对她的想回答加马什的话的朋友做了个手势，要他们不要开口，让她说下去，"我明白你发火的原因，在二十年来屡建战功以后，要听命于像我这样一个贫穷的农家女的确很困难。但是如果你一旦相信我不是一个女人，而是上帝的意愿的化身，面对所有人的首领，即使最伟大的统帅也会毫不羞愧地弯下腰去，心甘情愿地服从，那么顺从对你来说就容易了，听命于人也很自然了。在我已经走上的道路上，什么也不能阻挡我前进，我的决心远远胜过你的决心，假如你的决心不符合上帝的意图的话。好，我再对你说一次，上帝不希望看到你今天的态度。我的愿望肯定会实现的。把你的手伸给我，要树立起信心。"

迪诺阿站了起来，将加马什的手放到冉的手中。

"好啦，我们不再说这个了，"这个骑士说，"大家怎么做，我也怎么做。"

"先生，你说得太好了，"冉高兴地说，"以后一直这样说吧，上帝将降福于你的兵器。现在，各位先生，让我们向敌人发出最后警告，如果可能的话，使他们不流血地撤退。"

冉呼喊道：

"昂布维尔！"

读者还记得，昂布维尔是冉的第二名传令官。

"你带一封信去给塔尔博特，信我将向奥利维埃·德·卡尔纳克先生口授，你告诉他这是我对他的最后警告。"

冉向奥利维埃口授了一封信，她用她的十字架在信上划了一划，信的内容是命令英国人后退，如果他们想避免巨大的灾难。

昂布维尔犹豫着，不能决定要不要接信。

"你为什么犹豫？"冉问他。

"如果塔尔博特把我扣下当俘虏呢？"

"他绝对不会的。"

"可是他曾经威胁过居耶内，说如果他再带你的一封信去，就要杀死他。"

"这么说，你是怕死？"迪诺阿说。

"我怕的是无声无息地、白白地死去。而且，我有一位六十高龄的老母亲，她只有我一个儿子。"

"把这封信交给我。"艾蒂安站起来说。

"你去送信！"奥梅特叫起来，她和她的父亲目击了眼前发生的这一切。冉就坐在她的身旁，好像一个姐姐那样握住她的手。

"是的，"艾蒂尔回答道，"我还从来没有靠得很近地看过一个英国人，我要是能看到这么一个是不会感到不高兴的。"

"可是万一他们杀了你呢？"

"冉不是说过没有危险吗？况且，我和昂布维尔不一样，我是一个孤儿。"

这个年轻人说着就把信接了过来。

什么事也瞒不过冉，她紧紧握住奥梅特的手，低声对她说：

"孩子，你放心，这件差事没有一点儿危险。再说，我们会站到城墙上观察四周的动静，我们的眼睛会跟着他的。"

她说话的时候，艾蒂安带着他一向有的无忧无虑的神情，完全像一个小学生一样，唱着歌离开雅克·布歇的邸宅，然后向城门跑去。

在场的将领们、财务官和他的女儿向城墙走去，从那儿可以望见那个向塔尔博特控制的圣洛朗城堡走去的年轻人。

"先生，"艾蒂安对那个英国将领说，在英国人身旁坐着一个人，一只手支着脑袋，遮住了脸，"先生，这是圣女再的一封信，要求迅速答复。"

说着，这个年轻人把信交给了塔尔博特，同时好奇地向四周观望。

塔尔博特看完信后，就交给身边的那个人，这个人抬起了脑袋，小侍从于是看到这是一个二十岁左右的汉子，脸色苍白，红头发，红胡子，穿了一身8世纪人穿的甲胄。

"我认为，"这个人说，他正是特里斯丹，"根本用不着回答这个姑娘，应该把送信的人绞死。"

"好啊，瞧瞧你的主张，先生，"艾蒂安笑着说，"你知道不知道它既显得很不好客，又不符合基督教的精神！可是谁也不能绞死法兰西国王的一个朋友和圣女的一个使者的，我便是有这两种身份的人。"

"如果我们要这样做，谁能阻止我们？"塔尔博特问。

"啊！没有人能。只是如果你们做了，你将会很伤心地看到在奥尔良城墙上，我们手中的两百名英国俘虏一个个吊在和我一样的绞架上，随风摇来摇去，更不用说，不出两三天，你们两人也可能和他们一样左右摇晃。因为再不为我报仇是决不罢休的。"

"这么说，如果我们拒绝撤退，再打算开战吗？"

"是的。"

"能不能够知道她什么时候开战？"

"她对这件事并不严守秘密，三天以后。"

"很好！告诉她，可爱的信使，三天以后，我们准备和她作战。"

"这就是全部回答？"

"你再补充说一句，如果她再给我派来像你一样的传令官，我们送回给她的只会是一块一块的东西。"

"先生，会以对等的条件回报的，请放心，我们不必赌气。至于你，红头发的人，我会记住你的面孔的，凭圣女阿涅斯起誓，在把你真正绞死以前，我一回到奥尔良，就吊起你的模拟像。"

特里斯丹站起来，向艾蒂安跑过去，可是他还没有跑到他的身边，这个古怪的使节已经从窗口跳了出去，穿过田野直朝奥尔良方向跑去。

"好极了！"冉看见艾蒂安到了城墙脚下，向他喊道。

"是呀！他们想绞死我，"艾蒂安笑着回答道，"后来他们又想用大槌打死我，可是我跳出窗子，跑到了这儿。"

"这样说来，他们拒绝离开城堡？"

"是的。"

"是的，我们拒绝，不要脸的女人，"一个英国士兵和一小支队伍正在离城墙根不远的地方经过，他对冉喊道，"是的，我们拒绝服从一个像你这样的女巫，阿尔马雅克派①的妓女，她自称是上帝的使者，其实她只是魔鬼的使者。"

"不幸的人！"冉大声说道，"当你即将死去的时候，你竟

---

① 指拥护阿尔玛雅克伯爵的人。

会这样辱骂上帝!"

"你的话是什么意思,冉?"拉伊尔问冉。

"我的意思是说,用不了一小时,这个不幸的人就要把他的灵魂交给他刚才辱骂的上帝了。"

那个士兵和他的同伴们继续向前走,同伴们都一声不吭,只有他还在不住嘴地骂着冉。但是他刚刚走了五十步远,他骑的马突然受惊,直立起来,然后带着他向大河那边奔去。

"你们看,"冉伸出手去说道,"你们看这是上帝的公正的惩罚:这个人快死了。"

所有人的眼睛都盯住了那个亵渎宗教的人,他的马扬起了滚滚尘土,穿过尘土望去,那个人在马背上左右摆动。他们感到吃惊的是他无疑是被他辱骂的人的预言说中了。他们听到他发出恐惧的叫声,立刻只看到那匹马,看不到人,大家正在想人会怎样,又看到那匹奔驰的马身后拖着一样东西,那是那个士兵的尸体,他的一只脚还套在马镫里。路上的石头把尸体划得血肉模糊。大家都用钦佩的眼光望着冉,就像基督用一句话使睚鲁的女儿复活①的时候,人们望着基督那样。

"啊!你能看到未来的事,"奥梅特低声对冉说,"你能不能看到自从你到了奥尔良以后,在我身上发生的事?"

"我能,孩子,"冉回答说,"如果你愿意,哪天晚上我们来谈谈这件事,因为在这儿耳朵太多,会听到只和你、我以及一个第三者有关的事。"冉一面说,一面在用手指指刚刚登上城墙的艾蒂安,他正向她走来。

---

① 见《圣经》中的《马可福音》等。

二十四
奥 梅 特

第二天和第三天,冉都用来接见和散步。她接见了来拜访她的奥尔良的显要人物,她出门散步是想出现在热情的百姓当中,他们都不厌其烦地一次次看她。

第二天晚上,她和她的年轻女伴回到她们一起住的房间里。

这是一个十分有趣的景象,两个年轻姑娘像两个孩子一样坐在她们的床上,一个脱掉了裙袍,一个脱掉了军服,怀着同龄人的亲切的信任推心置腹地交谈起来。

在这个时刻,没有人能在冉的身上看到基督教女战士和卓越的军人的影子,这位军人就在这几天里将解救一个民族,赶走一支一百年来战无不胜的军队。现在她忘记了她的使命、她进行过的战斗、她还要进行的战斗,恢复了本来面目,恢复为过去的那个冉。她像一个普通的农家女那样听奥梅特对她说话,奥梅特显得比她知识丰富得多,因为冉的学识是知晓未来的学识,而不是关于过去的学识;因为她的学识就是信仰!

她们都是这样美丽,不过她们的美丽完全不同。一个是财务官的女儿,身材修长,脸色白净;另一个是长得结实丰满的乡下姑娘,有远见的天性赋予她足够的体力好穿上作战的盔甲,还给了她充沛的精力,就如同上帝给了她心灵上的毅力一样。

她们身旁放着一本书,奥梅特整个晚上都在读这本书,可是冉不会读书，她只能够听奥梅特念这本虔诚的书里令人快慰的、动听的文句。桌子上有一盏灯，灯光抚摩着两个少女的肩膀，乌木椅子，白色的墙，以及墙上的基督受难像和圣像，这一切构成了一幅优美的画面。

"奥梅特，你看，只有我们两个人，"冉握住奥梅特的双手，关心地望着她，说道，"昨天你不敢对我说的话，你答应我今天毫无保留地全对我说出来，那么你要说些什么呢？你想和我商量什么事？我能给你什么帮助？"

"冉，许多大事要你操心，你怎么会对我这样关心呢？你在思考怎样执行重大任务的时候，怎么能分出一部分心思来呢？"

"我的使命难道不是在我认为合适的任何地方做对人有益的事吗？"

"你心肠多么好啊！"

"是呀，我是一个好姑娘，好啦。"

"你要说是一个圣洁的姑娘。你应该带着更重视的口气来说自己。冉，因为只有你一个人不佩服自己，不信任你就是不信任上帝。"

"奥梅特，我是想说我没有任何权利被上帝选中，我只不过是一个好姑娘。我什么都不是，什么都不懂。我服从推动着我的那个旨意，我的力量不是来自我的大脑。"

"它来自你的心，冉。你有上帝与你同在，还需要其他什么学识呢？耶稣挑选他的使徒的时候，他是在人间的学者中选中的吗？不，是在最低微的人中，是在什么也不懂的人中选中的。这是因为上帝走近那些满怀信仰出现在他面前的人的时候，他撇开实际的学识，只注重企图通过讨论能被入选的人本身。"

"你说了这么多事情，都是我不知道该怎么表达的，但是它们都是事实！你刚才说的这些话，我听到我的心对我说过，然而也许我做不到重复再说一遍。"

"我认识你两天以来，冉，一直不停地观察你，因为我为能成为你的同伴感到骄傲，你是这样的完美，这样的真诚，你不需要别人用言语来说服。你本身就是事实。水手追随的星星是不是还需要说它是一颗星星？它是星星，这就够了。"

冉两手托着脑袋，陷入了深思。

"多么奇怪啊！"她突然说道，"当我独自一人的时候，就像今晚这样，四周一切都休息了，我只听见我内心的思想在低声诉说。我几乎很恐惧地问自己是不是变得软弱了，许多严峻的考验在等待着我，因为我确信我将受许多苦，在年轻时就会死去；如果这样，物质能不能战胜精神，或者能不能像我们的主、神圣的基督那样，我是否会有力量控制住痛苦，既不悔恨也不悲伤地去掉我的尘世的躯壳。在那个时刻，我会想到我的母亲，我的父亲，我亲爱的哥哥，我也许再也见不到他们了。你看，那些没有离开他们童年时期的简陋的家的人，那些保持着早年安静的习惯在人生的道路上前进的人，是多么幸福啊！每当我回想起我过去的样子，每当我看到我现在的模样，尤其是想到我将要做的事情，我就不禁反省自己有哪些错误，因为我明天便要着手干一件多少年来许多最英勇的统帅都没有能完成的大事。我问上帝，我的任务完成以后，是否特别准许我回到我来的地方，再坐在我母亲的双膝上，又在仙境似的树荫下放牧我的羊群！啊！对我来说，那就是幸福！可是，"冉叹了一口气说，"我担心它是永远也不会实现的。"

"这么说，你解救了你的国家以后，如果满怀感激之情的国王要把你留下，如果他要给你你应得的奖赏，你不接受吗？"

"我得到的奖赏是服从上帝而享受到的快乐。回到董雷米，是我唯一的要求，可是国王是不会同意的，因此我将会十分不幸。"

冉不由自主地流下了两滴眼泪。在这个少女身上有坚强的一面，也有软弱的一面，真是奇妙的组合。这个被上帝选中的人要无休止地和作为女人的自己斗争，这个卓越的姑娘，大叫一声，能率领千军万马奔赴战场，她看到血却会流泪，在冲锋中会勒马停住，下马替一个快死的人包扎，或者安慰他。这个人在所有人当中是最坚强的，可是时时会显露女性的同情心，对待自己和对待别人都是如此。她的经历给我们留下一个最令人感兴趣的研究题目。

如果相信冉是自愿地完成了她所承担的使命，这将是从这个可爱的人物身上取出了她的最动人的性格，这将是否认灵魂能战胜肉体，精神能战胜物质，创造者能战胜被创造者。如果冉能够只听从自己的想法，如果她没有受到比她的意愿有力的愿望的推动，她是永远也不会离开她的村子的。在她的神秘的生活中有一些值得注意的事情，证明了在这个少女的艰难的历程中上帝起的作用，如像可怜的姑娘在服从接到的命令之前曾经犹豫不决，如像她对外界的冲击进行的斗争，如像她的女人的怕羞、无知和难以理解的本性不断地反抗神的手对她的强烈干预。一旦出发了，她就不后退，但是她原来并不想离家上路的。她在执行她的任务的时候，行动总是那样迅速，说明她是多么急于看到任务早日完成的一天。

有些唯物主义作家曾经企图证明冉患有一种周期性精神病。如果她只有这一种病，发作过去以后，她会非常虚弱，然后才恢复到原来的状况。不过，上帝为了达到他所希望的结果，使用了人间的方法,因为上帝只能和只愿意使用准许人的智力讨论的方法。因为上帝,也就是真理,是来自电流的相撞。是的,在别的女人身上不存在的物质的干扰,在冉的身上存在,依照米什莱①先生的生动的说法,她从上天得到了可贵的天赋,就是永远能保持孩子的灵魂和身体。上帝培养这个灵魂好接受他的旨意,他想实现一个奇迹,而且已经用一个例外将它显示出来。精神和物质在冉的身上全是十分纯洁的,以至自然的力量不愿意让她服从其他女人的生活中的普遍规律。这样也许可以更好地解释她那一天为什么会流泪,在那一天,上帝警告她她可能第一次看到自己流血。

"亲爱的、可怜的冉,"奥梅特说,"谁会相信在眼前这个时刻,你几乎也需要别人来安慰你,而所有的人不久就会反复提到你的名字?"

"奥梅特,我们不要再谈我了,"冉急忙说,"换一换,谈谈你吧,因为我们今天晚上回到房间里要说的是你的事。"

奥梅特低下头,没有答话。

"你怎么啦?"冉握住了她的双手问道,"你为什么低下头?"

"因为我不知道怎么对你讲心里的话,虽然我答应过要告诉你的。"

"是什么原因呢?有什么话不好开口吗?"

"不是这样,可是有关女人们的事情是不值得你关心的,所以我对自己在你身边显得如此渺小感到羞愧。"

"孩子啊!服从自己的心愿,难道不是服从上帝?上帝并不要求人人都像我一样作出牺牲,如果你希望的事是正确的,

---

① 米什莱(1798—1874),法国历史学家,主要著作有《法国史》《法国革命史》等。

上帝会使你幸福的。好啦，说吧，把你的少女的秘密告诉我吧，除非你更喜欢让我来猜它。"

"这么说，你猜得到？"

"也许能。你的眼睛不是像水晶一样透明吗？穿过它就能让人看到你的纯洁的灵魂。你不是正在心像鲜花一样开放、像鸟儿一样歌唱的妙龄吗？为什么你要逃避人共同有的感情呢？为什么你不恋爱呢？"

奥梅特听了她这些话，脸发红了。

"上天不肯让我享受他给你的欢乐，"冉继续说下去，"因为我的心只通向上帝那儿，不过我相信两个感情相通的人的婚姻是会带来巨大的幸福的。我对你说的话会多少鼓起你的勇气，或者我要不要再说出一个名字来，能使你更加不用顾忌？好啦，告诉我你发生了什么事，因为我对这种我从来也不了解而每天都有叫作爱情的奇迹十分好奇。"

"使我产生希望的，冉，是因为这个爱情是在你身边出现的，因此上帝会保护它，你周围的一切他都保护。"

"我在听你说下去。"

"啊！我的上帝，这十分简单：我爱上了艾蒂安。"

"当你看到他的时候，你有什么感觉？"冉带着小孩似的好奇心问道。

"我的心会跳得快起来，我的眼睛会变得模糊，我的心仿佛要从我的胸膛里跳出来，去和他的心连在一起。如果说我控制不住自己，我相信我是听从我的内心才这样的，我要对艾蒂安坦白地说我爱他。"

"为什么你不这样做呢？"

奥梅特望着冉，说：

"因为这不恰当。"

"怎么! 说爱他会不恰当? "冉说, "如果我爱一个人, 我就告诉他。"

"可是假使他不爱我呢? "

"为什么他不爱你? "

"我怎么能知道? 也许他爱着另外一个女人。"

"啊! 这倒也是。但是万一是这样的话, 你怎么办呢? "

"我会悲伤地死去。"

"你要死去! "冉叫起来, "一个人会因为这件事而死去? "

"是呀! 会因此而死去。"

"你的父亲是这样疼爱你, 你死以后他会怎么样呢? "

"啊, 冉, 你不可能理解我所感受的爱情, 你只爱上帝。"

"孩子, 这是唯一的不会欺骗人的爱, 因为永恒的上帝能爱所有爱他的人, 人们对他的爱不可能改变, 不可能减退, 也不可能感到厌倦。好朋友, 如果艾蒂安不爱你, 还有上帝爱你; 不过你放心, 艾蒂安会爱你的。"

"你相信会吗, 冉? "

"我可以肯定, 此外, 我要去问问他。"

"你? "

"是我。你不是说过你的幸福就在这个爱情里面吗? "

"是这样。"

"很好! 你应当成为艾蒂安的妻子。"

"你多么好啊! 你什么时候去和他谈呢? "

"明天。"

奥梅特握住冉的双手, 放到她的嘴上。

"可怜的孩子! "冉喃喃地说, 仿佛突然产生了一种预感: 她的女伴将会遭受痛苦。

这时候，巡夜人在叫喊已经是凌晨一点钟了。

"很迟了，"冉说，"该睡啦。睡眠是信仰和希望的儿子。你是圣洁的，你要有信心。好好睡吧，奥梅特。我呢，我也需要睡几个小时，因为我明天晚上不能睡了，后天十点钟我们就要开战。"

说完，冉在女伴的前额上亲了一下，几分钟后，两人都睡了。一个在爱情中微笑，一个在祈祷中心情十分平静。

二十五
圣 卢 城 堡

在这段时间里，特里斯丹曾经遇见了里什蒙伯爵，那是在离昂热不远的地方碰到的。伯爵在所有和他在帕特内会合的英勇的爵爷伴同下，正向奥尔良进发。

特里斯丹在夜里来到伯爵和他的队伍的扎营地。他立刻求见布列塔尼，那位我们已经认识的传令官。

"啊，先生，是你！"布列塔尼认出了他的救命恩人，欢喜得叫起来。

"是的，布列塔尼阁下，是我。"

"奥利维埃·德·卡尔纳克伯爵大人现在在哪儿？"

"在奥尔良。"

"和圣女在一起吗？"

"是的。"

"告诉我，那位圣女有拥护者吗？"

"有许多人。"

"你见到过她？"

"自然见到过。"

"那么，你有什么想法？"

"我想她是从魔鬼那儿来的，而不是从上帝那儿来的。因此我想见到统帅大人。"

"你打算靠我领你去见大人。"

"是的。"

"你做得对，先生，我这就带你去见我的主人。不怕冒昧，我能不能问问你的狗怎么样啦？"

"它们就在这儿。"

特里斯丹叫来了托尔和布朗达。

"你一直带着它们？"

"是的。"

"它们上战场能不能像追赶猎物一样？"

"是一回事。你会看到它们是怎么表现的。它们是当年帮我们的祖先克尔特人打罗马人出名的狗的后代。现在该由我问你一个问题了。"

"说吧。"

"上次我碰到你，你正要去雷斯爵爷那儿，后来你见到他了吗？"

"见到了。"

"他响应了统帅的号召？"

"全心全意地响应。"

"结果呢？"

"结果是他现在在这儿，他的帐篷就在那边。你想见他吗？"

"是的，待一会儿吧，首先让我们去见统帅。"

"先生，是谁派你来见他的？"

"凯桑特拉伊，拉伊尔，还有别的在奥尔良的英勇的爵爷们，他们对服从一个女人都感到不耐烦了，要求为一个男人效力。"

"可是这个姑娘怎么会得到国王信任的呢？"

"这是拉特雷莫伊一手造成的。"

"真是这样吗？"

235

"真是这样。"

在查理七世统治时期，当人们相信或者要使人相信国王做了某件错事的时候，大家就习惯于说这全怪拉特雷莫伊不好。有几次是事实，但是正像我们看到的那样，谁也没有指责他庇护冉。

布列塔尼和特里斯丹谈着谈着，来到了统帅的帐篷。

布列塔尼走在前面。

统帅正在向他的秘书口授他行军经过的路线状况，这成了他的习惯，再说，几乎所有高级将领都有这样的习惯。

"大人，"传令官对统帅指着特里斯丹说，"我回来以后向你说起过，在卡尔纳克，有一个勇敢的年轻人救了我的命，他用他的两条胳臂闷死了狼。现在，我很荣幸把他介绍给你，大人。请你能听他说话，因为他只会对你说一些好消息。"

"你要对我说些什么，先生？"伯爵问。

"关于奥尔良围城的事，大人。"

"布列塔尼，让我们两人待一会儿。"阿尔蒂斯说，他又用同样的手势要他的秘书出去。

只有统帅和特里斯丹两个人了。

"大人，"特里斯丹说，"你知道在法国国王的军队里发生的事吗？"

"知道。"

"是一个姑娘在指挥军队。"

"我知道，大家甚至说在这个姑娘身上出现了一些神奇的事情。"

"大人，你相信吗？"

"我很愿意相信。"

"因此你打算和她结成同盟？"

"是的，如果她对国王的事业有用的话。"

"这么说，你，大人，布列塔尼公爵，法国的统帅，和国王一样高贵的你，竟会听从一个我不知道来自何处的姑娘？也许她只不过是个女巫。"

"国王已经把他的王国放心地交到她的手中了，为什么我不听从她呢？听从冉，就是听从国王。"

"大人，不幸的是所有的人都和你的看法不一样，就是为了这个我很荣幸来到了这儿。"

"你的话是什么意思？"

"你信任我吗？"

"我信任布列塔尼，他对我说过你是一个心地善良的人。"

"你可以信任卡尔纳克伯爵，我是他的侍从，他的父亲是为了你去世的。"

"是这样。"

"很好！大人，是他派我来见你的，不仅仅是他一个人的看法，而且是他周围一些来自各处的将领的共同的看法。"

"这么说，迪诺阿，凯桑特拉伊，拉伊尔，阿朗松公爵……"

"他们都认为不应当让英国人耻笑，必须摆脱掉冉。"

"杀掉她吗？"

"不，可是要阻止她行动，他们都希望你当领袖，大人。"

天生的虚荣心使伯爵的脸上闪出红光。

"冉对你一直抱有恶感，大人。"特里斯丹继续说道。

"啊！真是这样？"

"是这样。她说过，如果你到了奥尔良，你将是她要与之作战的头号敌人，因为她知道国王不喜欢你，国王禁止她接受

237

你的援助。”

　　“然而国王接受了和奥利维埃·德·卡尔纳克一同来的那些贵族，不是吗？”

　　“是的，大人，因为他们来到他面前的时候，可以说都表示了要服从法兰西，伴随你的爵爷没有这样做，他们在去奥尔良之前，没有向国王宣誓效忠。”

　　“你说得对。”

　　“今天晚上刚刚作出了决定。冉要从明天开始攻打英国人。”

　　“是吗？”

　　“没有错！其他的将领反对这样做。”

　　“为什么？”

　　“因为你还没有到达奥尔良。大人，你知道，万一机缘巧合，冉赢得了这次胜利，那就没法否定她的使命了，人人都得对一个女人俯首帖耳，对于那些像你一样优秀勇敢的军人来说，这是丢脸的事。然而，如果别人没有她的支援赢得了首战的胜利，那就非常明显地证明，可以不需要她，一切荣誉属于应该享有的人。”

　　“你说得有理。”

　　“只过三天就要开战了，大人，我来见你就是向你报告这一个决定的。请赶快到离奥尔良四分之一法里的地方扎下营，宣布在应该突围的那一天，不在已经商定的十点钟，而是在清晨六点钟出击，而且不通知还在睡觉的冉。各个城门都要关上，不让她能够出城，大家和你的军队会合，然后去攻打圣卢城堡。这将使那个姑娘以后不会再那样自命不凡。她将被送回她的村子里，谁也不会受牧羊棒或者纺纱杆指挥了。”

　　“是的，”统帅说，“别人已经对我说过冉打算和我打仗。

好呀！我们要让她看看我们并不需要她。正像你说的，我们的剑比她的牧羊棒有用得多。说真的，我也不知道以前会那样糊里糊涂地迷信她，还急着赶去奥尔良，要和她和解呢。"

"这么说，大人，谈妥了？"

"是的。"

"你们重新上路吗？"

"就在今天夜里。"

"你们在离奥尔良四分之一法里的地方扎营？"

"是四分之一法里。"

"你会派人通知凯桑特拉伊、拉伊尔和迪诺阿，在六点钟突围，而不是十点钟，你将去和他们会合？"

"正是这样。你在各个城门派好看守，命令他们不能放再出城门，而我们去攻打圣卢城堡。"

"是的，大人，我马上就出发。"

"走吧，先生，走吧。"

"不过，大人，我应当有一道你亲笔写的命令，否则没有人会信任我的，我只是一个可怜的侍从；他们也不会信任我的主人奥利维埃，他是这支军队中最年轻的一个。"

"你说得有道理，你把这个拿给他们看。"

伯爵写了这样一封信：

> 我亲爱的战友迪诺阿、拉伊尔、凯桑特拉伊等人，依靠你们的帮助，我已率领全部军队前来，你们可以信任将此信件交给你们的来人，并且相信他所说的话。

> 阿尔蒂斯·里什蒙伯爵

239

"谢谢大人,一切都会顺利的。"

特里斯丹向伯爵告辞的时候,暗暗对自己说:

"这一下我相信我抓住冉了。现在去看看吉尔·德·雷斯,因为他可能对我们有用,设两个陷阱要比设一个强。"

话刚说完,特里斯丹已经到了布列塔尼面前,他等在伯爵的帐篷门口。

"请领我去见雷斯爵爷。"特里斯丹说。

"我正是为了这件事来的。"

"你刚才见到雷斯爵爷了?"

"是的,他等你去。"

特里斯丹看到吉尔一个人在看书。

他站住了,仔细看着吉尔。这个人脸色苍白,牙齿洁白,火红色的双眼。他内心里的强烈的热情从他的面孔上看得很清楚,那是一种迷惘的神态,爱幻想和探讨的人的脸常常都是这样。

"是我!"特里斯丹用手指碰了碰那个背朝着他专心埋头看书的人,他没有听到年轻人进来。

"欢迎你,先生。"吉尔转过身来认出是特里斯丹,说道。

"我一直在遵照你的建议做。"

"你肯定满意了吧?"

"直到现在我并没有满意,不过以后会满意的,我希望。"

"我还能为你做些什么事?"

"该轮到我了,是我想为你做些事。"

"说吧。"

"我知道你对新奇古怪的爱情感兴趣。"

"不错。"

"你应该有某种媚药，它会激起你感受到的爱情。"

"那是自然。"

"我认识一个漂亮的姑娘，大人，谁得到她，她就会给谁从未享受过的激情，这正是你所喜欢的。"

"这个姑娘是谁？"

"是冉·达克。"

"是的，我常常想到她；我恨她，恨这个女人。"

"你为什么恨她？"

"因为在我酷爱的所有东西里，最主要的是荣誉和身份，而在这个上帝的女儿发出的光芒里我们全都消失了。"

"你的这个想法和法兰西国王的所有将领完全相同，因此，一种对你的怨恨有用的爱情正是你所需要的。"

"你说得很对，不过怎么做呢？"

"你承担统帅刚才交给我的任务。"

特里斯丹告诉吉尔有关的情况。

"然后呢？"

"你一到奥尔良就去冉那儿。由于你的姓氏，你的在我们军人中最显赫的姓氏中的一个姓氏，事情会很容易做到的。你设法使她喝下我刚才对你说的媚药，同时让屋子里住的人都喝下麻醉药；晚上，你不要离开财务官的邸宅，躲在一个地方，等到人人都睡着了，走进冉的卧室，和她一起过夜。第二天依照约定，六点钟开战，而不是十点钟开战。这一仗打赢以后，人们发现冉睡在你的怀抱里，就会说，为了一段亵渎神圣的爱情，她竟忘记了上帝给她的使命。这下她可要完蛋了。"

"你给我的这个建议为什么你自己不照着去做呢？"吉尔问道，"因为我觉得你比我更恨冉。"

"为什么？因为我的一次企图曾经失败了，冉现在已经认识我了，而她是不会防备你的。只是你不要对冉说你对法兰西将领们承担了什么任务，你对他们也千万不能说出你对付冉的计划。你会成功的，大人。如果哪一天你需要我身上一半的鲜血，你尽管说，我会给你。你有一匹跑得和巴力一样快的好马，因为全靠你我才有了巴力。"

"对。"

"行啦，不要浪费时间了，一切都会顺利的。"

吉尔是个十分果断的人，他披上了斗篷，跳上马，向特里斯丹挥手告别，然后消失在茫茫夜色中。

特里斯丹回到塔尔博特身边，向他报告他所做的事，建议他在圣卢城堡集结所有的兵力，因为这个城堡就要遭到攻击。

由于特里斯丹的诡计，冉不会作战了，她将名声扫地，法国人不可能和人数众多的英国人对抗，肯定要战败。

这天夜里，特里斯丹睡得和得意扬扬的提图斯[1]一样好。

天刚发白，他就出去察看环境，这似乎成了他的习惯，他在奥尔良城墙上看到的第一样东西便是他的模拟像，有十五尺左右高，吊在一个巨大的绞架上，左右摇摆着。

艾蒂安遵守了他的诺言。

这件事情出现在开始出击的前一天。

冉和奥梅特谈话直到深夜的第二天也就是预定发动攻击的前一天。

一般的将领都是要命令他的士兵们准备武器，进行侦察。

冉却命令所有官兵做忏悔，像一支以上帝的名义作战的军

---

[1] 提图斯（39—81），古罗马皇帝。

队应该做的那样，然后她最后一次勒令英国人投降，可是英国人用一而再的辱骂回答她。

为了第二天的行动要做的事全都做好了，冉想起她答应过奥梅特要帮助她，于是把艾蒂安拉到一旁，对他说：

"艾蒂安，我必须和你谈谈。"

"冉，你有什么话要对我说？"年轻人问道，"是不是你要我去执行一项任务？那就请快说吧，因为你知道，我的生命是属于你的。"

这个可爱的孩子，带着女性才有的优美的神情，在冉的面前跪了下来，把冉的手拿到嘴上亲了一下。

"不，艾蒂安，我对你没有什么要求，但是我有一个建议必须告诉你，而且我还要转告给你一个别人向我吐露的秘密。"

"先说说是什么建议。"艾蒂安继续说，他依旧跪着。

"你得罪了一个危险人物。"

"是谁？"

"那个你把他的模拟像吊在城墙上的英国人。"

"难道它不像吗？"

"不是，可是这个人要报复的。"

"他会怎样伤害我呢？"

"他会从许多方面伤害你，艾蒂安。他手上有很多狡诈的办法。我有上帝的保护，所以能对抗他，最终战胜他。艾蒂安，我再对你说一遍，如果你珍惜你的生命的话，要避开这个人。"

"我为什么要珍惜生命呢，冉？你不认为在另一个世界等待我们的幸福比我们在这个世界感受的幸福更加完美吗？我不怕死。我会带着笑死去，就像我带着笑活着一样。在人间我无所依恋。我的父母都已去世，没有一个人爱我。"

"你错了，艾蒂安，这正是我建议你离开你应该留神的地方的原因，因为有人爱你。"

"爱我？"

"爱你。你不爱任何人吗？"

"不，对我所爱的人，冉，我会把我的心整个儿献给她，她会永远保存它。"

"这些事情我一点儿也不懂。艾蒂安，我所想的，我所希望的，我都要完完全全说出来，因为我这个人从来不会装假，也不会骗人。一颗年轻真诚的心向我吐露了它深藏的秘密，我接受了它的信任，我多么愿意看到你幸福，我多么愿意看到热爱你的人幸福。明天我们就要出战了。在战斗中有许多重大的事情要处理，谁知道能不能有机会对你说我今天对你说的这些话呢？艾蒂安，你是一个爱幻想的孩子，你是一个诗人，你应该有一个生活中的伴侣，心灵上的姐妹，你喜爱的诗歌的生气勃勃的化身。是这样，有一个年轻姑娘，漂亮、纯真、自信，她爱你。尽力把两颗我认为都是完美的心结合在一起，我不认为这会触犯上帝。我希望能给别人带来一种我自己从来没有感受过的幸福。"

艾蒂安一面听冉说，一面陷入了深深的思虑。冉说的这些话使他的脸上蒙上了忧郁的色彩。

"你说的是奥梅特，对不对，冉？"他抬起头来问道。

"是的。"

"我已经料到了。"

"谁会告诉你呢？"

"我发觉她的眼光经常落在我的身上，我同情这个可怜的孩子。"

"为什么？"

"因为她感到的爱情对她来说是一件不幸的事。"

"那么说你不会爱她？"

"永远不会。"

"这样的话，她该怎么办呢？"

"冉，你怎么问我呢？你在对上帝的爱中得到了力量，不是吗？奥梅特将从你得到力量的所在得到安慰。"

"啊！我了解别的女人的爱情，虽然我没有体验过它，因为爱情是包含在上帝的意愿里的。如果我是奥梅特的话，我会深深地感到你的蔑视将使我万分不幸。"

"这不是蔑视，冉。我认为这位年轻姑娘值得被人爱，可是我不爱她。我希望她需要我，我愿意为她冒任何危险，可是我不爱她。上帝为什么会让我的命运和一个女人联系在一起呢？她不会爱我，正像我不会爱奥梅特一样。为什么他不允许我们，奥梅特和我，各人感受的爱情能够彼此影响呢？那样的话，我们都会幸福了，十分幸福了，但是事情不是如此。你看到我总是快快活活，无忧无虑的样子，你会以为我的心是不受约束和容易自足的。你错了，冉，这种快活的样子只是一个面具，这种无忧无虑只是一种外表。每天夜晚，我都在凝视一张画像、回想一副容貌中度过。我上这儿来，并不是为了跟随你，我是在逃避一个思念，这个思念老是缠着我。我的命运你是无法改变的，冉，你要接受一个不可思议的、世上少见的命运。我的结果将怎样呢？我不知道。我的梦想和我的爱情是无法实现的，和迷恋一颗星星的疯子的梦想和爱情一样难以实现。他远远地望着它，整个白天，也就是说他无法看到它的时候，他做着无数的蠢事来消磨时间。我就是这样，冉。至于说到死亡，我对你再说一遍，让它在我处在幻想和信仰包围中的青年时期来袭击我吧,让我睡在我的一生中初开的花丛中吧,这是我对上帝的全部请求。我的灵魂是不会死的,我知道得很清楚,你会使我醒悟,使我相信灵魂是有生命的。因此,如果上帝的旨意是让一个粗野的汉子杀死我,我就不会用任何方式来躲避这个旨意,只是,为了更加小心起见,我要每天早晨祈祷,让我在对上帝的感激中死去。"

冉盯住艾蒂安看了好一会儿,接着说:

"是的,我明白有人爱着你,但是我很庆幸奥梅特没有听到你说的这番话,因为她听到后可能更加爱你了。"

"可怜的女孩!"

"你同情她?"

"是的,因为我知道一个人不被人爱是多么痛苦。"

"你有什么打算呢,艾蒂安?"

"你要我怎么办!"

"离开奥尔良。"

"去哪儿?"

"去你思念的人在的地方。"

"那有什么用?"

"动身吧,艾蒂安。"

"不,冉,我要待在你的身边。"

"动身吧,我说。"

"不,我要看到你取得胜利,然后再离开。"

"你今天就动身。明天白天你会遇到一次危险。"

"那太好了。如果我对你说你要经受一次危险,你会避开它吗,冉?为什么你希望我,一个男子汉,做你一个女人也不做的事呢?"

"那么,在出击的时候,你不要离开我身边。"

"只要你允许，我将一直待在你身旁。"

"如果你受伤，你就叫我。"

"好的。"

"不管怎样，艾蒂安，今天晚上你要向上帝祈祷。"

冉走开了，她去找奥梅特。她心里在想怎样对这个可怜的女孩说，好让她不会太伤心。

"你见到他了？"奥梅特问冉。

"是的，我的孩子。"

"怎么样？"

冉犹豫了一下。

"很好，他爱你。"她突然说道。

"他爱我！"年轻姑娘高兴地叫起来。

"是的。"

"这么说我可以成为他的妻子了。"

"那当然。"

"啊！谢谢你，冉，谢谢你！"

虔诚的少女跪了下来，感谢上帝。冉注视着她，心里思忖：

"既然她明天将受到巨大的痛苦，今天就不要让她受本来该受的痛苦吧。"

这时候，有人进来向冉通报说吉尔·德·雷斯爵爷问她他有没有这个荣幸见到她。

"让我单独和这个人在一块儿，"冉对奥梅特说，"如果你遇见艾蒂安，不要说话，因为他要我保证严守秘密才对我承认这个爱情的。"

奥梅特在吉尔·德·雷斯走进来的时候，离开了房间。

"又是一个敌人，"冉看到雷斯走来，喃喃自语地说，"我

247

的上帝，请赐给我力量战胜这个人，如同战胜其他人那样！"

吉尔原本不是一个坏人，这个人对各种知识都有兴趣，不幸的是他走错了路，因此他的头脑不是在"善"中寻求真理，而是在"恶"中寻求怪诞的东西。他天生暴躁的性格，非凡的力气，拼命地享受肉体的快乐和情欲的满足。终于他不再区分他的欲望的界限了，不能限制他的趣味的堕落了，以至于为了满足他的衰竭的感觉，甚至做出了最难以置信的可怕的事。因此他变得脸色苍白，两颊凹陷，神情忧郁，眼睛四周围着黑圈。这便是我们试图描绘的这个邪恶的人的容貌。

在所有这些堕落的表现当中，在吉尔身上也有一个可贵的特点，这个特点便是重视军人的荣誉，对祖国忠诚，遵守对国王做的誓言。你看一看这个人的一生，从他第一次参加打仗起到他死为止，一时一刻也没有放弃过这种虔诚的感情。在他被判刑的那天①，国王想到了他的忠心，因此在宣判的时候犹豫不决，下不了这个狠心。他答应特里斯丹做对方要求他做的事，也是听从了这种感情，因为他对冉毫无抵触，他认为查理七世所以信任冉，只是受了他的不离身的谋士拉特雷莫伊的有害的影响。他因此来到了奥尔良，依照和特里斯丹商量好的，他已经见过凯桑特拉伊、拉伊尔、加马什爵爷、阿朗松公爵，还有带着运粮队已经从布卢瓦回来的迪诺阿。他把统帅的信交给了他们，对他们说他们必须在久经考验的军人里什蒙伯爵和可能是疯子的姑娘冉之间选择其一。有像他们这样姓氏的贵族，要听从这个姑娘的指挥实在是难受的事。

他的第一个任务就这样很容易地完成了。他还曾经答应做一件事，便是不把新的决定通知冉，第二天早晨在六点钟攻打

---

① 在本书最后交代了吉尔·德·雷斯的下场，是被烧死的。

英国人，而不是原来定的十点钟。

观看圣女的生平，读者会看到那些对她最忠心耿耿的人却顽固地不信任她，而且不停地企图欺骗她，不管她怎样向他们证明她的使命确实来自天意，她的目的又是如何明确。只是由于这样不断的反对，奇迹也就变得更加明显。因此，冉不仅仅要和英国人，也就是说敌人作战，而且在她的周围，在她的朋友当中，还有一些不明是非的人，她必须启发他们，或者努力引导他们。

当吉尔来到冉面前，听到她一开始这样对他说，他不禁大为惊讶。

"先生，你来这儿是要做一件和你的姓氏以及你的家族的名誉极不相称的可耻的事。我可以预先告诉你，上帝将会挫败我的敌人的诡计。你离开了正确的道路，先生，你生下来是为了行善的，可是你却作恶。上帝给了你才能，你却用来反对他；不过你的才能将压到你的身上，并且把你压得粉碎。"

接着她又低声对他说：

"有一天人们搜查你的城堡的地窖，先生，你知道会在里面发现些什么吗？"

吉尔脸色发白了。

"他们会发现，"冉继续说下去，"在可恶的祭献中被害的孩子的枯骨，在血腥的狂欢后被你杀死的女人，所有这些消失了的嗓音那时候会变得又十分响亮，大声叫喊要报仇，向发怒的上帝请求惩罚你。"

"你是怎么知道这些的？"吉尔结结巴巴地问道。

"先生，上帝在吩咐我走的道路上启示了我，没有一个面对着我的人我不能看到他的灵魂，像看一本打开的书一样。"

"所以你知道了？"

"我知道你来这儿要做什么，你来是要毁了我。刚才在我耳边响起你的名字的时候，有一个神秘的声音就对我说要我提防你，警告我注意你的丑恶的计划。先生，别人欺骗了你。那个人，那个你昨天夜里见到的特里斯丹，他给了你一封信，你不久前又交给了我的同伴，对于这些同伴，我保留着一个明显的证据：他们是需要我的。而那个人，他不是我们当中的人，明天你就会在我们要去攻打的人的第一排里看到他。"

"特里斯丹在英国人那边？"

"是的。在你身上还存在着一个高尚的地方，先生，虽然你已经在深渊的底上，但是这个优点可能帮助你从深渊里走出来，因为上帝总是留给人一条回到他身边的路。路是狭窄的，布满了石块，两旁全是荆棘，它被称作'悔恨之路'。你是一名勇敢的军人，先生，你很可能犯下各种罪行，却不会干卑鄙的事。我不会让你实现你的计划的。你想损坏我的名声，让我的名字受到信任我的人的耻笑。你真是太没有头脑了，你以为我是和别的女人相同的女人，你呀，你只有这一点点可怜的手段来反对上帝的旨意！"

"冉！冉！你真使我崇拜得五体投地。"吉尔喃喃地说，他几乎要在少女脚前跪下来了。

"你不要设法毁掉我，来为我服务吧。上帝愿意让他给我的力量再有一个新的证明。"

"应该怎么做？冉，你说，我一定听从你的吩咐。"

"好啦，先生，把你的手伸给我，在上帝原谅你之前，先接受我的原谅。有一天你也许要为你以往犯下的罪行付出代价，但是我保证你会带着悔恨和信仰而死去。现在，请听我说，他们已经决定撇开我发动进攻，是不是？"

"是。"

"攻打圣卢城堡？"

"是。"

"你知道英国人现在在做什么？"

"不知道。"

"他们在加强城堡的防守。特里斯丹告诉了他们圣卢城堡将是攻击的目标，而我不会参加这次攻击，这样就增强了我们的敌人的勇气，因为他们并不怀疑我的使命。以下就是应该做的事。"

"说吧，冉，说吧。"

"你回到法军营地去。"

"然后呢？"

"你对他们说一点儿没有改变，他们还是撇开我去进攻。"

"接下来呢？"

"接下来，你在城门口安排严密的守卫，命令他们不能放我出城。明天早上六点钟，你们开始出击。到七点钟你们就会战败，到八点钟你们却成了胜利者，因为我八点钟会赶到你们那儿。但是我希望所有这些勇敢的将领没有我能打两小时的仗。如果我出现的时候，他们不齐声欢呼迎接我，如果他们不承认是我解救了他们，我愿意回到我的羊群身边，不再用冉这个名字。"

"一切都会照你的愿望去做。就是这些吗，冉？"

"不，还有两件事。吕德爵爷在你要去再见面的将领中间吗？"

"是的。"

"你建议他今天晚上做忏悔。"

"为什么？"

"因为他明天将会被杀死。"

"是谁对你说的,冉?"

"我知道这件事,对你这就够了。"

"第二件事呢?"

"你不是带了麻醉药吗?"

"是的。"

"它没有危险,对不对?"

"没有一点儿危险,它会使人睡觉,而且睡得极其香甜。"

"你是用魔法得到它的吗?"

"不是,它是用一些普通的草做成的。"

"把它交给我。"

吉尔从口袋里掏出一只小瓶子,交给了冉。

"现在你走好了,"冉对他说,"你要记住你答应过我你已经后悔了。"

吉尔满眼泪水,走了出去。

这是他一生中第一次流泪。

冉再一次召集她的军队的首领,他们也再一次对她说在明天上午十点钟发动攻击。

"先生们,那么明天见。"冉对他们说。

晚上,她召来了吉尔·德·雷斯。

"我对你交代的事你都做好了吗?"她问他。

"做好了。"

"城门都派人把守了?"

"派了两百个人。"

"吩咐他们禁止我出城了?"

"你不是对我下过这个命令吗?"

"对。"

"他们都接到了。"

"现在你可以走了，先生，不过你出去后请你告诉奥利维埃·德·卡尔纳克，要他来见我。"

不一会儿，这个年轻人来到了冉面前，冉对他说：

"先生，今天夜里你在隔壁房间里过夜，明天我关照你的时候你才拿起武器。把艾蒂安带在你身边，我需要你们两个人。专心地祈祷吧，因为明天你需要巨大的力量。"

奥利维埃显然丝毫不知道有一个策划好了的对付冉的阴谋，不然的话，他是会竭力阻止的，或者来通知冉。

最后只有冉和奥梅特两个人了，两个少女坐下来吃晚饭。

奥梅特心里充满喜悦，吃得特别高兴。

冉有点儿忧愁，她只喝了少许葡萄酒，吃了一块面包。

奥梅特刚吃好晚饭，就觉得眼皮沉重，头脑发昏，她困得支撑不住了。

冉在她的酒杯里倒了吉尔带来的麻醉药。

奥梅特睡得那样沉，好像死去一样。冉抱起她，在她的前额上亲了一下，然后把她放到床上，接着她双手握住熟睡的少女的双手，跪了下来，一直祈祷到天明。

当初现的晨光照得河水闪出银光的时候，奥利维埃来敲冉的房门。

"冉！冉！"他叫道，"他们背叛你了！"

"发生什么事啦？"冉问道，其实她完全知道这个年轻人要说些什么。

"军队出城了。"

冉穿戴好了盔甲，为奥利维埃和艾蒂安打开了房门。

"他们不信任我，"她对他们说，"让他们去吧。"于是冉对奥利维埃说了昨天晚上经过的事。

　　"可是，"年轻的伯爵说，"他们撇开你发动进攻了。"

　　"是的，不过他们没有我是无法打胜仗的。在这儿只有我们三个人，对不对？好呀！一个小时以后，他们几百个人将会需要我们三个人，而不是我们需要他们。等着瞧吧。"

　　在这段时间里，法军将领们正向统帅等候他们的地方走去，接着两支军队会合在一起。

　　"冲啊！"阿尔蒂斯伯爵喊道。

　　"冲啊！"所有的声音跟着喊起来。

　　士兵们听见这个喊声立刻开始行动，向圣卢城堡冲去，好似汹涌的浪潮一样。

二十六
特里斯丹第一次报仇

从她待的地方，再能够非常清楚地看到战场，甚至可以看得出战斗进行的详细过程。

她看到法国军队出了奥尔良，在关闭的城门口安放了严密的岗哨，然后和统帅的部队会合，就像我们在前一章里说的那样。他们勇敢地向圣卢城堡进攻，但是受到了猛烈的反抗，自从围城开始以来，还从来没有看见过如此激烈的战斗。

特别有一件事使进攻的军队不能理解，不知道从哪儿会落下这么多大石头，把他们的士兵压死压伤，也不知道是怎样的手搬动这些石头的。他们望见在城堡的最高处站着一个彪形大汉，他穿的盔甲在阳光下发出很亮很亮的光。这个人高举一大块一大块的岩石向他们投下来。要像这个人这样做该要多大的力气才行啊，他们以为是受了幻觉的戏弄，可是他们的恐惧更加说明石头和人都是真实的，并不是幻觉。

冉也看到了这个无敌的守卫者，只有他一个人在保卫城堡，她认出了他是特里斯丹。

奥利维埃也看到了这个可怕的敌人，他认出了是他的侍从。

艾蒂安也看到了这个令人畏惧的被包围的人，他认出了他是塔尔博特的伙伴。

因此这三个目击者对这个人有一致的看法，他们感到不安。

"是他，"奥利维埃低声说，他脸色变得苍白，气得紧紧咬住牙齿，"啊！冉，我们快离开这座房子，到那座城堡那儿去，因为我一定要亲手杀死那个叛徒，他曾经睡在我家的屋顶下面，现在他出卖了他的祖国，好像犹大①出卖了耶稣一样。"

"我们不加入到那些勇敢的士兵中间去吗？"艾蒂安说，"不知道为什么我会想到要由我来杀死这个高大的英国人的魔鬼，他搬弄岩石真像一个巨人。"

冉用深深感动的眼光望着艾蒂安，只有她一个人预感到将来的事，所以能够说明为什么她会这样望着他。

"确实血流得够多了，"冉说，"艾蒂安，给我的马装上鞍子，奥利维埃，去替我拿来我的军旗。再过十分钟，他们就需要我了。瞧呀，我是不是看错了，法国兵在后退。"

她说的是事实。英国人的所有兵力都集中到了一个据点，受到有利位置的庇护，击退了进攻的法国军队，法国兵大部分一面向后逃，一面高喊："冉！冉！"他们的首领也无法把他们叫回来。

只剩下冉一个人，她跪下向上帝祈祷了一会儿以后，亲了亲还在熟睡的奥梅特，走到邸宅的院子里。她虽然拿着沉重的武器，却像一个熟练的骑手那样跳上马去。她对艾蒂安和奥利维埃喊道："跟我来！"

她驱马快奔，飞速穿过奥尔良的大街小巷，最后到了禁止为她打开的城门口。

"以上帝的名义，快打开城门！"冉喊道。

"不行。"守门的卫兵回答道。

"如果你们不开门，你们要倒霉的，"冉说，"因为它们会自动开的，它们打开的时候将把你们推倒在地上，就像基督的

---

① 犹大，耶稣十二使徒之一，出卖耶稣者。

墓打开后把看守墓的人推倒了一样①。"

在这个时候，不断传来逃跑的法国兵的叫声：

"冉! 冉!"

"你们听见没有？"年轻姑娘又说道，"他们在叫唤我，快开门。"

"不行! 不行! "士兵们重复地说，"这是迪诺阿爵爷的命令。"

"让开! "冉喊道，同时驱马从惊慌失措的士兵中间穿过去，"谁挡道谁就是送死! "

冉一只手拿着她的小斧头，在密集的武器中杀出一条路，仿佛一只小船在大洋上航行一样；接着，她轻轻敲了一下门，把门打开，好像最后审判②的那一天，上帝的天使打开了最厚的坟墓。

吓坏了的士兵都跪了下来，接着站起来后，拿着武器，跟在冉后面大声叫道：

"奇迹! 奇迹! 冲啊! "

往后逃的士兵一看到他们呼唤的圣女出现，士气大为振奋，像回涨的激流般回过头来再向英国人冲去。英国人认为胜券在握，已经突围，并且追赶法国人了，没料到法国人重新开始了战斗，并且打得空前的激烈。迪诺阿，拉伊尔，凯桑特拉伊，加马什爵爷，格拉维尔爵爷，布萨克元帅，个个都全身是血，沾满尘土，精神抖擞地和敌人拼杀，他们下了决心，宁死也不后退一步。这时候冉来到他们身边，对他们说：

"不安好心的伙伴，你们撇开我行动。"

说着，冉高举军旗，猛冲进英国兵的队伍。英国兵一见到

---

① 《圣经·新约》中说耶稣死后复生，墓门打开。
② 基督教认为有一日现世将最后终结，所有世人都将接受上帝的最后审判。

她过来, 都弯下身子, 就像大风底下的麦子。在她四周的法国兵顿时勇气百倍, 向敌人杀过去, 好似迫不及待的收割人抢着割麦子那样。

这一场混战令人胆战心惊, 是冉的一直举得高高的军旗, 造成的神奇的效果。自从冉举着它出现以后, 没有一个法国兵倒下来过, 而英国人只要稍稍一击就会倒下, 好像喝醉了酒和精神病发作一样。追人的人现在反过来被人追逐, 在一心复仇的少女面前争先恐后地逃命, 想在他们刚刚离开的城堡里找一个新的藏身之地。

冉追到城堡前面, 下令暂时休息一下, 她向艾蒂安口授一封信, 信文如下:

> 我以上帝的名义告诉你们, 你们和我们作战是一大错误, 因为上帝的旨意是要你们撤围, 离开此地。请听从我的劝告, 快点撤兵吧, 因为如果我们发动第二次进攻, 我们将给你们无情的打击, 决不手软。

冉叫人把这封信缚在一支箭的头上, 吩咐奥利维埃这个出色的弓箭手, 把箭射到敌人的工事里, 同时她大声对格拉德斯达和塔尔博特喊道:

"快看信。"

可是英军将领不但不看信, 还把信扔在地上, 走到城堡的围墙上, 对冉大声叫道:

"滚回去, 荡妇! 滚回去, 女巫! 滚回去, 放羊丫头!" 同时箭如同雨点一样射到法国兵的盔甲上。特里斯丹又回到他的岗位上, 开始他那巨人的防卫手段, 摇动围墙。

所有的法国将领都已毫不犹豫地集合在冉四周, 紧紧围住她, 好看到她, 保护她。他们像普通的士兵那样服从她。

"高贵的公爵," 冉看到阿朗松公爵还有点儿情绪, 离开她远远的, 就对他大声说道, "到我身边来。我曾经向阿朗松夫人保证过要把你平安无事地带回去, 如果过两分钟你再不来我身旁, 你就会使我失信了。"

她说完话, 一面围墙从城堡脱落下来, 倒在公爵刚刚离开的地方。可是吕德爵爷没有重视年轻姑娘的劝告, 没有离开那儿, 如同冉昨天预言的, 因此被压死了。不过他在临死的时候还有力气说:

"冉, 我是得到上帝的宽恕死去的; 我今天早上做了忏悔。"

"前进!" 冉喊道, "前进! 上帝在引导我们, 我刚听到了他的声音。"

顷刻间, 城堡里乱成一团。有一个英国兵高声说在冉的头上面有两位天使在帮助法国人作战。这一下英国人军心更乱, 纷纷从城堡后门逃命。

只有特里斯丹仍旧坚持着。他不愿意放弃城堡, 一块石头接一块石头地把它拆掉。他有好几次打退进攻的人, 但是终究无法对抗上帝的旨意。冉下令放火烧城堡, 火立刻烧起来了。在火焰、烟和发出折断声的木梁当中, 可以看到那个巨人般的敌人, 在他身旁站着毫无表情的撒拉逊人。

"这些火焰对你来说是地狱的火焰," 冉说, "快死吧, 没有人会惋惜你、宽恕你的。"

城堡倒塌了, 特里斯丹在法国人欢呼胜利的叫喊声中消失在瓦砾里, 但是突然间从冒烟的废墟里跑出来一个骑黑马的人, 后面跟着两只狗, 向旷野逃去。

这个骑马的人就是特里斯丹, 他在逃跑的时候还对冉发出一声挑战的叫声。

"让我们两个人来拼一拼!"奥利维埃叫道,接着他满怀着仇恨和怒火,驱马飞速地追赶,同时用尽全力地叫道:

"等着我,叛徒,我是奥利维埃·德·卡尔纳克。"

"我的哥哥!"特里斯丹带着恶毒的冷笑说,"感谢撒旦!我们可以和他一同完蛋了。"

特里斯丹勒住了巴力,转过身来,准备和对方交锋。

就在这时,艾蒂安骑着马飞奔了过来,也喊道:

"等着我,红头发!是我来了,艾蒂安骑士,冉的使节,别人想吊死却没有能吊死的那个人!"

"艾蒂安,艾蒂安!"冉喊道,"回到这儿来。"

可是这个年轻人不再听得见冉的喊声,冉停了下来,揩着眼泪,只说了一句:

"可怜的孩子!"

英国人都躲到了圣洛朗城堡里,这座城堡四周环绕着一道很宽的壕沟,有一座教堂,它的厚厚的围墙可以利用,在教堂的钟楼里造了一些防御工事。在塔尔博特和格拉德斯达的指挥下,英国人很快进入了阵地,等待冉随时来进攻。

冉下令士兵暂时休息,好喘一口气。她一心关注着在特里斯丹和奥利维埃、艾蒂安之间的战斗。

这时候,加马什爵爷走到她跟前,单膝跪地,对她说道:

"冉,请原谅我以前对你不信任。从今天起,我将是你的最服从的士兵,因为你是我们所有人当中最伟大的一个。"

吉尔·德·雷斯也来到冉身边,像加马什爵爷一样跪下,对冉说:

"冉,我是一个罪大恶极的人,只有你和上帝知道这些;也许有一天人们也会知道,那时候我应该接受他们的裁判。

冉,在你祈祷的时候,请为我祈祷,我向你起誓,从现在起到我死的那天,我决不再做任何会冒犯上帝的事。"

"先生,这很好,"冉说,"上帝会知道你的悔恨的,我希望他原谅你。"

"我,"里什蒙统帅向少女走过来说,"我应该对今天早上流的血负责,冉,因为是我的过于自负的虚荣心使得出战时间比你预定的提早了几个小时;我要对你说,你真是一个圣洁的姑娘,尽管我是执政的公爵的兄弟,尽管我是法国统帅,我以后一定对你唯命是从,不论是谁,如果不像我一样服从你,我都要对他拔出剑来。冉,下命令吧,你愿意下什么命令都可以。"

"谢谢你,大人,"冉说,"国王对我说过,你不是一个真正的朋友,我原来也相信国王的话,等我护送他去兰斯为他加冕的时候,我要对他说的第一件事便是他对你的看法完全错了。如果他能给我一个恩典,我就请求他对你表示感谢和友好。现在,大人,我们快去援助那两个孩子吧,他们中的一个是你的最忠心最可靠的臣民之一。"

说完,冉策马飞奔,想要追上奥利维埃,跟她同去的只有几个人。虽然冉的马跑得很快,但是她要赶到那个拼杀的地方还得不少时间,因为巴力的腿奔起来如飞一样,特里斯丹不知道会不会给奥利维埃追上,刚才狠狠地用马刺刺他的马的肚子,想尽快地赶上他的同伴们。

当加马什爵爷、吉尔·德·雷斯和统帅向冉表示今后要服从她的时候,奥利维埃他们的战斗开始了。

"好呀,"特里斯丹看到奥利维埃拔出他的钉头锤,他也抽出他的长剑,喊道,"该隐要杀亚伯了[1]!"

---

[1] 据《圣经》的《创世纪》,该隐是亚当的长子,因见上帝喜欢其弟亚伯而不喜欢他,生妒忌心,杀死亚伯。

"你甚至连该隐都不如，恶魔，"奥利维埃回答说，"因为你不是我的兄弟。"

"如果你能出乎我的意料回到卡尔纳克城堡，你去问问你那高贵的母亲，贤德的母亲，她是不是只有一个儿子，她会对你说我是不是身上流着和你同样的血，却没有和你同样的姓氏；她会请求你原谅，因为她欺骗了你的父亲，那位英勇的骑士。"

"你说谎！"奥利维埃听到对他的母亲的辱骂，脸色变得煞白，叫了起来。

"你就要没命了，奥利维埃，我就是预言中的那个人。我抬起了墓上的石头，我救出了撒拉逊人。"

"你说谎！"奥利维埃又说了一遍，不过不由自主地向后退。

"得啦，可爱的爵爷，可爱的合法儿子，可爱的讨人喜欢的后代，走近一点儿，让大家看一看对我们两个人，我们的母亲给哪一个的慈爱更多，我们亲爱的母亲卡尔纳克伯爵夫人。"

"你说谎！"奥利维埃第三遍说，"我的母亲是一位圣洁的女人，由于她的名誉受到了侮辱，我要像杀死一条狗一样地杀死你！"

特里斯丹用藐视的冷笑回答这句威胁的话，但是就在这时候，奥利维埃将马一跃，跳到六尺高，然后一斧头打在特里斯丹的头盔上，用力之猛使人简直不相信是这个年轻人的双臂使出来的。特里斯丹的头盔发出一声刺耳的声音，但是骑在马上的人动也没有动一下。特里斯丹向巴力的脖子弯下身子，极其灵活和敏捷地用长剑刺了一下对手的披甲的连接处[①]。奥

---

① 那里有间隙。

利维埃踏紧马镫，身子晃了晃，但是特里斯丹的剑尖碰到冉送给奥利维埃的圣牌给折断了。

"啊！是护符！"特里斯丹叫道，"我呀，我也有，而且比你的灵验。"说完，他丢掉了剑，也不下马，就拦腰抱住奥利维埃，他抱得那样紧，这个年轻人的盔甲给压得变了形；奥利维埃则抓住他的弟弟的脖子，猛推对方的脑袋，用斧头朝他的胸膛当中劈去。两匹马也参加了交战，在它们脚下扬起的滚滚尘土中，一匹马咬住另一匹马的前胸，被咬的马直立起来，前腿腾空猛踢。

"坚持住，先生，我来啦！"一个年轻人的嗓子叫道。

"过来，托尔！过来，布朗达！"特里斯丹看到是艾蒂安，就呼唤他的两只狗，并用手指着年轻人，要它们向他扑过去。

艾蒂安原来想和人斗，没有料到是狗。

"啊！可恶的畜生，"他看到托尔和布朗达朝他跑来，笑着说了一句，同时策马从两只大狗身上跳过去。可是这两只大狗都是凶狠的对手，可怜的孩子还不知道他是在和怎样的对手打交道。这一边，奥利维埃和特里斯丹扭成一团，都想压倒对手，就像两头狮子一样；那一边，托尔和布朗达扑向艾蒂安的坐骑的前胸，紧紧咬住，疼得它不住地嘶叫。它们用嘴咬牢马的伤口，叼住不放，把披着铁甲的背向着艾蒂安的剑，因此它们不会受到伤害。马流完了血，先是后腿支撑不住，然后整个身子倒了下来，艾蒂安跟着也给抛到地上。

年轻人还来不及站直，两只狗已经向他的脖子扑上来。他手打脚踢，拼命挣扎。可是一点儿用也没有，因为他的手指碰到它们的铁甲全被折断了。于是他伸开两臂，低声叫了一声："阿涅斯！"接着脑袋无力地垂到地上，只得听任摆布。

"一个完蛋了！"特里斯丹哈哈大笑，叫道，"好极了，托尔! 好极了, 布朗达! "

奥利维埃回过头去想看看发生了什么事, 特里斯丹趁他回头的片刻, 像一只山猫一样跳下马来, 又猛地抓住了奥利维埃的肩膀, 和他一同滚到两只狗咬艾蒂安的地方。他用膝顶住伯爵的胸膛, 一面这样顶着, 一面解开腰上挂剑的皮带, 紧紧套在垂死的孩子的脖子上, 再穿过两只狗的颈圈, 又打了个结好牢固一些, 然后他叫道:"跑呀! "

凶暴的畜生拖着艾蒂安奔了起来, 他的身体给路上的石头划得全是口子。

"现在只有我们两个人了。"特里斯丹说, 他拔出了他的匕首, 同时整个身子向他的哥哥扑上去, 想掐死他, 同时想划破他的脖子。

二十七
雅尔热和帕泰

正在这紧张时刻，冉赶到了。

特里斯丹一看到冉，就放掉奥利维埃，很知趣地骑上了巴力。

"啊，坏蛋！啊，撒旦的儿子！"冉拔出剑，叫喊着，去追杀死艾蒂安的凶手，"如果你不想送你的该死的灵魂去上帝那儿，快逃命吧！"

特里斯丹吹起了号角，因为他出自本能地明白他自己没有足够的胆量迎战，他要召唤一个强大的力量。

"你想召来你的魔鬼，是白费劲，"冉看到他把号角放到嘴上，就对他说，"你的魔鬼是一个胆小鬼，他不敢在我面前出现的。"

"我们等着瞧好了。"特里斯丹说，他又吹了一遍号角，但是正像冉说的那样，撒拉逊人没有出现。

特里斯丹脸发白了。

这时候，年轻姑娘向敌人冲过去，她准备用她的剑刺他，但是还没有刺到他身上，受了惊的巴力就开始向后退。特里斯丹朝空中刺了几剑，根本没有用。他的脸在放下的脸甲下面变得更加苍白，比死人的脸还要白，因为不管他怎样使劲勒住他的马，它只是嘶个不停，全身是汗，一再往后退。

"滚吧，该死的东西。"冉叫道，她一面追他，一面呼唤她的伙伴到她身边来。

外
国
文
学
经
典
阅
读
丛
书

　　奥利维埃已经站了起来，身上没有受伤，他想追特里斯丹，可是冉对他说：

　　"奥利维埃，上帝不希望你打这个人，而是要由别的人惩罚他。拿好我的军旗，跟着我走。"

　　冉继续追赶特里斯丹，一直追到英国人刚刚躲进去的那个城堡，因为巴力逃得太快，她没能追上。到了城堡前面，她眼看着那个阴险的敌人消失在很厚的围墙后面；过了不一会儿，他抱着一个重重的东西又出现在一个堡垒的钟楼上，我们在上文里说过，这个堡垒本来是一座教堂。

　　这个很重的东西是艾蒂安的尸体。

　　特里斯丹从钟楼的窗口伸出身子，一个木匠在他身后拿着一根梁，他把它固定好，将可怜的孩子的尸体吊在半空中。

　　"让炮手，"冉看到了这些，又听见特里斯丹同时发出的笑声，大声喊道，"让炮手，把这座城堡轰开一个缺口，我们要在一个小时内攻进去。"

　　让炮手叫人把他的出色的长炮"里拉"①拉到前面来，教堂的第一道墙被很准地轰出一个洞。

　　那个洞刚好能使一个人通过，冉就立刻叫道：

　　"冲啊！"

　　"可是缺口还不够大，"阿朗松公爵对她说，"你是不是觉得我们应该再等一等？"

　　"不用疑惑，尊贵的公爵，"冉说，"你害怕啦？我不是向你的夫人保证过会把你平安无事地送回去的吗？"

　　"是的。"

　　"那好！一点儿不用害怕，跟我走。"

———————

① 炮的名称。

266

冉第一个跳进城堡边上的壕沟,捡起刚才叫人丢在这儿的梯子,把它靠在墙上,她爬着梯子向上冲,嘴里喊着:"向前!向前!"

所有跟在她后面的人一个个大叫着也跳进壕沟里,然后爬墙。

但是进攻猛烈,防守同样很顽强。英国人得到时间恢复了士气,拼死地击退法国人的进攻。特里斯丹因为他第一次的失败气得七窍生烟,他朝着法国人倒下油和熔化的铅,并且重新开始他最初时使用的手段,把一面面墙整个儿推倒,向法国人压下去。

可是冉仍旧一直往上爬,她终于登上了围墙。特里斯丹的眼睛始终盯着她,这时对她喊道:"现在就我们两个,来拼一拼吧!"他用尽全力向她投去一块巨大的石头,碰到她的头盔,石头碎掉了,但是冉给这样一击,落到了壕沟里。

她跌下去的时候,响起了两声非常响的叫声。

一个是英国人发出来的胜利的叫声,另一个是冉的同伴们发出来的惊恐的叫声。

被围攻的人更加发狂,辱骂的话也更厉害,法国人开始后退,他们认为上帝不再保护他们了,因为他竟听任冉被人杀害。

可是冉并没有死,不过她刚才跌下来摔得太猛,一时无法站起来。她看到别人没有见到她而产生的后果,又知道没有她的军旗引导,法国人会失败。

"拿好我的军旗,"她对奥利维埃说,"往上冲,把旗子高高举在你的头顶上飘扬。大家会相信是我举的,他们便会跟着你冲。"

奥利维埃照她的话做。果然转瞬间,法国人重新有了信心，占领了城堡的整个围墙。这时候冉终于站了起来，从让炮手轰开的缺口走进去。

法国人一控制了城堡，立刻守住所有的出口，见到英国兵便杀，把他们的尸体丢到围墙外面，尸体太多，不久就填满了壕沟。

特里斯丹呢，他和格拉德斯达一同逃走了，冉看到他跑过连接河岸和圣洛朗城堡之间的那座桥。

"感谢上帝给我们带来了胜利。"她说，她做了一个手势，要她的全身是血和尘土的士兵都跪下一同祈祷。

大家都遵照她的命令跪了下来，感恩的歌声升到半空。

"奥利维埃，"冉对年轻的伯爵说，"现在取下艾蒂安的尸体，让我们好为他举行一次和他相称的葬礼。"

奥利维埃恭恭敬敬地完成了这个任务，他抱着可爱的孩子冰凉的身体，放到围墙上，然后流着泪，亲了亲艾蒂安的前额。

"亲爱的朋友，"他说，"你是这样快活，这样无忧无虑，这样可亲；你的心是这样温柔，你的头脑是这样聪明，我一定要为你报仇，我以我母亲的圣洁的名字和我对阿利克丝的爱情向你发誓，我一定会做到。"

接着，奥利维埃清洗死者的脸，在蒙在脸上的尘土和血下面，他又看到了那个真诚的、富有朝气的微笑，在艾蒂安活着的时候，这样的微笑一直使他的脸光彩熠熠。

奥利维埃擦着眼泪，转过身子，他看见在他身旁的冉也在流泪。

"可怜的奥梅特，"她说，"她会多么痛苦啊！"

这时候奥利维埃看见在这个年轻人的脖子上挂着一根小小的金链条。他拉过来，在链条的头上看到一个圆形颈饰，里面有一个女人的肖像。在肖像四周，有两行诗，是用蓝色珐琅写在金底上的，诗句是：

> 阿涅斯有美女的名声
>
> 她就是美丽的化身

"他对我说过他不能爱奥梅特，"在奥利维埃应她的要求给她念这两行诗的时候，冉说道，"你知道肖像上的阿涅斯是谁吗？"

"是的，冉，我认识她。"

"那么，你把这个颈饰交给她，对她说挂着它的人是怎样牺牲的。不过你只能对她一个人说，因为布歇先生的女儿一直不知道艾蒂安爱着另外一个女人。"

"你想得真周到，冉，你到哪儿总是设法把爱心带到哪儿！"

"天快黑了，"冉说，"我们应该回城去了。明天我们要消灭这些英国人，接着我们出发，因为我们还要攻占雅尔热和帕泰，然后王太子才能加冕。"

"唉！"冉擦干了止不住流下的两行眼泪，又说下去，"明天我将会受伤，明天我将会流血，就像这个孩子今天这样！"

"你害怕受伤吗，冉？"

"是的，"她用亲切真诚的眼光望着奥利维埃说道，"是的，我害怕痛苦，如同我刚才那样。"

"请放心，冉，我将在你身边，在你前面，上帝会让我承受原来该你承受的不幸。"

"不，奥利维埃，你不会在我身边。明天我们占领图尔内尔城堡以后，你就要离开了，因为参加这场攻占城堡的战斗，

269

会使你获得荣誉。先生，你将在那儿被封为骑士。"

"是由谁封我？"

"一位高贵勇敢的英国人，此刻他大概不会料到明天他会成为我们的俘虏，他是萨福克伯爵。"

"冉，你说的是真话吗？"奥利维埃高兴地问道。

"你会看到这是事实。图尔内尔攻下以后，你就动身去图尔，国王应当在那儿。你告诉他请他准备好去兰斯，因为上帝的旨意是要他尽快加冕，我也尽早回到我母亲跟前。我派你先去见王太子，因为我知道所有的将领和所有的大臣依旧反对我的主张；他们仿佛接受了使命专门反对我想做的事，可是我会成功的。"

"你不是说，冉，还有雅尔热和帕泰你要去攻占吗？"

"是的，不过攻占这两座城堡是顷刻之间的事，不必要浪费时间。当我占领它们的时候，国王将召集王国里还没有响应他的号召的贵族，以后我们只要去兰斯就行了。这次行军将彻底驱逐英国人，我们甚至不用射出一箭他们便会望风而逃。"

"一切会照你的愿望做的，冉，我明天就动身。"

"我再说一遍，现在我们带着可怜的尸体回城去吧。"

冉下了马，来到士兵和将领当中，他们都在收拾敌人留下的战利品。

"这可是挺不错的活儿吧？"她高兴地问他们。

"是的，冉，干得真痛快。"

"全都拿了吗？"

"全都拿了。"

"只剩下围墙了？"

"当然。"

"那么我们离开吧。"

"要不要留人驻守？"拉伊尔问她。

"留下火，这足够了。"冉回答说。

一小时以后，天完全黑下来，法国人回到奥尔良城，圣洛朗城堡的通红的火光照亮了全城。奥尔良人跑到城墙上鼓掌迎接凯旋的队伍。

冉在城门口看到的第一个人是奥梅特。

年轻姑娘投到冉的怀抱里。

"亲爱的冉，"她说，"我睡了整整一天，可是突然像有一件不幸的事惊醒了我。你没有出什么事吧，冉？"

"没有，我的孩子。"

"可是在欢乐的人当中你显得有些忧郁。"

"奥梅特，你的父亲在哪儿？"

"他在家里，他正等你去呢。为什么你问起他？"

"你去他那儿，孩子，以后我会告诉你我忧郁的原因。"

冉尽力想支开奥梅特，可是奥梅特焦急不安地望着冉的四周，没有离开。

突然她大叫了一声，昏倒在冉的怀里。

她刚看到了四名弓箭手抬着她心爱的人的尸体。

二十八
上帝的愿望

第二天，安葬了艾蒂安。

在六月的一个阳光灿烂的上午，举行了这个悲伤感人的葬礼。

奥梅特苏醒过来了，她整夜坐在安放死者的房间地上，头靠在灵床上，两只手握住他的一只手。

冉进来过两三次。每次奥梅特都回过头来，对她微微一笑，在这样的微笑里渗透出了她整个的灵魂。然后她又恢复了原来的姿势，没有说一句话。

早上将艾蒂安放进棺材里的时候，奥梅特将鲜花和泪水洒遍了可爱的小伙子的全身，然后她剪下自己金黄色的头发，放到棺材里，它好像可以触摸到的一道阳光。这具棺材就要把她视为她一生中的希望的人永远关闭起来了。

死者给带走后，奥梅特仍旧坐在她度过一夜的房间里，双膝夹着合掌的两手，头低低垂下，贴在胸前，眼睛呆滞无神，两大滴饱含着无限痛苦的泪珠出现在她的雪白的眼睑上。

冉已经对财务官谈过，他知道了女儿对在世时的艾蒂安的爱情，他尊重她对死去的艾蒂安表示的纯真的感情。

在附近的一座山岗上，一处太阳一升起就照得到的地方，葬下了阿涅斯的秘密的恋人。

从这天起，奥梅特越来越熟悉这条通往那座山岗的道路，因为每天早上她都要去那绿色的小丘上祈祷，小丘是一座墓。

冉为发生的这些事心情一直无法平静下来，她又穿上盔甲，向上帝祷告，请求上帝使她将要受到的伤不会让她太痛苦，然后她出发去围攻图尔内尔城堡。

一切都同她预言的那样。

她的肩膀上中了一箭，这是特里斯丹射的。

上帝无疑是想让这个年轻姑娘受一次伤来考验她，可是上帝想必很满意，因为冉虽然流了很多血，还是不停地祈求他保佑。

她给抬到离开大路百来步远的地方，她想再骑上马去，但是没有成功，别人解下了她的武装。冉用手去摸使她受伤的箭，这时候才发觉它在身子后面突出有半尺长。她是一名女战士，然而毕竟是个少女，她一向坚强，此刻也有些软弱起来。她有点儿害怕，因此流下眼泪，但是立刻她便不哭了，仰起头，眼睛里发出喜悦的光彩。她的嘴唇颤动着，低声说着旁人听不懂的话。这是她的圣徒们出现在她眼前，他们前来安慰她。

幻象马上就消失得无影无踪，冉重新感受到自己的力量，恢复了信心。她双手紧握住那支箭，从伤口拔了出来。

不过，她还是觉得疼。

这时候有一个人走到她身边，提出可以念几句咒语来减轻她的痛苦。

冉惊慌地向后退，因为她认出了这个人是特里斯丹。

"滚开，"她对他说，"你知道，我宁愿死也不愿触犯上帝。恶魔，你只能伤害我的身体，因为，我对你发誓，不管你怎样搞鬼，你永远伤害不了我的灵魂。"

特里斯丹狂叫了一声，跑掉了。

在这段时间里，战斗在继续进行着，和往日一样，冉不在

场,法国士兵都纷纷后退。迪诺阿这时候来到她身旁说已经下令撤退,她应当考虑怎样撤兵。其他的将领也过来了,于是冉问大家:

"诸位先生,你们的马刺都好吗?"

"很好。"他们回答说。

"马好吗?"

"很好。"

"那么,上马吧!"

"为什么你这样问我们?"加马什爵爷问道,"我们要逃很长时间吗?"

"逃?"她叫起来,"上帝的士兵要逃,先生?不,我问你们马刺好不好,马好不好,不是为了逃跑,而是为了追那些逃跑的人。前进!战士们,前进!你,"她转过身来对年轻的卡尔纳克伯爵说,"你还记得你在去找国王之前应当成为骑士吗?"

图尔内尔坐落在河当中的一道桥上,是一座雄伟的城堡,冉进攻的一面桥已经断了,另一面桥却完好无损,因此英国人能够得到援军的支持,毫不担忧。

冉叫人把一根巨大的木梁丢在断了的桥上面,第一个踏着这根摇摇晃晃的木头冲过去,嘴里不停地喊着:

"杀呀!杀死英国人呀!"

半小时后,图尔内尔给攻下,格拉德斯达给打死了,河里全是尸体,法国人在原野上飞速地追赶逃命的英国人。

在逃跑的人中间有萨福克伯爵,他刚刚看到了他的兄弟亚历山大·德·普尔送了命。追他的人不知道他是谁,可是从他的盔甲看得出来是在和一个有地位的爵爷打交道。追的人就是奥利维埃·德·卡尔纳克。

"快投降!快投降!"奥利维埃对他喊道。

萨福克看到自己被逼得很近，便停下来，朝奥利维埃转过身，掀起头盔的脸甲，好让对方认认自己。他问道：

"你是贵族吗？"

"我是贵族。"奥利维埃回答说。

"你是骑士吗？"

"不是，可是我希望成为骑士。"

"很好，我以我的灵魂保证，"伯爵说，"你会成为骑士的，而且是通过我的手。先生，请跪下。"

奥利维埃在原野当中跪了下来，伯爵用剑身敲了三下他的肩膀，对他说：

"以上帝和圣乔治①的名义，我封你为骑士。"

奥利维埃高高兴兴地回到奥尔良，冉命令在图尔内尔放了一把火以后，领着队伍已经回城了。他把他的俘虏交给她，对她说："谢谢你，冉，是你关照我要装好马刺的。"

"先生，现在你知道还要做什么事。不要耽误时间，尽快地去国王那儿。我们在这段时间里，如同我对你说过的，会攻占雅尔热和帕泰。国王要尽快启程，我将在吉昂②赶上他，并且立即送他去兰斯。先生，把这些情况向他一一禀告，请他不要犹豫。"

奥利维埃在当天带了一支人数很少的护卫队出发了。在出发前，他给他母亲送去一封信，叙述了最近发生的事情，不过他有意地没有提他和特里斯丹的对打和交手中对方说的那些奇怪的话。

冉刚才那样决定是有道理的。再没有时间可以耽误，国王应当尽早利用他的敌人目前所处的困境和他的百姓的热烈情

---

① 圣乔治，是英格兰守护神。
② 吉昂，在奥尔良东南的一城市。

绪这样的好条件。

　　卢瓦尔河两岸的敌人都肃清了。只要一听到冉这个名字，穿着英国盔甲的人便没命逃跑。这真是不可思议的事情！在她自己的军队里，正像我们曾经见到的，冉受到怀疑，被人反对；而在敌人的军队里，却没有一个人怀疑她的使命是真是假。英国士兵仅仅看到她的军旗就不战而逃，仿佛是上帝在追赶他们一样。

二十九
国 王 加 冕

　　国王在图尔的朝廷和他在希农时的朝廷完全不一样。以前是贫乏穷困和受到冷落，如今是穷奢极侈，天天像在过节。

　　长期以来上帝总是创造一个个奇迹让这个国王过上安稳的日子，给他派来一个圣洁的少女保卫他，又给了他一个正直的人前来帮助他。

　　这个人是雅克·科尔，是一个富有的商人，他的船只布满了地中海和大西洋。他成了国王的财政总裁，条件是要源源不断地供应金钱。

　　因此情况变得不能再好了。

　　拉特雷莫伊夫妇是国王的两个亲信，始终不离他的左右，他们顽强地与阿涅斯和玛丽·德·安茄两人的影响作斗争。这样的影响来源完全不同，但是它们却难以想象地联合起来，因为做情妇的希望爱她的情人幸福，王后呢，也希望她爱的丈夫事事如意。

　　至于国王，生性懒散，耽于情欲。上帝在他的对待王权的意图里几乎是无可奈何地要彻底改变国王，终于使对他的幸福必不可少的所有成员生活在一起。在生活中的通常情况里，这些成员似乎应该是水火不相容的。

　　这几个成员是他的情妇，他的妻子，以及他的儿子。

　　阿涅斯爱查理，她的心里充满对国王的爱情，也充满着对王后的尊敬。玛丽·德·安茄也同样痛苦，以后成为路易十一的小王子常常会无意中发现他的母亲在黑暗中暗暗流泪。虽然他人还小，但是在他的头脑里已经萌发出过人的智慧和敏锐的判断力的幼芽，因此，以后他能成为君主政体中的最好奇和最卓越的君王中的一个。他当然猜得到他的母亲为什么流泪，做子女的对母亲的爱使他的心中产生一种对阿涅斯·索雷尔的深刻的仇恨。国王的这个情妇知道这些，她天生像天使一样的温柔，所以无数次地企图赢得这个难对付的年轻人的心，可是她的努力至今毫无结果，孩子甚至不由自主地把对阿涅斯的仇恨转移了一小部分到他父亲身上。阿涅斯有时也会为了她造成的不幸而悲伤，但是她觉得自己没有力量放弃国王。她太爱他了。而且，在所有包围查理的不良的影响当中，这种放弃几乎是一种错误的行动。当她万分悲伤的时候，她去找雅克·科尔，这个正直的人给了她一些建议，并且竭力安慰她。

以上就是奥利维埃来到图尔的时候查理七世的宫内生活。

他在王宫的一间偏僻的房间里见到了国王，国王正准备出门打猎。

阿涅斯在他的身边。

"啊！先生，是你。"查理立刻就认出了奥利维埃，对他说道。

"陛下，是我，"奥利维埃跪下说，"我受冉的派遣，前来向陛下禀报您的军队的消息。"

"这些消息……"

"都是好消息，陛下。"

"那么，奥尔良被围的情况呢？"

"它已经解围了，此刻冉已经占领了雅尔热和帕泰，这是陛下去兰斯之前需要攻占的最后两座要塞。"

"那些英国将领现在怎么样啦?"

"格拉德斯达给打死了,塔尔博特和福斯泰夫逃掉了,萨福克成了俘虏。"

"是谁这样漂亮地抓住他的?"查理高兴地问。

"陛下,是我,"奥利维埃回答说,"这个伯爵就地把我封为了骑士。"

"先生,请亲它一下。"国王对年轻人伸出手,说道。

奥利维埃亲了亲国王的手。

"再派我来觐见您,陛下,"他说,"是为了对您说不要耽误时间,恳求您立即启程去兰斯;许多已经重返您身边的士兵将护送您,如果在路上遇到还在反抗您的城堡,他们会帮助您拿下它们。"

"再说得很对,亲爱的陛下,"阿涅斯说,"她曾经为你做了许多事,你应该接受她的忠告。"

"也许你有道理,可是我还应该问问我的大臣们的意见。"

"您的大臣们会对您说要等待一些时候。"

"那将是一个错误,陛下,"奥利维埃赶紧接上去说,"因为在您犹豫不决的时候,贝德福德将会给英国国王加冕,谁知道您还要花多少精力和时间来和一个比您强的国王作战,因为他已经加了冕。陛下,您知道,您的这次加冕仪式在百姓的心里有多么大的意义。请赶快吧,这是上帝选定的人派人来告诉您的,这是您的最忠心的仆人在请求您。"

"查理,您要信任这位年轻人,"阿涅斯搂住了国王的脖子,说,"我希望照他的话做,我恳求您,我想要这样。"这个女人说这几句话的语调,好像低声下气地苦苦哀求时用的一样。

279

"你的这个愿望和你所有的愿望一样就会实现，阿涅斯，你要我什么时候动身？"

"明天。"

"你陪我去吗？"

"只要您准许，陛下。"

"查理没有阿涅斯做伴，能行吗，哪怕只是一次！好啦，打猎推迟到我们回来再说吧，延期只会使我打到更多的猎物。"

"不错，陛下，请下令准备出发的事，因为我迫不及待地想看到有一天太阳升起的时候，我心爱的国王将真正地成为国王。"

"再见，奥利维埃，"查理亲热地说，他抚摩着站在他拳头上的隼，走开了，"谢谢你带来的好消息。"

留下奥利维埃和阿涅斯在一起。他走近她，声音激动地对她说：

"夫人，我要在您面前完成一项令人悲痛的使命。我会给您带来悲伤，而您是如此善良，爱心使您全身闪出光辉。"

"究竟是什么事？"阿涅斯不安地问。

奥利维埃从胸前拿出他在艾蒂安的尸体上发现的那个颈饰，交给阿涅斯。

"我的像！"她叫了起来，"这幅像怎么会到了你手中的，先生？这幅我也没见过的像是从哪儿来的？"

"夫人，这不是您送给艾蒂安的吗？"

"是他给你的？"

"不是。这是我抱起他以后在他身上发现的第一件东西。"

"他受伤了！"阿涅斯叫了起来，脸色变得苍白。

"夫人,他死了,他为了保护我而牺牲了。"

"艾蒂安死了,可怜的孩子,我像爱一个兄弟那样爱他!"

"他爱您远远超过像爱一个妹妹,因为他临终的时候,嘴里喊着您的名字,夫人。"

阿涅斯无力地倒在一张椅子上,两手抱住头,大哭起来。

"可怜的孩子!"她连声喊道,"可怜的孩子!谁能预料得到我会这么早地知道他死的消息!我们间的感情是多么美妙多么纯洁!他的心是多么高尚,他的性格是多么可爱!啊!请你告诉我他安息的地方好吗?我要去瞻仰他的墓,我要把他的遗骸送到我洛什的城堡里,让生前如此爱我的亲爱的孩子死后长眠在我以后长眠的地方。"

奥利维埃望着阿涅斯,他心里想是什么原因把她和艾蒂安联系到了一起。

阿涅斯无疑懂得他的眼光的含义,所以她对奥利维埃讲了她和年轻诗人的关系。这些我们都已经知道了,她又告诉奥利维埃,因为对她的爱情,他成了国王的亲信和爱情上的顾问。

"夫人,"奥利维埃说,"我请求您为一个人做出一次牺牲,这个人也热爱艾蒂安,只是她的爱情和您的完全不一样,因为您在他的身上看到的仅仅是个朋友,我对您说到的这个人却希望他成为未婚夫。"

奥利维埃对她讲述奥梅特对艾蒂安产生的爱情,艾蒂安对冉说的知心话,吐露他另有心爱的人,不过没有说出唤起他的爱情的人是谁;冉知道艾蒂安会死去,她想法让奥梅特尽可能迟地听到这个死讯,因为这会使她太不幸了。

读者想必还记得经过情形是这样,冉给雅克·布歇的女儿喝了吉尔·德·雷斯本来为她准备的麻醉药,可是爱情的力量比睡眠强大，少女被一种神秘的预感惊醒了，她来到奥尔良的城门口，当时人们正好把死去的年轻人带了回来。

"你要我做什么牺牲？"阿涅斯问。

"让艾蒂安长眠在我们把他安葬的山岗上吧。请想想，夫人，这座墓是一个可怜的女孩的最后的安慰，由于再没有将艾蒂安心中的秘密告诉她，她相信如果年轻人活着的话，会爱她，而且成为她的丈夫。死亡使她成了艾蒂安的未婚妻，如果从她那儿移走这座墓，她会痛苦得死去的。"

"你说得有理，"阿涅斯说，"他是属于她的。我以后在他的墓上撒些鲜花就满足了，因为我有对往事的回忆和死者的信仰。是的，这个孩子爱我，而我一向对他只是像一个姐姐一样，他的痴情程度超过我，我可能将一切都交给一个人却不爱他。女人们的命运是多么奇怪啊！如果我不是爱法国国王查理，而是爱一个微末的贵族艾蒂安，谁知道我就不会更幸福呢；先生，因为我现在并不总觉得幸福，因为有人恨我，有人诽谤我。如今上帝带走了我唯一的知己，我只有跟他才能随意地谈我的希望和我的悲伤，我的喜悦和我的忧愁。"

"愿上帝的意愿得以实现，"阿涅斯沉默了片刻后又说道，"他将怜悯和安静赐给了我哀悼的亲爱的朋友的灵魂。"

这时候，查理七世回到奥利维埃和阿涅斯待的房间。他悄悄向阿涅斯走近，而她却没有听见他走来。查理看到她拿着一幅画像，便轻轻地在她的肩膀上伸出手去，笑着夺走了那个颈饰。

阿涅斯大叫了一声，她感到意外，几乎有点儿害怕。

"这幅可爱的画像是谁画的？"国王问道，"还有这两行动人的诗是谁写的？"

"陛下，是艾蒂安。"阿涅斯回答道。

"他一直爱着你对吧?"

"唉,他不再爱我了!"

"这么说,他对你不忠实啦?"

"不,陛下,他死了。"

国王的脸色变得苍白。

"这是怎么回事?"查理激动地问道。

奥利维埃讲述了年轻人是怎样死的。

"可怜的朋友!"国王说,两行热泪在双颊上往下流。

"谢谢您流的两行眼泪,陛下。"阿涅斯头靠到查理的肩膀上说。

"现在我能和谁谈论你呢?"国王擦擦眼睛说,"谈论你,可怜的阿涅斯,因为我爱你,这儿所有的人都恨你。说真心话,我太不幸了,失去一个朋友比不能高兴地重新得到我的王国更叫我懊恼。"

"先生,你看国王心肠多么好,"阿涅斯转过身来很自豪地对奥利维埃说,"他将做出许多伟大的事情,因为一位哭得如此真诚的国王当然能够做出极其高尚的行动。擦干您的眼泪吧,陛下,既然您不能再和艾蒂安谈论我,那就和我谈论他。"

查理亲了一下阿涅斯的前额,然后对奥利维埃说:

"先生,你可以回去了,你去冉那儿,告诉她,明天我们出发去和她会合。"

奥利维埃告退了。第二天,如同国王许诺的,他带领已经来到他身边的全部将领上了路,并且派出一些信使去各地催促迟来的人赶快前来会合。

冉到了图尔以后,国王就命令她立即去见他。冉和平时一样非常恭敬地来了,跪在他的面前。

　　"最敬爱的陛下，"她说，"您看到，依靠上帝和您的仆人的帮助，您的事业至今一直进行得十分顺利，您应该感激上帝，因为是上帝促成了这一切。现在您要准备动身去兰斯给敷圣油和接受加冕，像您的祖先从前的法国国王那样。正如我要我的使者对您说的，这个时候已经来到了。事情完成上帝会高兴的，因为这将给您带来极大的好处。举行祝圣仪式以后，在法国百姓心目中，由于对您的尊敬，您的名声将更加响亮，同时也更加使敌人害怕。他们还占领着香槟地区的一些城市、城堡和要塞，您应该经过那儿，不要迟疑，也不要害怕。因为有上帝和您的优秀的将领的帮助，我们会送您平安地过去的。"

　　再说得对，要通过的地区全是敌人，所以国王听了一些新的汇报和新的建议，依旧有些犹豫不决，他提出先出征诺曼底，然后再加冕。

　　"以上帝的名义，"再回答他道，"立刻加冕，否则我不再能帮您了。"

　　"为什么呢，再？"国王问。

　　"因为我待的时间不能超过一年。"再忧郁地摇着头说。

　　"这是怎么回事？"国王说，"在这段时期，你会发生什么事？"

　　"我不知道，"再回答说，"我的'声音'没有对我说过，不过我的使命肯定只限于为奥尔良解围和送您去兰斯加冕。我们动身吧，高贵的王太子，我请求您，因为这是上帝的意愿。"

　　他们启程了。

　　再说，国王在他周围聚集了一支他以前从来没有的强大力量。他的声望越来越高，于是向他效忠的人从四面八方又回到他身边。上帝明确地表示过只有无神论者才不支持君主政体。

这支队伍不大像是出征，而是像在举行凯旋仪式。

此外，这是值得好好看看的情景，处处又重新表现出了对国王的敬爱，时时刻刻都有新出现的爵爷来参加国王的军队。每个人都把能成为这支军队中的一员视作极大的光荣。不少非常高贵的骑士，因为战争破了产，没有钱再买良好的战马，他们如今只好骑着随便找到的马，好像弓箭手或者执长枪的步兵一样入伍。在这许多人当中，没有一个人对这次行动会得到成功产生丝毫怀疑，冉在这个时候被看作是一位确实受到过神灵启示的圣女。冉呢，她一直全副武装，骑马走在队伍最前面，如同一个作战的将领一样，任何劳累困苦她都不怕，出发时她是第一名，归营时她总是最后一个；她有条不紊地率领她的队伍，连拉伊尔和凯桑特拉伊都不可能做得比她更好。将领们和士兵们看到冉每经过一座教堂都要进去祈祷，每月一次忏悔和领圣体，对她这样严守规矩，都万分钦佩。

只要看到圣女的军旗出现，所有城市都一一投降。

奥凯塞尔付了一笔赎金，国王只得了极少的一部分，拉特雷莫伊依照宠臣的旧有惯例，拿了六千埃居，放进了他的腰包。冉知道后大为震怒，因为她的士兵的军饷拖欠至今，现在每人只拿到了一个埃居。

在特鲁瓦，发生了另一回事。

四五个月以前，有一个叫作里夏尔的方济各会①修士，他是站在国王一边的，他在各处布道，有一天在特鲁瓦逗留，每次布道他都用这段话结束：

"你们要普遍地种蚕豆，教友们，普遍地种。这是我对你们说的，因为收割蚕豆的人不久就要来了。"

_____
① 天主教托钵修会之一。

大家对里夏尔修士的学识完全信任不疑，人人都照他的话做，种下了蚕豆。蚕豆熟了，查理七世在收获的时候到了这儿。很明显，他就是修士所说的收割的人。虽然英国人允诺要抵抗，但是忠于国王的一派，也就是有产者的一派都准备一有机会便打开城门，迎接查理七世。

大军在城外扎下营来，士兵们发现蚕豆长得好，都来帮助收，正像预言说的那样，而且每天都大吃蚕豆。

但是蚕豆越吃越少，士兵们面临饥饿的危险。因为尽管军队答应农民付给他们带来的食物的钱，而农民常常拿不到，因此他们不再愿意相信这些许诺了。

将领们开了一个会，和以往一样，避开了冉。拉特雷莫伊看到在特鲁瓦一点儿好处也没有得到，他急于早点休息，干脆提出撤围，说围城徒劳无益，因为他们没有攻城武器，还是回到卢瓦尔河对岸去。他又说，大家盲目地信任冉，因此陷入了如此的困境。

每个人都发表了意见，所有人都同意拉特雷莫伊的建议。

唉！人总是这样，早上坚信不移，晚上却疑心重重。没有人能像冉一样显示那么多奇迹，也没有人能像冉一样容易被人猜疑。

只有一个人有勇气表示了和全体相反的意见，这个人是罗贝尔·勒·马南，国王的前掌玺大臣。

"尊敬的陛下，"他对国王说，"冉曾经保证我们会到达兰斯。冉并没有欺骗我们。我认为在作出一项决定之前，我们应该问问冉。"

"说得对，先生！"冉正好走进来，她向说这话的人伸过手去。"是呀！"她继续说，"大家在这儿讨论了一些重大的事情，我没有在场。陛下，这对您很不利，因为，如果说您听到的建议是正确的话，那么我的建议要更正确。陛下，我要说的话还会有人相信吗？"

"冉，不要有半点疑虑，如果你说的事情是可能做到和合情合理的话。"国王回答道。

她朝那些出席会议的人转过身来。

"我再说一遍，有人相信吗，诸位先生？"她对他们说。

"这要看你说的是什么，冉。"掌玺大臣说。

"那好！尊敬的王太子，要知道，"冉说，"这座城市是您的城市，如果您耐心等三天，三天以后，凭着爱或者凭着武力，它就会属于您。"

"对你说的话，你拿出一个证据来，冉。"

"天哪！我既没有证据也没有预兆可以表明我说的是真话，只是我对我的'声音'抱有信心。但是，我想我从来没有说过谎，过去没有，今天更不会。"

"很好！愿一切照你所希望的那样能成为事实，冉，"国王说，"不过，你承担的是一个重大的责任。"

"既然让我去做，我完全负责。"

冉向国王行了屈膝礼后，立刻离开了会场，她上了马，手上拿起一根长枪，奥利维埃自愿举着她的军旗，跟在她的后面。她吩咐士兵们找来柴捆、木梁，甚至门、窗等等，全丢在沿城的壕沟里，好从上面走到城边上，并且在离城墙尽可能近的地方安放一门小射石炮①和几门中等口径的炮。她又下了一些非常精确、非常简明的命令。即使她从来没有做过别的事，仅仅从指挥围城这一点来看，就使所有人赞叹不已，尤其是那些地位低下的人，他们虽然没有高贵的人那样有知识，却坚定地信

---

① 射石炮是中世纪的一种臼炮。

任冉。

特鲁瓦城里的人看到攻城的行动正在准备, 都聚集在城墙上, 议论纷纷。

在他们中间, 有一个人, 身材高大, 身上的盔甲在阳光下发出亮光。虽然他放下了脸甲, 可是冉仍旧认出了他, 她叫道:

"又是你, 特里斯丹! 可怜的丧家狗, 难道你从不会后悔吗?"

"你进不了兰斯, 冉, 不论你有多么强大的兵力。"特里斯丹回答说。

"所以我不需要用我的军队来攻占城池。撒旦给我送来的敌人越是厉害, 上帝教给我使用的方法就越加简单。你瞧着吧。"

冉一面说一面摇动她的军旗, 一大群白蝴蝶, 在她四周飞来飞去, 片刻之间, 她就给这片活动的云遮起来了。

城里的居民看到这个场面, 再也待不住, 大声叫喊奇迹奇迹。他们对英国人说, 再对抗下去会触犯上帝, 于是他们自己打开了城门。冉进了城, 她的轻盈的白色同伴陪送她, 一直不离开她, 直到国王接受城市归顺, 它们才在蓝天下散开。法国人从一道城门进来, 同时英国人从另一道城门出去。

特里斯丹给刚才亲眼看到的奇迹吸引住了, 恍恍惚惚地最后一个出了城。

冉远远地看到他离开, 因为她能从许许多多人当中一眼就认出他来。

"他以前不相信我, 现在他不相信他自己了, "她喃喃自语地说, "在这个人的心里也有一点点想改过的念头。"

特里斯丹沿着他离开特鲁瓦时走的那条路走了一段时间以后, 进了路边的一处小树林, 在一条小河边坐了下来。他的马和狗饮着河水，他无力地垂下脑袋，双手抱住它，开始了深思。

在荆棘丛里响起了一阵轻微的响声。特里斯丹朝发出声音的方向望去，发现一只小黄鹿在畏畏缩缩地向前走来。

特里斯丹第一个念头就是要向小动物射一箭，他甚至准备射了，可是正当他要射的时候，小黄鹿对他转过头来，用很古怪的表情望着他，特里斯丹平生第一次懂得了不伤害生命的乐趣。他把弓箭扔到脚下，又坐了下来，他也无法解释自己的内心何以会如此激动。

小黄鹿逃走了，托尔和布朗达去追它，特里斯丹把它们叫了回来，要它们躺到他两旁。

他在小河边一直待到晚上，一直待到月亮上升。

特鲁瓦全城沉浸在一片欢乐中，因为重新回到法国人手里，到处喜气洋洋，喧闹声送到了他的耳中。

这时候他看到一个庄稼人唱着歌向特鲁瓦走去。

特里斯丹走到这个人身边，问他道：

"你这样唱着歌去哪儿？"

"我去特鲁瓦。"

"去干什么？"

"去找我的妹妹，她是今天进特鲁瓦的。"

"你的妹妹叫什么名字？"

"冉·达克。"

"你呢？"

"我叫皮埃尔。她叫人写信给我，要我到兰斯和她见面，但是既然我在这儿能找到她，我更喜欢早一点见到她。我和她一起去兰斯，然后带她回家。"

"你带她回家？"

"是的，国王加冕以后，她想回董雷米。"

"她回家后做些什么呢？"

"她做她以前做的事，她放我母亲的羊。"

"谢谢，我的朋友，继续赶路吧，祝你好运。"

"愿上帝保佑你，骑士先生。"皮埃尔唱着歌又上了路。

"我效力的是一件非正义的事业，"特里斯丹一个人的时候，他低声对自己说道，"这个少女明显是一位神圣的少女。"

他觉得两眼涌上了泪水，他从来没有流过后悔的眼泪。但是自从艾蒂安死去后，他常常陷入深深的忧郁，因为当他睡觉的时候，无辜的孩子的影子经常扰乱他的睡眠；当他醒着的时候，又侵扰他的思想。

艾蒂安是特里斯丹杀害的第一个人。

在皮埃尔的人影消失在阴暗的路上之后半小时，一个从城里出来的人骑马路过这儿。

这是一个奥利维埃派出给他的母亲和阿利克丝送信的使者，他要告诉她们俩他不久便可以回家了。

特里斯丹像问皮埃尔一样地问他，使者相信对方是一个法国骑士，就如实回答，如同皮埃尔那样。

可是这一次特里斯丹没有祝这个过路人好运，而是立刻离开他，骑上了巴力。

"好极了，"一个声音在他身边说道，"瞧你又恢复了理智。"

特里斯丹转过头去，看见了在小河对岸的撒拉逊人。

"你知道吗，"那个幽灵笑着说，"我看到你那样多愁善感，眼泪汪汪，几乎认为你要去当修道士了。"

"不，朋友，请放心，我永远都是属于你的。"特里斯丹回答说，刚才遇到的这个人使他的仇恨之火又燃烧了起来。

"说得好，因为我们就要达到目的啦。"

"你这是什么意思？"

"再过一个月，世界就要属于我们，因为再过一个月，上帝的使者，冉，将要犯一个错误。"

这一次撒拉逊人说对了。

收复特鲁瓦的第二天，冉又上了路，在国王加冕之前，她是不愿意休息的。不久她就到了香槟的夏龙城外。一路上大家有些担心在这座城市里会受到怎样的接待，可是在到达城下的时候，国王看见城门全打开了，当地最显要的人物都来迎接他，走在最前面的主教，请求让他们宣誓表示顺从。

在七柳城遇到的是相同的情况，有两个英国将领在这儿驻扎，不过在法国军队来到之前，他们就撤离了。

这座城距离兰斯只有四法里远。大家商妥在城里只稍稍休息一下，明天一早，国王和大主教一起动身去兰斯接受加冕。为了在保管圣油瓶①的圣雷米的修道院长身旁履行必要的仪式，他派布萨克元帅、雷斯爵爷、格拉维尔爵爷和居洛海军元帅提前出发。这四个人带着他们的军旗，在许多人护送下去见圣雷米的修道院长。国王的使者到了修道院后，发了誓保证送院长和他保管的珍贵的圣物去兰斯，再安全地送回来。然后他们上了马，四个人走在柩衣的四角，修道院长在柩衣底下虔诚地庄严地走着，他的恭敬的样子，仿佛他手上捧着的是耶稣基督宝贵的身体一样。他们就这样向前走，身后跟着一大群百姓，一直走到圣雷米教堂，在这儿停了下来。兰斯的大主教，穿了他的主教服，由他的议事司铎伴随着取过圣油瓶，他亲手拿着进了大教堂，将它放到大祭台上。四个负有保卫之责的贵

---

① 圣油瓶，是旧时法国国王加冕时用的，国王身上要抹圣油。

族也全副武装骑着马进了教堂，到祭坛前面才下了马，不过左手依旧拿着缰绳，右手则握着出鞘的剑。

接着，国王到了，穿着华丽的服装，四周挤满了无数的贵族和百姓。他们热烈地欢呼，欢呼摆脱了混乱的局面，欢呼敬爱的王子回来。

查理七世跪了下来，阿朗松公爵封他为骑士。

冉站在国王身旁，她的白色军旗的影子遮在国王身上。

在场的有克莱蒙伯爵，博马努瓦尔爵爷，拉特雷莫伊爵爷，马伊埃爵爷，他们穿着王宫的服装，代表没有参加加冕礼的法国贵族。

在所有这些大贵族当中，有一个位子空着，没有来的是里什蒙伯爵。虽然冉一再请求邀他参加，但是国王不同意。

典礼开始了。

大主教走到查理面前，两个教士站在他的两旁，他替所有属于王权的教会向国王提出以下的请求：

"我们请求您准许我们每个人和托付给我们的教会保持符合教规的特权、已有的戒律和公正。请求您承担保护我们的责任，正如一位国王应向每个主教和托付给主教的教会做的那样。"

国王没有站起来，光着脑袋，回答道：

"我答应请求。"

于是两个教士把国王从他坐的安乐椅上扶起来，他们指着站在那儿的查理，对在场的人，对百姓，对聚集在面前的广大人群说：

"你们对国王有什么要求？"

"我们拥护他，我们需要他，永远不变。"全体民众一致地喊道。

欢呼声从四处响起。

重新静下来以后，大主教向国王递过去《福音书》，国王把手放到上面，用有力的嗓音高声说道：

"我以耶稣基督的名义，向服从我的基督教徒百姓保证：

"首先，在任何时候，让基督教徒百姓保持上帝的教会的真正的和平。

"禁止掠夺和邪恶行为，不管是什么人。

"在所有的审判中，坚持公正和力求仁慈，为了使宽大为怀的上帝愿意垂爱你们和我。

"对于以上所述几点，我宣誓保证做到，上帝和神圣的《福音书》将给我帮助。"

当国王说这些誓言的时候，在祭台上已经放好他在加冕礼中应当穿戴的衣服和饰物。

接着，有人替他脱去身上穿的银色布长袍，穿上刚刚拿来的衣服。那可是奇迹般的衣服，因为从没有人订做过，是在兰斯的国王卧室里发现的，谁也没有看见是什么人把它放到了那儿。

查理开始祈祷，他跪着的时候，兰斯的大主教走到他跟前，手上拿着一只盛圣油的圣盘。他用右手拇指开始给国王敷圣油，说了下面一段话：

"我以圣父、圣子和圣灵的名义，用圣油给您，我们的国王祝圣。"

随即那两个教士解开国王的衬衣和短上衣上的扣子，大主教先在查理的前额上画了几下十字，现在对着他的胸膛画，接着是在两肩当中，右肩上，左肩上，再是胳臂关节上。在这段时间里，合唱队唱着歌：

　　"萨多克教士和拿单先知①为锡安②的所罗门王加冕，他们走到他面前高兴地对他说：'国王万岁！'"

　　最后，大主教把王冠放到国王的头上，在教堂的拱顶下响起了同一个叫喊声："万岁！"这是从所有人的胸膛兴奋地发出来的，接着，突然响起了喇叭声，没有人摇动；钟声自动响亮地响了，宣告查理七世终于加冕成为法兰西国王。

　　从这时候开始，英国人的自负和贝德福德的政府都完蛋了。

　　法国人的心中对于君主政体的神圣事业充满热情和热爱，而英国人只是用流血来维持他们的统治。

　　冉高兴得不禁流下眼泪，她对自己说：

　　"是我完成了这一切。"

　　同时响起了欢呼声"冉万岁！"，声音震动了教堂的拱顶。

　　冉的哥哥对他看到的场面一点儿也不理解，他看到自己的妹妹成了众人尊崇的人时只会像她一样流泪。这时冉握着他的手走到国王跟前，她跪下来对国王说：

　　"尊敬的陛下，现在上帝的意愿已经实现了。您刚才接受了您应得的王冠，说明了您是法国唯一的、真正的国王，王国应该归您所有。现在我完成了使命，我在宫廷里或者军队里已经无事可做。请准许我回到我的村子里，回到我的父母亲身边，让我过适合一个卑微可怜的农家女的生活；如蒙恩准，我将对陛下无限感激，这比命名我为仅次于王后的法国最尊贵的女子更叫我高兴。"

　　"冉，"国王很久以来就预料到她会提出这个请求，回答道，"今天我能得到这一切都应该归功于你。五个月前，你在希

────────────

①　为《圣经·旧约》中的人物。
②　锡安，耶路撒冷的一座山，常被用作耶路撒冷城的别名。

农遇到我的时候，我没有钱，没有权势。现在在兰斯你使我变得强大，获得胜利。你是主人，你本可以命令而不用请求。但是，在我们目前所处的情况下，在你对我的军队的影响到达顶点的时刻，冉，你的退隐对于王国的利益是一个重大的打击。因此我求你不要离开我，因为你是法兰西的守护天神，如果你走掉，我的幸运也会随着你跑掉的。"

接着他转身对被冉握住手的她的哥哥说：

"皮埃尔，我应当为冉对我的忠诚效力给你的家里留下一个纪念。从今天起，你就是和我的最大的贵族一样的贵族，你将有一个几乎跟王室相同的盾形纹章，因为上面闪耀着法国的百合花徽。"

皮埃尔跪了下来。

"留下来吧，妹妹，"他低声对冉说，"我不离开你。"

"愿您的意愿能够实现，陛下，"圣女回答说，"因为一个像我这样的可怜的姑娘，是不能对抗一位像您这样有权势的国王的。然而，我的'声音'对我说，要我今天就动身。这是我第一次没有服从它，我非常担心我会遇到不幸。不管上帝决定今后会发生什么事，陛下，我留在您的身旁。"

无数表示感激和高兴的叫喊声响起以示欢迎冉这个回答。国王的随行队伍离开了金碧辉煌的教堂，欢天喜地地分散到城市的各个地方。

就在这天晚上，一个穿着农家女衣服的年轻姑娘走进一座教堂，里面有不多的教徒正在祈祷。

年轻姑娘走到在右边的第一堆人跟前，碰了碰祈祷的和她同样年龄的姑娘的肩膀。

"此时此刻你在为什么人祈祷？"她问。

"为我的母亲。"这个姑娘回答说。

“很好，祈祷吧。”问话的姑娘说，她又往前走。

她再问一个在她左边的一堆人中跪着的老人，声音十分柔和：

“你为什么人祈祷呀，老大爷？”

“我的孩子，为王国的繁荣昌盛祈祷。”老人回答说。

“继续祈祷吧，好心的人，”年轻姑娘说，“上帝会听到的。”

最后她走到一个俯伏在祭坛前面的老大娘跟前。

“你为什么人祈祷呀，可敬的大娘？”她问。

“为我的女儿祈祷。”老大娘回答说。

“请你同时也为我祈祷吧，因为我远离我的母亲，我是一个非常不幸的姑娘。”

“你叫什么名字？告诉我，我可以让上帝知道。”

“别人叫我冉。”年轻姑娘回答说。

她在这个母亲旁边跪了一会儿，然后拥抱了她，好像她拥抱自己的母亲一样。后来她离开了教堂。在门廊下面有两个人影等待她出来。他们和石头塑像混在一起，变得模糊难辨。

“希望永远存在，但是信仰不再有了，”这两个人影中的一个对另一个说，“再鼓起一点儿勇气来，特里斯丹，这一次我向你保证，她将属于我们了。”

结　局

1431年2月20日，卢昂的一座很高的塔楼四周拥挤着许许多多人，塔楼的进口由英国弓箭手守卫着，他们竭力让众多的来参观的英国人、法国人和勃艮第人有次序地进入，这些人从早到晚在门外一直吵吵嚷嚷不停。

在塔楼里面等待好奇的人参观的场面确实值得大家为此丢下手上的活儿，挤得喘不过气来看看。

在一间大厅当中，放着一只大铁笼，给两把挂锁和一道锁锁得牢牢的，笼子里蹲着一个身穿盔甲的女人，她的小腿下部紧紧套着铁环，铁环连接的链条缚在笼子铁杠上。

这个在人群的凌辱声中祈祷的女人是冉。她是在贡比涅被旺多姆的私生子利翁内捉住的，然后被交给了卢森堡爵爷，他又把她卖给了英国人，拿了一万镑，等于我们的七万法郎。

卢森堡爵爷让·德·利尼是当时最优秀的骑士之一，在那个时代，骑士制度是那样完美，名誉是一种不可侵犯的保护物，怎么会发生出卖像冉这样的女人的事呢？如果一种卑劣的行为可能得到解释的话，以下便是理由。

当然，虽然卢森堡爵爷是勃艮第公爵的附庸①，但是如果取决于他一个人的话，他是决不会把冉交出去的；何况公爵夫人和她的女儿对这个别人告诉她们是个女巫的卓越的女英雄，开始是十分钦佩，以后又产生了友谊。她们发现她是一个圣女。

---

① 附庸，又称封臣，封主分封土地给附庸，附庸要为封主尽一定的义务。

不幸的是，如果说公爵对冉有些同情的话，但是从他的个人利益出发，他反对冉。

他是个好心人，但是他很穷；他很穷，但是他爱钱。他属于卢森堡的高贵家族，他是亨利七世皇帝①和波希米亚国王约翰②的亲戚，因此他要求别人能照顾他。但是他是子女中最小最小的一个，为了不必担心他以后的财产问题，他设法使自己成为他的姑母的唯一继承人，这位姑母是利尼和圣波尔的富有的夫人。这件事自然损害了他大哥的利益。

不过，那位高尚的夫人还活着，在等待上帝乐意召唤她去以前，让依旧没有钱。于是他不得不用一切可能想到的办法讨好勃艮第公爵，在关于他继承权的问题上，这个评判人只消说一句话就会毁了他。他同样不愿意和英国人发生矛盾，因此他更加怨恨冉。冉的身体不在战场出现，可是她的精神继续在和英国人战斗，因此他们不论在哪儿作战，总是挨打。

温切斯特领导着所有的事务，格洛塞斯特在英国不再有一点儿权力了。贝德福德已经给免除了在法国的职位，他只好受勃艮第公爵各种各样的反复无常的脾气的摆布。公爵供给他维持入侵必需的费用，这个人是十足的高利贷者，他要摄政付给他高额利息。

对英国人来说，重要的是要证明冉是魔鬼派来的人，并且使小国王在圣但尼加冕。这样一来，查理七世就只是撒旦封的国王，而亨利才是真正的上帝的国王。

要达到这个目的，就得对冉起诉，为了得到冉，卢森堡爵爷让得把她交出来。不过，他重视的古老的骑士制度拒绝这

---

① 亨利七世，德意志国王（1308—1313），神圣罗马帝国皇帝（1308—1313）
② 是亨利七世皇帝的儿子。

种美其名为交易的背叛行为。

　　教会参与了这件事,宗教裁判所[①]的代表从卢昂发出一封信催促让·德·利尼和勃艮第公爵交出这个被控告有妖术的少女。巴黎大学也和教会联合起来,博韦主教皮埃尔·科松声称冉是在贡比涅被捉住的,是在他的管区被捉住的,他和巴黎大学联合后,决定由主教和巴黎大学共同审判冉,虽然宗教裁判所的诉讼程序和教会的普通法庭的不一样。

　　这一切安排得十分妥当,可是让·德·利尼一直看守着女俘虏,因此在诉讼过程中没有被告。

　　皮埃尔·科松,是巴黎大学里很有威信的神学家,直到如今,他都被人看作是一位正直的人。这时他充当了英国人的谈判人,向卢森堡爵爷送上了一万镑,也就是说一个国王的赎金,要他将冉交给他,并且保证说,如果诉讼结果认为她没有罪,会把她还给他,不要他退钱。正像大家看到的,英国人完全有把握定她的罪。

　　利尼爵爷首先把一万镑放到天平的一只盘里。他的利益完全站在英国人一边,站在和勃艮第公爵的友谊一边,也就是说,诉讼胜利,他便能得到圣波尔的那位夫人的遗产。因为自从英国人禁止英国商人进入荷兰市场,割断了菲利普的一路财源以来,勃艮第公爵就同意交出冉了。在天平的另一只盘里,让放上他自己的荣誉,他妻子的祈祷,还有他女儿的眼泪,他觉得这一切的重量和我们刚才说的利害关系相比实在太轻了。

　　就在让还在犹豫不决的时候,冉担心被交出去,她从博勒瓦尔城堡的窗口跳了下去,她不是想自杀,是想逃走。她冒险

────────────

　　① 宗教裁判所,又译“异端裁判所”、“宗教法庭”,是天主教会侦察和审判“异端分子”的机构。

逃跑, 是因为她宁愿死也不愿落到英国人手中。

这件事的结果使让结束了迟疑, 他把他的俘虏交给了勃艮第公爵, 公爵派人将她送到克罗托阿城堡, 就像冉曾经预言过的那样, 公爵又失去了贡比涅, 在诺阿荣吃了败仗。

应该不惜一切代价摆脱掉圣女, 她的影响穿过了监狱的围墙。此外, 必须使英国人恢复士气, 他们待在法国觉得毫无希望, 只要冉活着一天, 他们就不愿意打仗。

还要提一提的是他们的形势越来越糟。法军在大步地前进。一座座城市把它们的驻军移到城门外面, 向查理七世投降。他一路毫无阻挡, 顺利地到了巴黎城下。

这就是一次次谈判以后, 冉终于像一头猛兽那样关进铁笼的经过, 她的处境我们在本章开始处已经交代过了。

对这个虔诚的少女的种种侮辱真是无法形容, 叫人难以置信, 她同所有上帝的选民一样, 要从痛苦的道路回到天上。人们辱骂她, 叫她贱货、女巫、妓女还不够, 士兵们把他们的长枪的尖端穿过铁囚笼的铁条刺她。

好多人围看着这个场面!

我们重新看到冉的日子是1431年2月20日, 来围观的人比平常更多, 原因很简单, 再过一天, 22日, 诉讼就要开始, 任何人都不能再凌辱监牢中的她了。

在这只铁笼旁边站着一个身穿修士衣服的人, 风帽遮住了头, 在全神贯注地祈祷, 不停地鼓励少女忍受别人对她的折磨, 为了上帝牺牲自己。这个虔诚的人是自愿来陪伴冉的, 圣女对他非常信任。他叫洛阿斯勒修士。据他自己说他从很远的地方来到这儿就是为了完成这项使命。可是, 不管他怎样保护, 他也阻止不了对可怜的姑娘的侮辱, 特别是在这一天。

有一个穿侍从衣服的年轻人, 他不停地骚扰这个女俘虏,对她大声喊道：

"冉！冉！如果你想看一个憎恨你的人的脸的话，那就对我看，这个人看到你给吊死或者烧死，会大笑不止的。"

然而这个年轻人有一张温和的面孔，乍一看来，好像不可能凌辱任何人，尤其是一个被俘的女人。冉对这样的辱骂已经习惯了，所以对这个人的叫喊根本不回答。她双手合掌，继续祈祷。但是那个侍从并不退让。

洛阿斯勒修士听到这个人的叫骂声，想动手赶走他，他正伸出胳臂，可是立刻停了下来，将风帽遮到眼睛上，像一座塑像一样一动也不动了。就在这时候，刚才还在辱骂的年轻人突然改变了态度，将脸贴在笼子的横档上，用恳求的声音说：

"看在上天的分上，看在你母亲的分上，冉，朝我这边看！"

少女转过头去，认出了向她说话的人，不禁叫起来：

"奥利维埃·德·卡尔纳克！"

果然是奥利维埃，他把一只手指放到嘴上，关照她不要出声。他明白自己可能会被人注意，就又高声说起来，可是他的眼神显示出对少女的无限钦佩和他的不会改变的忠诚。他叫道：

"你总算朝我看了！这很好！你认出我是谁吗？"

冉微笑着低下了头。洛阿斯勒修士哆嗦了一下，向这个年轻人投去一个充满仇恨和愤怒的眼光。

"要有信心！"奥利维埃声音很低地说，好在四周一片嘈杂声中不会给人听见。

冉点点头。

"国王会救你的。"年轻的伯爵又说。

"国王真好。"冉低声说。

"凯桑特拉伊今天晚上将到达卢昂。勇敢些，冉，勇敢些！明天你就自由了！"

"我知道我的圣徒是不会抛弃我的。"冉喃喃地说。

"要有信心，冉，一切都会好起来的。"

接着，他看到别人都在注视他，他一面离开，一面大声说道：

"再见了，冉！你听到我对你说的话吧！愿你牢牢记住，愿上帝怜悯你，如果他敢的话。"

奥利维埃同时双手合掌，请冉原谅他不得不说这几句话来掩盖他刚才对她说的话。从这个时候开始，冉不仅对别人骂她的话无动于衷，而且连听也不听。后来塔楼关门的时候到了，只剩下冉和她的听忏悔的神父。不过洛阿斯勒修士曾经离开过一些时候，他回来后，冉对他说：

"我的弟兄，你让我一个人待了很长的时间。"

"我一直在关心你，我的姊妹。"教士回答说。

"上帝多么仁慈啊，"少女说，"他允许你在我经受许多痛苦的考验的时候照料我！"

"刚才有一个人辱骂你，冉。"洛阿斯勒说。

"有很多很多的人辱骂我，不过这没有什么关系。"

"我跟踪了这个人。"教士继续说。

"谁？"冉问道。

"那个大声骂你还不够，又低声骂你的人。"

"你为什么跟踪他呢，我的弟兄？"

"为了想知道他是什么人。"

"你看到他了？"

"是的。"

冉禁不住全身颤抖起来。但是她对这个教士的信任是十分坚定的，她用完全信赖的眼光望着他又说道：

"那么，我的弟兄，你原谅这个人了？"

"是的，因为我知道了他的打算，我看出来他辱骂你只是一种好接近你的手段。"

"这么说他全告诉你了？"

"不，是我猜到的。"

"怎么猜到的？"

"奥利维埃穿过全城的时候，总是边走边向四周望，像一个害怕给人认出来的人那样，后来在城门口，他骑上了马。"

"之后呢？"

"之后他顺着一条大路进了一座树林。"

"树林里藏着什么？"

"有成千名士兵，在我看来他们是为了你藏在那儿的，冉。我说得不对吗？"

"不，我的弟兄。"

"那么，奥利维埃·德·卡尔纳克想怎样呢？"

"他要和凯桑特拉伊一起来救我。奥利维埃嘱咐我对谁都不能说，可是对你，我的这样好心又这样忠诚的弟兄，我是什么都不会隐瞒的，而且，这一次，即使我想骗你，我也做不到，因为你全发现了。"

"他们什么时候开始行动？"

"很快就要开始。所以，我的弟兄，你有理由对我说我有成功的希望。上帝没有抛弃我。我渴望得到自由，我的弟兄，这是不是犯罪呢？"

洛阿斯勒修士没有回答。他完全陷入了沉思，并且带着怜悯的神情盯住女俘望着。过了好一会儿，他忽然站了起来。

"再见了，冉。"他对她说。

"你要离开我了吗，我的弟兄？"

"是的，明天我一早就会来到你身旁，使你振作精神，因为明天要审讯你。"

"啊，上帝会来帮助我的，恶人将会狼狈不堪。"

教士将手伸进笼子，按了按躺在麦秆上的少女的手，少女向上帝请求赐给她几小时的睡眠。

至于教士呢，他走进了一条长长的走廊，走廊隔一段路就有一扇门。他始终是一副忧虑不安的神情，打开了其中一扇门，进了一间小房间，那里面放了一张床，一张桌子，一把椅子。他脱下了修士衣服，穿上紫色的侍从服装，在围着腰部的皮带上插上一把匕首，然后离开了塔楼，看守们也不问他要去哪儿。

他一走出塔楼就走上一条狭窄的小街，来到一家小酒店，要了一罐酒，喝完了又要了一罐，后来又要了第三罐，这样不停喝下去，一直到他两眼显出惊恐的目光，醉得头脑昏昏沉沉，胳臂都发起抖来才停住。但是他和那种喝得高兴、夜里回家一面唱着歌一面东倒西歪总是撞到墙上的快活的醉汉不一样。他神色阴沉，仿佛在遭受良心的责备，他一声不出，像一个罪犯。这个奇怪的喝酒的客人站起来了，不过他的身子还不怎样摇晃，只是眼睛呆呆地看着，那样子很吓人。

他就这样地穿过了城区，说他是一个醉鬼，还不如说是一个梦游者。他敲了博韦主教皮埃尔·科松的住宅的门，这个人是冉的死敌。一刻钟之后，这个修士离开了主教住宅，向塔楼走去。他经过的好几个广场都驻扎了军队，他不说一句话，只是向这些广场上的驻军队长们出示皮埃尔·科松的一纸命令。

一个小时还不到，在城里处处响起了武器碰撞的声音和马蹄的声音。有些人好奇地把头伸到窗外探望，在他们拿着的火把光下，他们看到有许许多多士兵排成长队向城墙走去，像一道铁箍一样，在城墙里面紧紧围住卢昂，在等待着。

就在这时候，在凯桑特拉伊占领的树林里一场大规模的行动开始了，他指挥的无数士兵向着囚禁冉的城市进发。凯桑特拉伊、奥利维埃和一个孩子走在队伍的最前面，他们一直向浓黑的夜色望着，担心会有人袭击他们。

"你能肯定你带我们走的这条路没错吗？"凯桑特拉伊问那个穿着牧羊童衣服的孩子。

"是的，老爷。"

"我们会找到那座打开的城门？"

"不，可是守门人会打开它的。"

"你相信这个人吗？"

"老爷，他是我的父亲，而且你对他是这样慷慨，所以他可以当你的面作保证。"

"我们向前走吧。"

可是当这三个走在前面的人来到离城墙只有弩弓的射程远的地方，他们仿佛听到武器轻微响动的声音和很低的说话声音。

凯桑特拉伊站住了。

"在这个时候，这座城门应该是没有人的，"他说，"可是我刚才听到有人说话的声音，而且人很多。"

"这是风吹过树木发出来的声音，"牧羊童说，"请你放心，老爷。在我们走去的城墙后面，除了我的父亲，没有第二个人，他在那儿就是为了领我们进城。"

他们又向前走了几步。那些声音越来越清楚。凯桑特拉伊转过身来对他的向导大声说道：

"好呀！孩子，你出卖了我们？"

"我吗,老爷,我怎么会呢!"

"可是,你听见我刚才听到的声音吗?"

"听见了。"

"这是怎么一回事?"

"我也不知道,不过我能弄个明白。老爷,请等一会儿,我这就趁着天黑溜到那边去,我马上便会回来告诉你是发生了什么事。"

孩子消失在夜色中。他跑到城门口,拍了三下掌。城门开了,他走了进去。可是他刚走上两步路,就给四个人捉住了。

"法国军队在哪儿?"这四个人问他。

"什么军队?"孩子反问道。

"就是你给他们当向导的军队。"

"我一点儿也不懂你们对我说的话。"

"你抵赖是没有用的,你的父亲全供认了。"

就在这时候,孩子的父亲给带过来让孩子看。他给捆绑着,两个士兵看守着他。

"是的,罗贝尔,是的。我全供认了。"老人浑身哆嗦着说。

"父亲,你错了。"罗贝尔用坚定的语气说。

"他们要杀我。"

"好呀,就应该死去。"

"这么说,你不肯告诉我们军队在哪儿了?"那几个人又一次问牧羊童。

"是的。"

"绞死这个人。"洛阿斯勒修士指着守门人命令道。

孩子脸色顿时变得苍白,嘴稍微动了一动。

"你想要说话?"修士问他,同时做了个手势,叫暂时不要把守门人处死，"你愿意替我们做事吗？如果这样，你的父亲和你都可以活命。"

"你吩咐吧。"罗贝尔回答，他仿佛在片刻之间改变了刚强和坚定的态度。

"你回到凯桑特拉伊身边去。"

"然后呢？"

"你对他说丝毫不用担心，照他和你原来约定好的那样，你带领军队进入卢昂，我们有一万名士兵接待他们。如果你出卖我们，你父亲的性命就难保了，而你呢，也逃不了多久的。"

"好的，我会听从你们的命令做的，现在让我拥抱一下我的父亲。"

孩子的要求得到了准许，然后打开了城门，罗贝尔向田野走去。

"怎么样？"凯桑特拉伊看见他回来急忙问他。

"不好啦，老爷，你们只有时间逃命。你们被出卖了。有一万名士兵在准备对付你们，他们放我回来只不过是要我领你们进城，落入他们的圈套。我的父亲给他们捉住了，他供认了一切。"

"我们立刻攻城。"凯桑特拉伊叫道，他不相信有这样的事。

"千万不行，老爷。你射出的第一支箭就会送掉冉的命。只要有一点点打算救她的行动，她就会给杀害在监牢里。相信我的话吧，快退到比较好的位置。我对你的建议，请你照着实行，因为我要付出的代价太大了。不过最多到明天，你便能知道和你说这些话的人不是一个叛徒。再见啦。"

"你上哪儿去？"

"回卢昂。"

红发特里斯丹 》 法国文学经典 》

"可是他们会杀死你的。"

"不错。"

"留在我们这儿吧。"

"他们照样会杀死我的父亲的! 是我害了他, 我应该和他死在一起。请把手伸给我, 老爷, 这会增加我的勇气。啊! 这些疯狂的英国人要大失所望了, 因为他们没有享受到一千名勇敢的法国兵的美味, 只能一口吞进一个小孩和一个老人。再见啦, 老爷, 祝你好运。"

罗贝尔握过凯桑特拉伊的手, 说完这些话后, 就走得不见了踪影。牧羊童走到城门前面又拍了三下手掌, 城门打开, 罗贝尔走了进去, 对埋伏着的人说:

"你们可以把城门关上了。"

"为什么?"

"因为只有我一个人。"

"他们不想进城?"

"他们巴不得到城里来, 可是我对他们说他们干不了什么, 因为你们有一万人等着对付他们, 也就是说十个人打一个人, 你们一向都是这样的。"

"啊! 你出卖了我们!" 洛阿斯勒气得脸色发白, 大声叫道。

"你们管这个叫出卖, 好, 随你们怎么说吧。"

在这个时刻, 罗贝尔听到了哭喊声。这是在绞死他的父亲。

"我可怜的父亲!" 孩子低声地说, 眼睛里含着两大滴泪珠。

"现在该轮到我了," 他喊道, "我准备好了!"

"你呀, 我们把你放到明天再解决," 洛阿斯勒说, "不过你放心, 等一等少不了有你的好处。"

第二天天刚亮的时候，冉叫人把洛阿斯勒找来。

"我的弟兄，"她看见修士来了，便对他说，"今天早上我要忏悔。"

"我的姊妹，对我吗？"

"对你，今天我需要宁静和坚定，只有忏悔才能使我的灵魂平静。"

"冉，你良心上觉得犯过什么罪吗？"修士问道。

"你会知道的，我的弟兄。"

冉开始忏悔。

"这个姑娘是一个天使！"修士听着她的忏悔，带着怒气自言自语说道，"啊！上帝的力量真强大！"

"你在说什么呀，我的弟兄？"圣女问道。

"我在说，冉，天使也不会比你更纯洁。"

"你认为他们会同意我领圣体吗？"

"我会替你请求的。"

"因为我很久没有领圣体了，它会给我带来极大的安慰。"

这时候，有人来少女这儿，要带她去见法官。这是个古怪的法庭，组成的人员有教士、律师，甚至还有医生。洛阿斯勒陪女俘一起去。

"冉，"他声音很低地对她说，"是不是今天他们要想法来救你？"

"我一点儿不知道，不过我的圣徒昨天夜里来看过我了。"

"他们没有对你作任何保证吗？"

"相反，他们答应我说，要拯救我的灵魂而不是拯救我的肉体。愿耶稣基督的旨意得到实现。"

"这么说，你认为凯桑特拉伊的企图不会成功了？"

"我为我的母亲我的父亲才担心它能不能成功，如果他们能再见到我将会多么高兴，可是我并不为我自己担心它，我是上帝的忠实的仆人，我为能完成上帝的旨意永远都感到高兴。"

她说话的时候，正走过旧市场广场，她听到周围响着闹哄哄的声音，抬起头来看见一个绞刑架，上面吊着一个尸体。

"这是什么呀？我的上帝！"她大声叫道，同时跪了下来，双手捂住头，把受刑的人的灵魂托付给了上天。

站在放绞刑架的平台上的刽子手这时高声宣读道：

"这儿吊的是罗贝尔的尸体，他想带领凯桑特拉伊队长和一千名士兵进入城内救出冉，她是我们的陛下，法国和英国的国王①合法地获得的，现在属于教会和巴黎大学所有，她因被控告犯有行使巫术罪将受到审判。谁背叛他真正的国王谁即会被处死。"

"我的弟兄，我对你说过，"冉站了起来说，"上帝不愿意我的肉体得救。"

冉朝着那个不认识的朋友，那个对她忠诚的默默无闻的殉难者投去饱含怜悯和同情的最后一眼，这支队伍又向前走了。在许多不停地辱骂她的人群当中，冉来到了法庭，给带到她的法官面前。

他们是皮埃尔·科松，叫作埃斯蒂塞的博韦的议事司铎，一个名叫让·德·拉封丹的人，他们是最早被收买为英国人的利益服务的人。还有陪审官、律师，以及医生，上面已经说到过。

---

① 指亨利六世。

博韦主教开始发言，态度很和气仁慈，老虎变得像小绵羊一样。

"冉，"他对她说，"我们要求你，别人问你什么，你要说真话，这样好缩短诉讼时间，减轻你良心上的不安。"

"不过有一些事情，"冉回答说，"我是不会说的。"

"是哪些事情？"

"所有和我见到的幻象有关的事情。至于其余的事情我保证说真话，可是关于幻象，我宁可给你们砍头也不会说。"

"告诉我们你的年龄，姓名和别名。"

"我十九岁，在我出生的地方他们叫我冉内特，在法国叫冉。"

"这个'圣女'的别名是怎么来的？"

"我不知道。"冉说，她说了一句婉转的谎话，好掩盖她的谦虚。

"你懂些什么？"

"什么都不懂，除了天主经和圣母经。"

"你念念。"

"如果博韦主教大人愿意在我忏悔的时候听我念，我会乐意念的。"

这样巧妙的回答是科松不能接受的，否则的话他就成了冉的神师和证明她是无罪的证人了。虽然他们早就决定好扮演刽子手的角色直到最后一刻，但是这些法官面对这个高尚的被告令人赞叹的纯洁心灵，也无法抑制自己的感情。这一天，他们不能再听她说下去，就结束了审问。这不是因为冉不知道该如何回答，而是他们这些人不知道问什么好。

第二天，博韦主教不亲自审问她。冉拒绝回答别的问话，只对讯问她的人这样说：

"我是以上帝的名义来的，我在这儿已经没有事可做了，我从上帝那儿来，把我送回到那儿去吧。"

这些话并不能使法官们变得温和一些，所以他们问了她这样一个狡诈的问题：

"冉，你以为你受到上帝的恩宠了吗？"

"如果我没有受到恩宠，上帝愿意赐给我；如果我受到了恩宠，上帝愿意我永远享有他的恩宠。"受到神灵启示的圣女回答。

这一天那些惊得发呆的法官都不敢再问下去。这样，他们以后每天都是狼狈不堪地退庭，第二天再来的时候，一个个又都怒气冲天，充满了仇恨。

3月3日，她来到以后就说：

"你们可以讯问我了，昨天夜里我的'声音'对我说话了，告诉我要大胆地回答你们。"

我们再重说一遍，那些人是要逼冉说些亵渎宗教的话，要她表白她说自己是上帝的使节是说谎，查理七世国王的加冕礼是用巫术的手段造成的，应该被看作无效。在那个迷信盛行的时代，这是最好的方法，如果冉能够被证实是异端分子，查理六世的儿子肯定也要完蛋。

"这么说，你曾经见到过的男女圣徒来看你了？"博韦主教问她。

"是的。"

"有圣凯瑟琳？"

"还有圣米迦勒。"

"这个圣徒是裸着身子还是穿着衣服？"

"你以为上帝没有衣服给他穿吗？"冉像天使一样纯洁地反问道。

法官们面面相觑。少女的信仰是不可动摇的。审问像一头狂怒的狮子，一再地跳跃，从这边跳到那边，在四面八方攻击她，直立起来，又倒下爬行，但是都徒劳无益，它的对手面对着魔鬼像天使长一样镇定。她如同一把闪闪发光的剑，不断地表现出她灵魂的清白和信仰的真诚。审问的人突然从一个题目转到了另一个题目。

"你手下的军人们有没有为他们自己做过和你的军旗相似的军旗？他们有没有常常更换新的？"

"有的，是在长枪断掉的时候。"

"你使用了什么巫术让他们在英国人的队伍当中紧跟着你的军旗走？"

"我大声叫喊：勇敢地进去，我自己也进去。"

"为什么这面军旗在兰斯的加冕礼上放在王太子的身边？"

"它承担了艰苦的任务，至少应该享有这份光荣。"

"那些人吻你的脚，你的手，以及你的衣服，当时他们是怎么想的呢？"

"可怜的人们自愿来到我的身边，因为我不会伤害他们。我尽我的力量支持他们，保护他们。"

科松并不装作没有看见被告的回答给法官们造成的印象，他要防止再这样下去。他担心她也会征服百姓们的头脑，他不再愿意她离开监牢。于是他改为秘密审问，只有两名陪审官和两名证人在场。各个方面都问到了。

"是不是你的'声音'指挥了贡比涅的破围战，你就是在那儿被俘的？"

回答说是，这就等于承认"声音"错了；回答说不是，这就等于承认她并没有等待她的'声音'的命令行动。

"但是圣徒对我说,"冉说,"我在圣约翰节①前将被捉住,这是注定好了的事,我不应该惊讶,又说上帝会帮助我的,既然能使上帝喜欢,我最好被捉住。"

"没有得到你的父母亲的许可,你离开了他们,你认为你做得对吗?"

"他们已经原谅我了!"

"你没有想到这样做是犯罪吗?"

"是上帝指示我这样做的!即使我有一百个父亲,一百个母亲,我也会离开他们的。"

"你为什么要从博勒瓦尔的城堡往下跳?"

"我听说贡比涅的可怜的百姓全给杀死了,连七岁的孩子也没有幸免。此外,我知道我已经被出卖给了英国人。我宁愿死也不愿落到英国人手中。"

"圣凯瑟琳和圣玛格丽特她们恨英国人吗?"

"她们爱上帝之所爱,恨上帝之所恨。"

"上帝恨英国人吗?"

"上帝爱英国人或者恨英国人,这和他们的灵魂善恶有关,我可一点儿也不清楚,但是我知道他们将被赶出法兰西,除非他们全死在这儿。"

"你是不是认为你的国王曾经想尽办法杀死或者叫人杀死勃艮第大人?"

"如果这样的话,这对法兰西王国将是一个极大的损失,但是就我所知道的是,在他们之间似乎发生了什么事情,因为上帝派我来帮助法兰西国王。"

"冉,你知道不知道依照神的启示你能逃出去吗?"

---

① 圣约翰,耶稣十二使徒之一,节日在 12 月 27 日。

"圣徒对我说，在一次巨大的胜利中我将得救，我将一切如意，不用担心受难的事，又说不管怎样，我都会去天国。"

"自从她们对你说过这些话以后，你就一直相信会得救。不会去地狱？"

"是的，我坚信她们对我说的话，相信我会得救。"

"她们的回答有极大的分量。"

"是的，对我来说，是极大的财富。"

"因此你认为你不再可能犯大罪了。"

"我丝毫也不知道，我完全托付上帝安排。"

要把冉说成是女巫，这是不用再考虑了。只有最后一个希望和最后一个方法来毁掉她。这个希望便是：不管她怎么说，她不是处女；方法是：如果她还是处女，不久她便不再是。要使她成为一个一般的妇人并非难事。

于是，一些老练的女人和腼腆的主妇给带进了冉的囚室里，因为她已经不再关在铁笼里。不过她的处境并没有改善。她在新的囚室里给一条围住她腰部的铁带子捆在一根木桩上。

冉很乐意接受这些女人的检查。

有一个男人藏在一道门后面，眼睛贴紧锁眼，观看这场不道德的检查。上帝这时又对冉的纯洁的使命加上一个证明。那个男人是贝德福德。

那些妇人不得不宣布魔鬼没有侵犯过处女，冉不可能给魔鬼纠缠过。于是还剩下另一个方法。

可是就在这个时候，冉病倒了。她肉体的病是怎么来的呢？是源于灵魂所受的痛苦，是因为在圣周①中她没有能领圣

---

① 圣周，复活节的前一周。

体，当仪式队伍在五月的阳光下走过大街小巷的时候，她好像被上帝遗忘了，看不到一丝阳光，在监牢深处受苦。

"见鬼！我们让她这样死去花的代价太大了，"沃里克勋爵说，"应该烧死她。这样，让他们不惜任何代价来救她。"

"只有一个法子能使她恢复健康，"洛阿斯勒听了沃里克的话回答道，"叫人让她领圣体，因为这个少女是一个灵魂，不是一个肉体。"

"好，那就让她领圣体。"

这天晚上，卢昂的教堂在许多火把的照耀下给女俘送去了圣体，同去的有一大群教士，他们唱着连祷文，一路上都对跪着的百姓说："为她祈祷吧！三天以后冉的病就会好了。"

基督从法利赛人①那儿受到的伤害远远不及冉从英国人那儿所受到的。英国人对她恼怒透了，以致失去了理智，不知道怎样做才好。

5月23日到了。

依据法律来推理的进度太缓慢，让英国人深感头疼，而且只会给殉教者的头上再环绕一道新的光轮。

温切斯特不能在卢昂再待下去，他想继续向巴黎进军，可是他不希望此行毫无结果，就宣布这次诉讼叫他感到不耐烦，应该早点结束。于是，他们派洛阿斯勒去对冉说，如果她愿意脱掉男人的服装，这个巫术的最后的标记，就可以和教士们和解，离开英国人的控制。不过因为她犯的罪太大，以后想起来都会害怕，所以先要履行一次可笑的手续。

夜里，在圣乌恩墓地后面竖起了两个平台，在其中一个平台上面坐着温切斯特红衣主教，两名法官，三十三名陪审官，另

---

① 法利赛人，公元前2世纪至公元2世纪犹太教内一个派别，耶稣称之为伪君子。

一个平台上面是执达员和施刑的人，穿着男人服装的冉在他们中间。在这个平台脚下有一个刽子手站在一辆大车上，准备等到她被判决以后，把受难的人带走。

如果她不收回她以前所说的话，她就会被判决。这一天冉显得分外美丽。

有名的圣师纪尧姆·埃拉尔抓住这个机会来显示他的口才，称她是异端分子和分裂派①。她耐心地听他说，一言不发。但是他拼命辱骂以后，看到她竟不回答，不禁勃然大怒，终于对她大声说道：

"我在对你说话，冉，我对你说你的国王是异端分子和分裂派。"

高尚的少女完全忘记了她冒的是怎样的危险，高声说：

"我以我的生命起誓，肯定地说，他是所有的基督徒当中最高贵的基督徒，他最热爱教义和教会，他不是你说的那样的人。"

"叫她住嘴，"科松嚷道，"把认罪书念给她听，让她签字，否则一切就结束了。"

这份认罪书有六行文字，内容只是宣称冉承认看得见的教会，也就是说罗马教皇、主教和教士，还有她不再穿男人服装，如果穿了，就是同意处她死刑。

他们要求冉签字。洛阿斯勒跪了下来，对她说，这是她唯一能得救的方法，一旦到了神职人员的手里，她就什么也不用怕了，而且承认教会并不是否定上帝。

这时候科松转身问红衣主教应该怎么办。

"同意她悔罪。"温切斯特回答说。

---

① 分裂派，指分裂教会的人。

有人把一支羽笔递给冉，她不理解地微微笑了笑，在这份认罪书的结尾地方画了个简简单单的十字。冉不会有生命危险，但是她被判决终身监禁，此后的日子里只靠面包和清水度过。

不过这可不是英国人的想法。他们希望把这个女巫烧死。他们以为用一张六行文字的声明书就可以安慰他们那是荒唐的事。不少人向法官们丢石头，爬上平台，又对教士们大叫大嚷：

"你们拿了国王的钱没有？"

不仅仅是下层的群众这样做，贵族，有名望的人，正派人也这样。

"国王会倒霉的，"沃里克勋爵低声说，"不过姑娘不会给烧死了。"

"你错了，大人，她会给烧死的。"洛阿斯勒低声对他说。

"这是怎么回事？"

"我承担了一样活儿，到了明天她就完了。"

"你要干的是什么活儿？"

"今天晚上命令冉穿上女人的服装，然后把男人的服装放在她拿得到的地方。我和两名强壮的士兵奉命看守她，直到明天早上，其他的事由我负责。"

沃里克算是一个有教养的人，他听了感到厌恶，掉过头去，不过他还是接受了这个洛阿斯勒对他的建议，转身对那些发怒的百姓说：

"耐心等等！耐心等等！你们的要求就会实现的！"

"冉，"皮埃尔·科松对刚被送下平台的少女说，"你要给送回你的监牢里，让洛阿斯勒修士日夜看管你。"

"谢谢你对我的恩典，大人，"冉回答道，"因为洛阿斯勒修士是一个圣洁的人，我完全信任他。”

大家回塔楼去，洛阿斯勒却在这时候走进了荒凉阴森的墓地，在一座墓旁坐了下来。他双手抱住垂下的头，开始深深地思索。在刚刚升起的月光下面，他脸色苍白，仿佛给睡在墓地很长时间的一个死人缠住了似的，有一种神奇的力量把这个死人暂时从墓里拉了出来。

他看四周的墓石，在它们下面，永远长眠着那些人，他们像他现在一样生活过，他们像他一样，受到过情欲的刺激；现在呢，脸上没有肉，四肢干瘦，如果用脚踢他们一下，甚至发不出一声叫喊。这些想法使他感到悲哀，于是他在墓地里大步走起来，死人的田野已经盖满了春天新长的细草。

天边出现了大块大块乌云，不时有一块云经过月亮底下，然后把它遮住。这个修士不由得哆嗦了一下，在浓密的黑暗中，这一刻他简直有些心惊胆战了。

突然间他下了决心，把一只小银号角放到嘴上，吹出三声尖尖的声音。一个鬼魂从前一天刚挖出的墓穴中走出来，墓穴张大着嘴，在等待第二天给它的食物。幽灵在墓的背面坐下。

“我祝贺你，”他对修士说，“你干得挺不错。”

“撒拉逊人，我需要你。”

“你向来只在目前这样的情况下才召唤我，还你一个公道的时候到了，不过好歹我们已经到达了终点。你叫我来做什么？”

“我要你救冉。”

“怎么！要我救她！你疯了不成？”

“你能不能打开监牢的墙，让一个囚犯逃出来？”

“能。”

“好极了！如果我愿意，就在今天晚上，冉可以和我一同逃掉了。"

"这一切究竟是什么意思？"

"你不明白吗？"

"不明白。"

"那你听好。看管冉的人是我。"

"我知道。"

"我对沃里克勋爵保证过明天她会穿上男人服装，因此她可能被控告违背了她的誓言，于是被定罪。你猜不猜得到我打算用什么方法强使冉重新穿上那些衣服？"

"我当然猜到了。"

"你知不知道在这样的情况下为什么我要自愿干这个差事？"

"因为你对我发过誓一定要使用一切办法叫冉完蛋。现在靠了你，我们已经成功了，因为是你使她弄断了她的菲埃布瓦的圣凯瑟琳教堂的长剑，是你使她在贡比涅摔下马来被人捉住，是你的决定破坏了凯桑特拉伊的也许能成功的企图。"

"是的，可是这一切只是毁了冉的肉体，她的灵魂始终是洁白的！"

"多么不幸！你想怎样呢？有了这些应该十分满足了。现在她无法逃避被烧死的结局，在木柴的火焰当中，她也许会放弃对使她如此坚强的上帝的信仰。"

"撒拉逊人，不要有这个想法，这个姑娘是一位圣女。如果你像我一样听见过她的忏悔，你对毁掉她不会抱希望的。"

"好啦！你要怎样呢？你想救她吗？"

"是的。"

"可是这不在我们的协议当中。"

"如果由我来救，那她准完了。"

"这倒也是。好，我可以救她。不过，她逃脱了死亡你有什么好处呢？"

特里斯丹没有答话。撒拉逊人走近他的身边。

"对我说呀，"他用开玩笑的口吻说，"有什么好处？"

问这句话的目的是不会误解的。

"啊，是的，"特里斯丹声音沙哑地说，"怎么样？是呀，我爱她！"

"是阿利克丝？"

"阿利克丝和我有什么关系？在这个少女旁边，阿利克丝算什么呢？我越是迫害她，我越是叫她受苦，我也越是爱她。那种永远不变的顺从，那种温柔，那种从内心里表现出来的无止境的宽容，使她成了圣母的化身。这一切在我身上点燃了爱情之火，它越是炽烈，就越加叫我感到内疚。是的，我爱她，爱冉，我应该救她的性命，因为我应该做到让她也爱我。"

"她不会听从你的，她永远不会爱你的！"

"等到她属于我以后，她会听从我的。"

"啊！现在我更清楚地知道为什么你主动向沃里克勋爵要求来凌辱冉。但是她只可能在暴力之下屈服，如果她屈服，我再对你说一遍，她也不会听从你的。"

"那她就要死。"

"在我看来，这是最简单不过的事，木柴烧的火对我们来说，要比你的爱情的火更猛烈。而且，就算她听从你，也会有危险。"

"什么危险？"

"这就是你非但不能把她拉向'恶'，反而会被她引向'善'。比这更加奇怪的事也有的是。"

特里斯丹第二次没有答话。

"你看，"撒拉逊人说，"你不说不了吧。人们从来也不知道该怎样对付德行。让撒旦把悔恨带走吧，悔恨是最会伤害我们的感情的。"

"不管怎样，撒拉逊人，回答我，如果冉同意跟我走，我召唤你的时候，你会替我们打开所有的门吗？"

"这是明天考虑的问题。"

"请立刻回答我，否则……"

"否则怎样？"

"怎样吗，我也不知道我该怎样做，因为一个月以来，我就像一个疯子一样，因为我只能从醉酒中寻求一种我身上缺乏的力量，因为这样的爱情能够使我变得善良，就像另一种爱情曾经使我变得邪恶一样，它可能使我跪倒在冉的脚下，恳求她的宽恕，对她说出所有的实情。撒拉逊人，于是，今后她吩咐我做什么，我就做什么。"

"莫名其妙！这是背信弃义的威胁。好吧，应该去你想去的地方了，回到那个圣女的身边去，就像你称呼她的那样，回到那个天使的身边去，就像你说的那样。如果你需要我，我会来的，我会打开所有的门的。"

"那么再见啦。"

"再见。"

特里斯丹走掉了。撒拉逊人看着他走远，等到看不见他的踪影的时候，撒拉逊人也笑着离开了墓地，他的阴暗的身子像一棵活动的柏树。

特里斯丹依旧穿着洛阿斯勒修士的衣服，用着这个名字，回到了大塔楼里冉的牢房。冉穿了女人的服装，一条铁链子把她拴在一根木桩上。她双手合掌，柔顺地祈祷着。两名看守在牢房里眼睛不眨地监视着她。士兵对一个给铁链子系住的少女会这样害怕真是少有的事。

洛阿斯勒修士走到她的身旁，但是他的脚步声并没有使她从虔诚的沉思中惊醒过来。在阴暗处准备了一张床，这好像是在嘲笑这个女囚犯，看她会不会睡上去，因为原来只让她睡麦秆铺。

"你在做什么，冉？"洛阿斯勒说。

少女抬起头来。

"啊，是你，我的弟兄。你看到了，我在祈祷，上帝听到了我的祈祷，瞧你来了。"

冉是如此美丽，挂在拱顶的铁灯从一面照着她，淡红色的灯光在她的前额上闪来闪去。

"你向上帝请求什么呢？"洛阿斯勒问。

"我感谢他今天赐给了我力量，我请求他在以后使我一直保持它。"

"你想必受了很大的痛苦？"

"是的。"少女回答说，在这仅仅两个字里包含了天下所有的痛苦。她继续说道：

"他们把这个叫作宽恕。"她同时指着紧围着她的腰部的铁链子和脚镣手铐。

"出去！"洛阿斯勒对两个士兵说。

"我们接到命令不能离开犯人。"他们回答说。

"是谁给你们下的命令？"

"沃里克勋爵。"

"那好！你们看看这个。"

洛阿斯勒把一张羊皮纸递给这两个人，他们看了后连忙弯腰行礼，走出去了。

"谢谢你，我的弟兄。"冉感激地说。

"我的姊妹，现在事情并没有结束，"修士说，"因为这样还不够，我愿意尽我的能力为你做一切事。"

他一面说一面替圣女解开了身上的链子和脚镣手铐，他做起来非常容易，仿佛它们是丝绸做的而不是铁做的。

"冉，你躺到这张床上睡觉吧。"

"看守会回来吗？"

"冉，为什么问这个问题？"

"因为我穿着这一身衣服，我非常害怕。"少女害羞地说。

"不用害怕，冉，就我一个人留在你的牢房里，在你刚才待的地方。"

冉伸出手去握修士的手。她感激上帝每次都对她显得这样宽厚，然后她睡到准备好的床上。

修士一句话不说了。

他在牢房里大步走来走去，过了几分钟，他又走到女囚犯的身边。

"冉，"他声音激动地问她，"你想不想自由？"

"自由！"冉叫起来，"我想不想自由？我的弟兄，你竟问我这个问题！是的，我想要自由，可是，天哪！这是不可能的。"

"不。"

"不？"

"不，我对你说不。"

"有某个人能使我离开这座监牢吗？"

"是的。"

"把我带回到母亲身边，让我重新呼吸到田野上的空气，享受到完全的自由？"

"是的。"

"这个人是……"

"是我。"

"你,我的弟兄!你怎么做呢?"

"冉,这跟你没有关系,只要我能救你。"

"可是什么时候开始呢?"她低声问道。

"如果你愿意,马上开始。"

"啊!我们走吧!"少女说,圣徒对她做的她有一天总会得救的许诺使她立刻产生了信心。

"听好,冉,"修士抓住少女的双手,叫她坐在床边上,说,"你相信我是你的朋友,对不对?"

"当然相信。"

"当我走到你面前的时候,你有没有感觉到你应该提防我?"

"没有,完全没有。"

"你确信是上帝把我派到你身边,我是他的一个最忠实的仆人?"

"是的,我的弟兄,我全都相信,可是为什么要问这些古怪的问题呢?"

"是为了证明,冉,圣灵已经把你抛弃了,否则的话,你早就应该认出我来啦。"

"你说什么?"

"说的实话。朝我看。"

说完修士放下了风帽,两眼盯住圣女望着。

她仔细看修士的脸,越看脸越发白,不禁向后退去。

"特里斯丹!"她突然恐惧地大声叫起来。

"是的,是特里斯丹。"修士说,并且对她越走越近。

"特里斯丹想害死我。"

"特里斯丹想救你出去,冉。"

"向后退,坏蛋,你在说谎。"

"听我说,冉,"特里斯丹在少女面前跪了下来,她直朝后退,已经退到她的床靠着的墙前,就像一个孩子看到眼前有一条毒蛇一样,"冉,请听听我要对你说的话,如果你要骂我就等一下骂吧。是的,我过去是你的敌人;是的,我曾经千方百计要毁掉你。是我向主教揭露了凯桑特拉伊的计划,因为我认出了那天辱骂你的人就是奥利维埃·德·卡尔纳克。是的,冉,这些全是事实,可是比这些事实更加真实的现实,就是现在我要救你,而且我能够救你。"

"你吗,特里斯丹,已经出卖给魔鬼的人?不要管我,我不再想见到你,我不再想听你说话。"

"冉,看在老天的分上!"

"坏蛋,不要亵渎老天。"

"冉,"特里斯丹继续说,同时把冉拉了过来,像发疯似的在她脚下打滚,"冉,上帝已经残酷地为你报了仇,因为我比你更加痛苦。"

"啊!我的上帝!"冉低声说,"请原谅我曾经抱过希望。"

"我再对你说一遍,上帝抛弃了你,冉,上帝先收回了照耀你的光,然后又收回了力量和自由。现在,冉,该由你抛弃上帝,跟我走啦。"

冉将头埋在两只手中。

"你知道吗?"特里斯丹已经站了起来,坐到了圣女的床上,"活着还可以享受长久的幸福日子!你只有十九岁,在你这样的年纪死去,将你的可爱的身体放在木柴堆烧起的火焰当中,这将是多么大的痛苦,也许那种可怕的折磨会使你背弃此刻你在向他恳求的上帝。然而，只要你愿意，没有一个人会知道，也没有一个人会猜想到，我将在这间牢房的墙上打个出口，就像我刚才弄断你身上的那些铁玩意儿一样，然后我们一同逃走。"

"这又一次的背叛是怎么回事？假定我接受了你给我带来的自由，我一旦自由以后，你将怎样对待我呢？"

"冉，这一次我不会出卖你，我可以发誓。"

"你能凭什么发誓？"

"我发誓，冉，"特里斯丹用充满热情的声音说，"我凭我对你的爱情发誓。"

冉大叫了一声，叫声显露出她的洁白无瑕的灵魂。

"现在你知道我为什么要救你了吧？我爱你，冉，我爱你，为了你我背弃了我原来侍奉的上帝，就像别的人会背弃真正的上帝一样。我爱你，夜里我像一个精神失常的人一样在我的小房间里的地上滚来滚去。我刚才对你说过你已经报了仇，可是我不是一个普通的人，当爱情进入到一颗像我这样的心的时候，它应该得到满足。冉，无论你是囚犯还是得到了自由，活着还是死去，你都是属于我的。"

特里斯丹伸出双臂，紧紧抱住少女的身子，粗暴地拉到自己面前。

"我的上帝！我的上帝！"冉喊道，"快救救我。"

"你的上帝对你无能为力，你就属于我了。"

"救救我呀！"圣女嚷起来。

"你以为看守们会来帮你吗？如果我的力气不够的话，他们只会帮助我来制服你。冉，我爱你，你听见吗？"

这个粗野的背教者把少女抱在怀里，好像抱一个孩子那样，将他该死的嘴唇贴在她的从来没有给男人嘴唇碰过的前额上。

　　贞洁的冉竭尽全力反抗，终于从特里斯丹的双臂当中挣脱出来，躲到牢房的一个角落里蹲下，这个亵渎信仰的吻使她的前额发烫，她为犯了一个过错不停地流泪。

　　"啊！我要拼到流尽我最后一滴血为止，"她低声说，"上帝不会让我被这个魔鬼打败的，但是如果我的力量不够了，如果我支持不住了，我祈求上帝因为我受的这种痛苦让我进入天国，这种痛苦比死亡更可怕，比火刑更损人名誉。"

　　少女抬起眼睛，用圣洁柔顺的眼光望着上天，这样的眼光能使人成为圣徒和上帝的选民。

　　特里斯丹双手抱住脑袋，仿佛他担心它会爆炸一样。强烈的情欲使他血管里的热血沸腾，邪恶的欲望和可怕的意图使他两眼发红。他又一次走到冉跟前。她知道凭体力她是无法对抗的。于是她站了起来，眼睛闪着光辉，仿佛她刚刚作出了一个崇高的决定。

　　"你对我并没有爱情，特里斯丹，而是仇恨。"她说。

　　"你说什么？"

　　"你是想破坏我的名誉，仅仅是这样罢了。你知道这间牢房的墙上打穿了成千个小洞，此刻和平常一样，我的敌人正往里面望这儿发生的事。你想成为我的情人，"冉显然费了很大的劲才说出"情人"两个字，"是为了到明天大家都知道我受的耻辱，好当面羞辱我。"

　　"不，冉，我要救你，我发誓。"

　　"那好！证明给我看。"

　　"你命令吧。"

　　"你去察看一下有没有人能到这间牢房来，然后回来。"

　　"那么你答应我了，冉？"

"是的。"

特里斯丹打开牢房门，出去看有没有人能够目击牢房里会发生的事。

他刚走出去，冉就跪了下来大声说道：

"谢谢你，上帝，给了我这样的灵感！"

她立刻跑到床边，我们说过她那套男人服装给放在床上，她急急忙忙地把它穿上，又加上了盔甲，这个难以穿透的保护物。然后她背靠着墙，又起双臂等待着。

特里斯丹回来了，他说：

"没有人！没有人能看到我们。"

"疯子！"少女笑着对他说，显得真像孩子一样高兴，"疯子！你居然一下子就能相信我会轻易地拿我的身体和我的灵魂做交易。就是这副盔甲曾经救过我的命，现在它要拯救我的名誉，我更加喜爱它了。"

特里斯丹大叫了一声，好像一头受伤的老虎发出来的一样。

"你完了，冉！"他喊道，声音十分吓人。

"我得救了。"少女反驳道。

"该我动手啦！你必死无疑！"

"有什么关系！"

特里斯丹叫来了看守。

"派人请沃里克勋爵来这儿，他此刻应该在塔楼里，派人把所有人都叫上这儿来！"他气急败坏地叫道。

冉十分镇静和自得，靠在不久之前系住她的链子的木桩上面，她等候着。沃里克勋爵、士兵和法庭书记官都进来了。

"你违背了你的誓言，"勋爵说，"又穿上了男人服装，冉，你知道你在冒什么危险吗？"

"知道，大人。"圣女用柔和的嗓音回答说。

"为什么你要重新穿上这套服装呢？"

"因为，"再说，她是这样纯洁，因此甚至不愿意说出她所害怕的事情，"因为我宁愿死也不愿像现在这样活着。"

"你的愿望会实现的，冉，你就要死了。"

沃里克转身对一名看守说：

"快跑去告诉博韦主教大人这个好消息。"

"啊！我们没有一起完蛋，"特里斯丹向冉挥挥拳头大声喊道，同时换上了他原来的服装，"烧你的木柴堆可大得很，该死的姑娘，我发誓我要亲手在木柴堆上加上一捆柴，好让我为你的死也做一点儿什么。"

冉毫不畏惧死亡，现在她又变得非常平静，显出很快乐的样子，好像一个看到自己策划多时的恶作剧就要成功的孩子那样微笑着。多么了不起的恶作剧，它以保护自己的贞洁开始，将以殉难结束。

冉一个人留在牢房里，别人甚至不再费事拴住她。她知道她就要死了。那些人只让她受精神上的痛苦，因此免除了对她肉体上的折磨。她要求送一位神父来，对方作了让步，同意她提名的那个人，一位圣洁的人，奥古斯丁会①修士，伊桑巴尔·德·拉皮埃尔，在审讯她的过程中，对待她一直十分公正，他是不会出卖她的。

她在等待他的时候，跪了下来，又一次感谢上帝使她避免了肉体上受的虐待，在刚刚消逝的决定命运的黑夜里，她曾经有一瞬间担心会受到虐待。圣女同时向上帝请求允许判她死刑的人以后后悔，因为在这临终的时刻，她回顾她的一生，尽

---

① 奥古斯丁会是天主教托钵修会之一。

管她仔细回忆，也想不出任何需要宽恕的地方，只是对她的敌人，她觉得有些事情要向上帝请求。

伊桑巴尔修士来到了，再看到他出现就天真地上前拥抱他，像拥抱自己的父亲一样，对他说：

"欢迎你来，我的弟兄，你来帮助我打开天国的大门。"

修士满眼热泪。

"是什么使你这样流泪？"冉问道。

"你的世上少有的顺从。"修士回答说。

"我要受极大的痛苦了，是不是？"

"是的。"伊桑巴尔激动地说。

"请你放心，我的弟兄，我的灵魂比我的身体更加坚强，为了在我死亡的时刻舍弃我，上帝很久以来就可能不支持我了。柴堆在等我，我现在明白了，那是我的圣徒们给我预示过的神圣的解脱。看啊，我的弟兄，尘世间的一切立刻就要结束，我们只要想到天国就行了。我什么时候死？"

"两小时以后。"

"柴堆准备好了？"

"昨天夜里就堆好了。"

"他们那样肯定我会掉进他们为我张开的罗网里吗？"

"他们是这样肯定的，我的女儿。你的羞耻心对他们的仇恨来说成了一种保证。"

"大街小巷大概已经挤满人了吧？"

"是的，全城的人都挤在你要经过的路上。"

"城里的人是高兴还是悲伤？"

"他们都神情忧伤，一言不发。"

"可怜的人们！"冉带着崇高的感激的感情说道，"你会陪伴我一直到柴堆那儿，对吗，我的弟兄？"

"我要到最后一刻才离开你。"

"谢谢，我的兄弟，因为你将是唯一支持我的人。我的母亲和父亲都不知道我的遭遇，我的哥哥已经去他们身边，把他们的不幸告诉他们，还没有回来，况且，别人也不会放他进来见我。"

"不是我一个人，因为今天早上有一个姑娘想进来看你，被拒绝了。"

"这个姑娘是什么人，我的弟兄？"

"她说她叫奥梅特。"

"奥梅特！亲爱的孩子！"冉叫起来，这个名字使她想起了她一生中最辉煌的时刻。

"你认识这个姑娘？"

"啊！是的，我认识她！她一定很悲伤吧？"

"是的，但是她的悲伤如果说是由于痛苦，还不如说是失去了理智，因为她还面带微笑呢。"

"你知道她以后怎样了？"

"她离开监牢后，向旧市场广场慢慢地走去。就在那儿，"修士低声说，"堆起了柴堆，待一会儿你一定会在那儿看到她。"

"啊！感谢上帝还给了我这个安慰，不过奥梅特会消失在人群当中的，我的弟兄，就算她看得到我，我也看不到她。"

"你会看到她的，冉，因为那个可爱的女孩终于从人群中挤出来，或者不如说，大家看到她这样好看又这样悲伤，都让出路来给她通过。奥梅特就这样一直走到柴堆前面，她双手抱着一只放满鲜花的篮子。刽子手一开始不许她走近，可是她向他微笑，结果他们像人群一样，同意她想去哪儿就去哪儿。于是她在柴堆旁坐下，把鲜花做成一些花束和花冠，一次一次地抛在柴堆上。冉，就这样，现在柴堆上盖满了玫瑰花、报春花和雏菊。"

冉听了修士的叙述，感动得直流泪。

"我的弟兄，"她说，"那么我们赶快吧，因为我越是早一点到达刑场，就越能早一点见到这位姑娘。我对你说，能看到她真是叫我太高兴了。"

一小时以后，冉做好了忏悔，像每个去上帝面前的人那样纯洁，对修士坚定地说：

"我的弟兄，我们走吧！"

看守叫她穿上女人服装，在她的两只脚上各套上一只铁环，用一条链条连起来。然后她离开了监禁她的塔楼，上了一辆大车。

这是1431年5月31日。

冉就义的这一天是一个晴朗的日子。她很久没有见到的太阳，在她走出监牢的时候，好像一个朋友那样迎接她。

清新的春天处处闪耀着它的光辉，六月即将降临在平原上，它的袍裙上有许多花，前额绕着光芒，对逐渐远去的五月俯下身子，用自己最初的色彩将上个月最后的几天染得灿烂美丽。人们竭力要使冉死得非常痛苦，上帝则尽可能地使他的殉难者得到更多的安慰。年月更换，洋溢着勃勃生气，大地五颜六色，四处充满欢乐，大自然充沛的力量使得天和地在永葆青春的诺言中结合到一起。那些人认为在此时此处死冉，会使她更加忧伤。但是上帝给他的贞洁的使者的死亡环绕上阳光和芳香，让处女的和阳光、芳香同样纯洁的灵魂，当肉体将它散发出来以后，很容易地和它们混合在一起，从一条他喜欢的发着光又散发香味的小路来到他的身边。他要让她的四周全是美妙和快乐的气氛，她便会懂得她的死不是一种惩罚，而是一种解脱；今天这个光辉灿烂的日子是永恒的曙光的开端，她的生命将重新开始。

然而，眼前的现实场面实在可怕。首先是八百名披甲的英国人站在塔楼门口等待着犯人，然后押送她去刑场；此外是不明是非的百姓，他们辱骂在苦难中逆来顺受的可怜的姑娘，她给十字架压弯了身子，只有伊桑巴尔修士扶着她，不断地鼓励她。再有要去的那个巨大的柴堆，她要登到上面去，她得死在那上面。

还有两个人和修士在一起，他们也一直陪着冉到柴堆。这两个人一个是执达员马西欧，另一个是马丁·拉韦纽修士。这个修士的脸几乎完全给他穿的长袍的风帽遮住了，在冉正要登上那辆送她就义的大车的时候，他向她俯下身子对她说：

"勇敢些，冉！"

听到这句可亲的话，冉觉得她熟悉这个声音，不禁哆嗦了一下，抬起头来。她认出了是奥利维埃，就紧紧握住他的手。

"谢谢你，我的弟兄，"她低声说道，"可是你是怎么能穿着这件衣服来到我身边的？"

"用金币可以做许多事情，冉，"奥利维埃回答道，"我想最后一次看到你，因为我要最后为你效劳一次。"

"什么事？"

"我们说轻些，可能有人听见。"

伊桑巴尔修士和奥利维埃交换了一个眼神，向冉证明了修士是可以信任的人。他知道向少女说话的人是谁，知道这个人用了马丁·拉韦纽的名字，穿了他的衣服，不是他本人。

"你要说什么就说吧，我的弟兄，"伊桑巴尔说，"我会在这段时间里祷告。"

他开始了祷告。

"冉，"奥利维埃说，"救你是不可能了，你的得救不再取决于查理七世，只取决于上帝。"

"所以，奥利维埃，在我的心中没有丝毫对国王的不满。我知道，如果他能用他的生命来交换我的生命，他会这样做的。但是，既然上帝允许我在死之前还可以说说造成我死因的事情，奥利维埃，告诉我，亲爱的法兰西现在的形势怎样啦？"

"一切都很糟，冉，这便是查理七世国王对你不能尽点力的原因。你是法兰西的最非凡的人，上帝在召唤你去。"

"请把国王所希望的告诉他，奥利维埃：在我即将死去的时刻，上帝给了我这个最后的信心，国王一定能把最后一个英国人赶出法兰西的领土。他将摆脱亨利六世，那个别人用来和他对抗的孩子，这用不了多长时间了。到那个时候，他就会想起我，为了我死后的名声，请他做一件现在没有能为我做的事，就是为我洗掉敌人控告我的施行巫术和渎圣的罪名。国王不许我回到我母亲身边去，否则此时此刻我会待在她膝下，而不会死在这儿。如果国王陛下在我目前的情况下还愿意像以前一样相信我，以上就是我的全部请求。再请告诉他一个快死的人的建议，他应该信任里什蒙，这是他的仆人中最忠心最有用的一个。"

"冉，他已经做了，统帅已经取代了拉特雷莫伊在国王身边的位置。"

冉抬起头，望着天空，感谢上天开导了她的国王。

这个姑娘，这个农家女儿，为了法兰西献出了她的一生，在她临终的时刻还关心她亲爱的祖国，为了它，她即将死去，这是一件多么令人感动的事啊！

"现在，冉，"奥利维埃用更低的声音说，"我们快到旧市

335

场了。"

"我知道。"圣女回答道，她的嗓音显得有点儿激动。

"等待着你的是可怕的死刑。"

"我也知道。"

"冉，你想不想不被烧死？"

"你说什么？"

"有一个方法可以使你的肉体避免别人为你准备的酷刑，而你的灵魂能回到上帝那儿。上帝会原谅你从刽子手手中逃脱出来的。"

"什么方法？"

奥利维埃拿出一只小瓶子给冉看。

"毒药！"她说。

她的眼睛高兴得发出光芒。

"是的，冉，这是你使他登上法兰西王位的人现在能为你做的唯一的事。"

"这只瓶子是查理国王给我送来的吗？"

"是的。因为他无法救你的命，他就给你送来了死亡，不受拘束、没有痛苦、没有耻辱的死亡。"

冉拿过瓶子，把瓶子倒空，然后放在嘴上亲了亲，还给奥利维埃。

"我的弟兄，"她对他说，"请你代我谢谢查理国王为我做的安排，上帝知道，如果我感谢他，是因为他做了唯一一件能够做的事，但是，不管是出于什么原因，上帝是从来不原谅自杀的，自杀是人们唯一的没有时间后悔的罪行。我的勇气将是我对抗我的敌人的仅有的武器，我的顺从将是我在上帝身旁的仅有的力量。把这个空瓶子拿去吧，奥利维埃，如果你愿意替我做一件事，我在有最后一口气以前会对你感激不尽，请把这只瓶子带给我的母亲，对她说要最最细心地保存好它，就像保存法国国王送的一件礼物一样，就像一位母亲保存她的孩子在临死前拿在手中、嘴唇亲过的一样东西一样。"

奥利维埃看到这个少女比最勇敢的人还勇敢，她希望保持殉难的诗意和纯洁，禁不住流下了钦佩的眼泪。他们低声的交谈一直在英国人的辱骂和喊叫声中进行，大车不停地向前走着。

终于到了旧市场广场，痛苦的路程结束了，这儿是新的基督的"髑髅岗"①。大车在人群中前进，人群纷纷退让，好像一只小船在波浪滔天的大海上破浪航行。

"卢昂啊！"冉喃喃自语道，"我担心你要为我的死而遭到灾难！"

冉向四周望去，广场上，各扇窗子里，屋顶上，全挤满了嘈杂喊叫的人。三个平台早已搭好了，其中一个上面放着主教的、王室的座位，英国的红衣主教的座位，四周是他的高级教士的位子。另一个上面出现的是这出悲惨的戏剧里的角色，他们是教士、法官和一名大法官。第三个平台是石膏做的，那儿放着柴堆，它高得令人害怕。把它堆得这样高有三个理由，读者将会看到是怎样可耻的理由。第一个理由，柴堆高，冉在上面，就可以清楚地看到她临终的场面。第二个理由是，因为柴堆搭得这样高，刽子手只能从下面点燃它，这样就会延长给闷得难受的犯人的痛苦，不会像一般习惯对待其他受刑人那样，可以缩短火烧的时间；那个可怜的刽子手因此很难过，由于他很怜悯冉。柴堆这样高的第三个理由是希望火因此上升得慢，受刑的人受苦的时间也就更长，她的衣服会先烧着，这样大家就能

---

① 耶稣受难的地方，见《圣经》。

高兴地看到她赤裸的身子,而怕羞和童贞是保护她生命的两个哨兵。

这一切冉心中都清楚,她低下头。顺从代替了被制服的羞耻心。她寻找在柴堆旁边的姑娘,她应该在那儿。她看到了两个人,一个是特里斯丹,他醉醺醺的样子,头发蓬乱,坐在一捆柴旁边,他曾经发过誓要把这捆柴丢到烧死冉的柴堆上面。另一个是奥梅特,她和圣女一样,全身白衣服,头发松开,戴着雏菊和矢车菊做的花冠。柴堆堆成了梯形,这个姑娘坐在最高的一级上。

请不要以为那些人是出于怜悯之心才让奥梅特这样等待冉的,他们是指望犯人面对她的女友,会回忆起往日幸福的年月,它们如同就在眼前一样,因此失去力量,这样便能看到她会表现得软弱,可耻地哭哭啼啼,并且有悔过的表示。

当奥梅特看见大车过来的时候,她站了起来,挥舞着她的白披巾,用亲切的嗓音招呼前来就刑的人,简直就像一位受上帝委派来等待殉难者的天使,带着微笑向她指引去天国的道路。

冉同时看到了奥梅特和特里斯丹,他们在她的柴堆,也就是她的死刑的左右两边,他们是两种感情的生动的化身,一种是热情,一种是怀疑,它们都接受过她的使命,陪伴了她的一生。它们是孪生和对立的感情,诞生于相同的起因,如同亚伯和该隐是出于同一个父亲。冉在内心里对奥梅特微笑,对特里斯丹只觉得可怜,这是一个自愿盲目的人,可耻的东西,此刻不得不借助于醉酒再得到他已经丧失的迫害人的力量。

大车一出现,人群中便发出了叫喊声,有些是出自好奇的声调,大多数是充满憎恨的声音。"她来啦!"这第一声喊声是特里斯丹叫出来的。她终于给捉住了,就要看到她被处死了,这个神奇的少女对塔尔博特说过："如果你捉住我，就烧死我，可是在目前，我要赶走你。"现在她给捉住了，她要给烧死了。

冉看见奥梅特以后，她的眼睛就不再离开这个财务官的女儿。两人的微笑使她们彼此更加接近。有些在场的人被这个场面感动了，因为他们不懂得别人给他们描述的女巫和背教者的人，怎么能在临死前嘴唇边露出天使般的微笑，从灵魂中显出这样完美的顺从。

但是在走向柴堆之前，冉要先走上教士、法官和大法官待的平台，听米西神父的讲话，然后听定她罪的判决书。

大车到了这个平台下面停住，她从大车的后面下了车，跳板已经拿掉了。她在马丁·拉韦组，确切地说是奥利维埃·德·卡尔纳克的搀扶下，走上了梯级。他对着她的耳朵低声说：

"特里斯丹在那儿。"

"我已经看到了。"冉回答道。

"请放心，冉，我会为你向这个人报仇的。"

"相反，奥利维埃，我请求你宽恕他，别对他做什么，"可怜的姑娘说，"他的悔恨将足够为我报仇了。让裁判和惩罚的权利留给上帝吧。他比我们更知道应该在什么时候惩罚。"

冉跪下来听对她的判决词，在听神父讲话的时候，她却站着，十分平静坚定。这段讲话充满粗鲁的辱骂，结束时的话是这样：

"安心地走吧！教会不再能保护你了，他把你放到了世俗的手中。"

主教也说了话，并且对冉又念了一遍判决书。

在这段时间里奥梅特一直都在祈祷。圣女又跪了下来，向上帝做最虔诚的祷告，并且请求在场的人，不管是否信奉宗教，来和她一同祷告。大法官命令刽子手制止她。这些愚蠢的人害怕出现新的奇迹。

"来吧，我的朋友。"冉转过身来对在流泪的刽子手说。许多在场的人，还有几个法官也流了泪。

不幸的是这些眼泪流得太迟了。

奥梅特看见冉走近了柴堆，就从上面走下来，到了她面前。当她们靠得很近的时候，两个少女拥抱在一起。刽子手等候着。

"可爱的奥梅特，别人对我说，"冉说，"我能在这儿再见到你！啊！我们在奥尔良度过的愉快和宁静的夜晚！啊！我们的纯真的交谈，你现在在什么地方？"

"当我听说你被捉住的消息的时候，冉，我就想到他们会处死你。我在一刹那之间竟怀疑起上帝是否仁慈，我不再相信人间有公道和宽厚了。于是我满怀温情地拥抱了我的父亲，我是每天都要去艾蒂安的墓地的，这时我去他的墓前做了最后一次祈祷，然后我离开了家，向人问怎么走，一路上为你采了许多鲜花。我想到你在临终的时刻，一定很高兴看到你所喜爱的人。"

"多么好心的奥梅特！"

"此外，为了安慰将要死去的人，我一点儿也没有忘记已经死去的人。"

"怎么回事？"

"我们坐下来吧，"奥梅特说，"这样谈话更方便一些。"

两个天真的女孩在柴堆的最下面一级梯级上坐了下来，好像根本没有想到身边聚集了一万个人等着看她们中的一个死去，还有一个刽子手拿着点柴堆的麦秆火把站在离她们不远的地方。回忆的魅力使两个年轻的心灵受到很大的震动。她们又相逢了，她们在一个平台旁边谈论往事，就像还在奥尔良的开满鲜花的山岗上一样。

人群中开始响起低低的抱怨声。

"你想一想，"奥梅特并不理睬这些抱怨声，又说道，"在我动身的那一天，和平日一样，去了艾蒂安的墓地；我在那儿看见一个女人在哭，她长得非常美，她流着眼泪，就像上帝的痛苦的母亲的画像，永远年轻永远美丽的圣母马利亚。我走到这个女人身前，问她来这儿做什么。她亲了亲我的前额，一面哭一面对我说：

"'我是艾蒂安的朋友，我来他的墓上祈祷。'

"'夫人，感谢上帝送您来这儿，'我回答她道，'因为我为了尽一次虔诚的责任，要离开这座墓一些时候，一想到把安息在这下面的可爱的朋友留下，没有人为他祈祷，我便十分悲伤。可是，既然您来了，夫人，既然您爱我的艾蒂安，您会在奥尔良待一些日子，是不是？您在您的祈祷中对他说，我不会忘记他，但是他已不在人间了，现在我要去帮助一位即将死去的朋友。'

"'孩子，你去哪儿？'这位美丽的夫人问我。

"'我去卢昂，去见冉·达克。'

"'圣洁的殉难者！'她喊道，'好吧！请你告诉冉，我会在远处为她祈祷，就像你在远处为艾蒂安祈祷一样。'"

"这个女人叫什么名字？"冉问。

"我问过她，"奥梅特说，"她叫阿涅斯·索雷尔。你认识她，冉？我，我可不认得她，不过我喜欢她，因为她在我的艾蒂安的墓前祈祷。"

"到柴堆上去！到柴堆上去！"特里斯丹喊起来，有两千个嗓音重复他的叫喊声。

"刽子手,该干你的活了。"大法官说。

"眼泪太多了,戏也别演了!"士兵们叫道。

"你想要我们在这儿吃午饭吗?"主教说。

"说得有理!"冉站了起来,"我忘了。"

"难道看着一个女人死去是非常有趣的事吗?"奥梅特说,"这些人一定以为我们害怕死,因为我们年轻漂亮。今天晚上,当你得到永恒的幸福的时候,那些精神失常的人内心将会感到悔恨。他们竟把你获得永生叫作死亡!"

冉开始在柴堆上向上走,叫喊声停了下来。

"永别了,奥梅特。"她说,她最后一次拥抱了年轻姑娘,又说了一句:

"请你告诉你的父亲,我在临死的时刻想到了他。"

"我准备好了,我的朋友。"她转过身对刽子手说,同时继续往上走,可是她自己跨步很困难,因为梯级很高,而她的两只脚,读者记得,还拴着一根铁链条。于是不得不由刽子手的一名助手登上柴堆,搀住她的胳臂,把她向上拉,这样才使她到达平台顶上。

"谢谢。"冉对他吃力地帮助她表示感谢。

在这样的时刻,这两个字显得特别崇高,只有她才说得出来。

这时候奥梅特已经离开了柴堆,她走过特里斯丹身旁,对他说:

"是你杀死了艾蒂安,我原谅你。"

特里斯丹听见这句话,脸色顿时变得苍白。望着那个白色的人影越走越远,人群都给她让出一条路,她向城区的高处走去,不时地回转身来对已经捆在木柱上的冉微笑。她一路走一路撒鲜花,同时对周围的人说:

"为她祈祷吧，她在为你们祈祷！"

奥利维埃陪伴冉到了柴堆后，又走了下来，他经过特里斯丹身边的时候，有意让对方认出他来，并且说道：

"你曾经想杀死我，狠毒的弟弟；我的母亲，阿利克丝，以及我，我们原谅你，你自己忏悔吧。"

奥利维埃在柴堆前面跪了下来。特里斯丹又一次听见别人原谅他的话，脸色又一次发白了，就像一个人听见辱骂的话以后一样。他的内心仿佛开始了一场战斗，他对冉大声喊道，也是对奥利维埃的话的回答：

"我来遵守我的诺言了，冉。"他给她看他手上拿着的柴捆。

冉的腰部给链条捆在木柱上，身子不能动弹，只有头可以动，她眼光转向特里斯丹，用平静的声音对他说：

"我原谅你。"

"好啦，赶快吧。"主教大声说道。

特里斯丹把手捂住前额，他之所以这样做，是他觉得他脑子里有什么东西炸开了似的。这是酒劲发作，也许是在他的邪恶的灵魂里出现了一点点真诚。

伊桑巴尔修士一直待在冉的身边。冉的眼睛追着远处的奥梅特望，奥梅特穿着白色长袍走在喧闹的人群中，好像一朵落在大海上的鲜花。不一会儿，奥梅特看不见了，她从高地的另一边走下来，沿着一条通向河边的僻静的小路向前走；到了河边她坐了下来，不停地向河里抛下花朵，看着它们给水流带走。

在这个时候，旧市场广场上的场面变得十分可怕。

"在这儿的所有信仰上帝的人，请为我祈祷吧。"冉看到死刑的准备工作在加快进行，说道。

"要勇敢，冉，要勇敢！"奥利维埃大声对她说。

"谢谢你们,好心的人们,谢谢。"圣女回答说,然后转身对伊桑巴尔修士说:

"不要抛弃我,我的弟兄,不要抛弃我,我恳求你! "

特里斯丹的眼睛一直望着柴堆,他以为会突然听到冉的一声叫喊,或者至少会看到冉的显得软弱的眼光,但是对着他,就像对着所有的人那样,受刑的人容光焕发,眼睛仰望天空,好像对尘世已无所依恋,只想把宽恕留给她的刽子手。

特里斯丹有两三次打算辱骂她,不过要说的话总是不由自主地到嘴边便消失了。现在她站得这样高,人群的叫骂声已经到达不了她的身边。

这时候,刽子手拿着火把走近了柴堆,在柴堆四角堆积了树脂和其他容易燃烧的东西,火迅速地烧起来。两种巨大的叫喊声从广场的这一头响到那一头,一种是高兴的叫喊声,一种是怜悯的叫喊声。

奥利维埃代替了伊桑巴尔修士在受刑者身边的位置,当刽子手点火的时候,他给她看十字架。火烧得非常快,年轻人专心于他的虔诚的职责,没有发觉火离他很近了。冉看到后对他说:

"我的弟兄,以上帝的名义,小心呀! 火要烧到你的长袍了。快点下去,一直给我看十字架,到我死去为止。"

奥利维埃正好来得及走下来,他这样做全是为了他的母亲,因为在这个时候,他真想和冉一同死去。

也许是一时冲动,也许是想最后一次辱骂一下冉,主教走下了座位,大着胆子向柴堆走去。

"主教! 主教! "冉大声说道,"由于你我才死的,你完全明白。"

接着她又说了一遍:

"卢昂啊卢昂，我担心你要为我的死而遭到灾难。"

火继续烧着，烟不时地把受刑者整个儿遮住。特里斯丹拿起他原来带着的柴捆，高喊道：

"我不会做违背誓言的人！"他把柴捆扔在冉的脚下，在奥梅特撒的鲜花当中。

冉转过头来，对她的仇人又说了一句：

"我原谅你。"

火烧到了少女的脚，它的灼热的舌头舔着她的脚。

冉在胸前交叉着两只手，低声念着耶稣的名字，眼睛在寻找下面奥利维埃和伊桑巴尔拿给她看的十字架，这两个人都在流泪。好几个陪审官忍受不了这样的场面，从座位上站起来。教廷的公证人芒舒哭了。刽子手双手遮住脸，大声喊道：

"我的上帝！我的上帝！请以后能宽恕我！"

一个议事司铎让·德·拉皮大声说道：

"天哪！天哪！我的上帝，请对我开恩，等我死后，将我的灵魂放到你要放冉的灵魂的所在。"

英国国王的秘书约翰·弗雷帕特喊道：

"我们要遭难了！我们完啦，我们杀死了一位圣女。"

仇恨的叫喊声全都停止了，代替的是流不尽的泪水。在特里斯丹四周目击这场可耻的酷刑的人，都跪了下来，请求上帝不要把他们看作是这次罪行的同谋，只有特里斯丹一个人站着。但是他的身子在摇晃，因为犯下这样的罪的人心头的内疚感沉重得确实难以忍受。

"冉！冉！"他叫起来，不过声音里不再有威胁的口气。

少女眼睛转向他，并且露出了微笑。特里斯丹觉得自己的双膝发软，一只膝盖跪了下来。

烟越来越浓，现在只能看得到受刑者的头，特里斯丹眼睛始终没有离开过她。突然他好像害怕发疯似的，双手抱住了头，大声叫起来：

"你们有没有看见一只鸽子刚才从柴堆里飞出来？"他指着一个白色的圆点，它正要消失在碧蓝的天空。

"一只鸽子！一只鸽子！"在场的人都赞叹地一再叫道，"它是去向上帝预报受难者的灵魂的到来。"

冉不再能看到任何人了，奥利维埃和伊桑巴尔拿给她看的十字架她看不见了，他们两个人她也看不见了。她感觉到自己就要死去，大声喊起来：

"以上帝的名义！一个十字架！但愿我能拿着它死！"

"她要求什么？"特里斯丹问。

"要一个十字架。"别人回答他。

这个年轻人不再说一个字，毫不犹豫地登上燃烧着的柴堆，如同地狱中的魔鬼一样，消失在火焰当中，最后他到了冉的身边。

在场的人都站了起来，奇怪这个人在火里面干什么。

特里斯丹弯下身子，从他扔在冉脚下的柴捆里拔出两根树枝，用他的匕首剖开其中的一根，把另一根插进去，做成了一个简单的十字架，他递给了将死的少女，这时他的头发、胡须和衣服都烧着了，他走下了柴堆。

冉吻了吻这个十字架，她感谢这个应该对她的死负责的人。她念了八遍"耶稣玛利亚"，大叫了一声，死了。

"现在，撒拉逊人，就我们两人啦！"特里斯丹像一个发狂的人似的从人群中冲出去。

全城整天都在惊恐之中，每户人家都关上了门，不愿看曾经照过这样一场灾难的太阳。那些辱骂过冉的人现在都虔诚地为她祈祷。

英国的红衣主教害怕会留下冉的遗骨，这些遗骨可能产生某种奇迹，当天晚上就命令刽子手来收集混在木柴灰中的殉难者的骨灰，然后从卢昂桥上随风撒下去，好让塞纳河把它们送往大西洋，也就是说，送往无限远的地方。

可是刽子手撒下去后，冉的骨灰并没有落到水里，而是在天空中飞行，发出明亮的光，好像一条新出现的银河。就在这时候，一个白色的人影离开了河岸，走进了河里，如同投入河中自尽的奥菲莉亚①一样。人影跟随着那朵云彩，那朵云是一位圣女的身体。刽子手看到在水面上飘动着一种模糊的、白色的东西，他看了好一会儿，人们可能把它看成是一种预兆。第二天，渔夫们来到河边，发现沿岸的芦苇丛中躺着一个少女的尸体，她神态宁静，含着微笑，仿佛睡着了似的。然而她已经死去了。这个少女是奥梅特。

当一切都结束以后，上帝选派的使者、法兰西的救星只留下了一点点骨灰。刚刚目睹了这罕见的场面而吓坏了的人群都悄悄地散开，大街小巷变得冷冷清清。这时候，一个裹着斗篷的人走出一座他在里面已经祈祷了一个小时的教堂。他穿过旧市场广场，在还在冒烟的柴堆前面画了个十字，然后来到一所孤零零的房屋前敲门。一个修士开了门。

"伊桑巴尔弟兄？"敲门的人问。

"请进，我的弟兄。"修士回答说，他关上门，走在来客前面，领着他穿过一个院子，走进一间很大的房间。他请来客稍稍等一下。几分钟后伊桑巴尔出现了。

"你有什么事，我的弟兄？"他问等着见他的人。

这个人双膝跪了下来。

---

① 奥菲莉亚，莎士比亚悲剧《哈姆雷特》中的女主人公。

"我是来忏悔和请求赦罪①的。"他说。

他除去了风帽,让对方认出他是谁。

"特里斯丹!"修士叫起来,同时向后退,"一直在迫害冉的人,杀死她的凶手,假冒的听忏悔的神父!"

"是的。"特里斯丹声音微弱地说。

"你来这儿是想准备又一次的背叛行动。不能对你赦罪,"修士坚定地说,"你害死了一位圣女。只有永恒的上帝才能宽恕你。快出去,让你今后永远受地狱中的痛苦的折磨!"

特里斯丹听了他的咒骂,低下了头。

"你说得对,我的弟兄,"他说,"我应该受到这个世界上的所有的痛苦的折磨,可是我愿意尽可能地补偿我做过的坏事,因此我必须得到宽恕。"

"只有你长时间地后悔以后,上帝才会宽恕你。"

"可是,如果你拒绝赦罪,你总不能拒绝为一个愿意后悔的罪人祈祷。来,弟兄,为我祈祷吧,看在刚刚去世的崇高的少女的分上,看在为了宽恕而死去的救世主的分上,这是我对你的全部要求。"

"好吧,我的弟兄,我们来为你祈祷。"修士回答说,他被特里斯丹恳求的语气打动了,看到这个性格一直粗野倔强的人如今这样谦卑,他同意这样做。

特里斯丹吻了伊桑巴尔的长袍,离开了修道院,向城区的另一座房屋慢慢走去,到了门口他敲起门来。

一个年轻侍从前来开门。

"奥利维埃·德·卡尔纳克在吗?"特里斯丹问。

"先生,请跟我来。"年轻侍从回答说,然后带我们的主

---

① 赦罪,要由教会神职人员宣告。

人公走进一间大客房,请他稍等片刻,不一会儿年轻侍从回来了,说他的主人等他去。

特里斯丹给领到奥利维埃的房间里,看到一张椅子上放着那个年轻人陪伴冉的时候穿的长袍,他刚刚脱下来。

奥利维埃脸色苍白,一看就知道他哭过。他穿了一身黑衣服,好像一个服丧的人。他准备早点动身,因为他不愿意再在这个该死的城市里待下去,这个城市竟容许并且看着冉给活活烧死。

特里斯丹在他面前跪了下来,就像他在伊桑巴尔修士面前跪下来那样。他说:

"是我,我的哥哥,你认出我了吗?"

奥利维埃听见这个声音不禁哆嗦了一下,他看到特里斯丹的那张脸。

"是你!"他叫起来,"好呀,让我们两人来较量较量吧!"他在盛怒中的第一个动作就是扑向他的剑。

特里斯丹站了起来,镇静地解开他的短上衣,将胸膛送到他的哥哥面前,用平静坚定的声音对他说:

"刺吧,这是我应得的。"

"这是什么意思?"奥利维埃惊奇地问。

"我的哥哥,这就是说我是一个无耻的人,我背弃了上帝,我把自己出卖给撒旦,我害死了冉,但是现在我应当和上帝和解,我应当杀死我出卖灵魂给他的那个人,我应当为我所害死的少女报仇。"

"你在说谎,滚出去!我对冉发过誓,不会找你算账,但是,以上天的名义,滚吧!"

"我的哥哥,把你的剑给我,我需要一把神圣的、祝圣过的剑。"

"滚出去,我对你说!"

"我的哥哥,不要对我关上悔恨的门。"

"滚出去,否则我以我的灵魂起誓,亚伯要杀死该隐了!"

奥利维埃望着特里斯丹,他的眼光让对方晓得他终于知道了他出生的秘密,并且他早已原谅了他的母亲。

"好的,我的哥哥,"特里斯丹低声地说,"愿你的愿望能够实现。"

特里丹斯谦恭地吻了奥利维埃的手,他好像为自己在他严重冒犯过的人面前能这样低声下气感到很高兴,然后他出去了。他穿过了全城,去敲第三座房屋的门。

一个穿了一身红衣服的人来开门,这个人就是刽子手。

"我的朋友,"特里斯丹对他说,"你愿不愿意帮我一个忙?"

"什么事?"

"你肯不肯把你的剑卖给我?"

"你是谁?"

"我是红发特里斯丹。"

"那个用过洛阿斯勒修士名字的人。"

"是的。"

"那个出卖了冉的人?"

"是的。"

"那个向柴堆扔过一捆柴的人?"

"是的。"

"出去,坏蛋!你甚至弄脏了刽子手的家。"

这个人从早上起就为别人逼他犯的罪行痛哭不止,这时候他拿起一把板斧,向特里斯丹走去。特里斯丹对他说:

"你说得有理,我的弟兄,为我祈祷吧!"

他走了出去,嘴里低声地说:

"就我独自一个人了!"

特里斯丹走进一座教堂,在里面一直祈祷到晚上。午夜时刻,他回到了旧市场广场,看到广场上静寂无人,就吹了三声号角。撒拉逊人出现了。

"我信守了我的诺言。"特里斯丹对他说,他的声音是那样古怪,连这个冷酷无情的巨人听了也不禁全身哆嗦。

"是的。"

"冉死了。"

"她的骨灰顺着那边的河水流下去。"

"你记得我们的协议吗?"

"完全记得。"

"你许诺将阿利克丝给我。"

"是的。"

"现在该由你遵守诺言了。"

"不幸的是,"撒拉逊人用开玩笑的口吻说,"我做不到。"

"为什么?"

"因为如果我能做到我答应过你的事,那么你做过的事我也能做到了。"

"这么说,你欺骗了我?"

"是的。"

"为了让我做那些卑鄙的事情,你答应给我一件你明知道不可能给我的东西。"

"你真是出口成章。"

"所以你并没有收买我,你是盗窃了我的灵魂,是不是？"

"正是这样，不过得承认我所做的是一件拙劣的盗窃行
为。"

"那么该轮到我了。"

"这个威胁是什么意思？"

"它的意思是说我要杀死你。"

"这是不可能的，"撒拉逊人平静地反驳道，"理由有两
个：第一个是我已经在七百年前给打死了，如果我应该给杀死
的话，我早死了很久了；第二个是因为你的臂膀虽然十分有力，
但是和我较量起来它实在太弱，这你完全清楚，只要和我一交
手，你的剑和臂膀就都会断掉。"

"我们走着瞧吧。"

"你后悔了？"撒拉逊人嘲笑地说。

"是的。"特里斯丹用严肃的声音说。

"你向上帝许诺过要战胜我？"

"还有送你回墓里重新躺下，当初我真不应该把你从那儿
救出来，可恶的东西！"

"这确实是了不起的转变。可是你一定想到过这不会按
照你一时的奇想立即实现的。我会长期地反抗，也许要很长很
长时间，我已经斗了七百年了。"

"上帝让我活多久，我就斗多久。啊！你看见过我怎样干
坏事，以后让你看看我怎样做好善事，只是这一次我有上帝在
我身旁；你小心吧，撒拉逊人！"

"你真的决定了？"

"你小心吧！"

"从卢昂到普瓦提埃，路很远，如果我是胜利者，我可不
会对你发慈悲的。"

"你小心吧！"

撒拉逊人动也不动。

"你不愿意反抗！"特里斯丹叫道。

撒拉逊人笑了，他的笑声是那样响，附近的山岗都震动起来。

"那好，像一只狗那样死去吧！"

说着，特里斯丹让左手拿住剑，右手画了个十字，高兴地说道。

"以圣父、圣子和圣灵的名义。"

他右手重新拿起剑，向巨人冲过去。

"该死的。"撒拉逊人叫道，对方画的十字使他脸色变得苍白。事情严重了。

他也拔出他的宽剑，摆好了架势，像一块岩石沉着坚定。月亮从云后面半露出来，照着这场古怪的决斗，一道银白色的光照亮了剑身和这个马格里布人的暗绿色的盔甲。

特里斯丹和他的对手一样不再吭一声，在撒拉逊人的四周转着，从各个方向攻击他，从各个角度打他，但是特里斯丹发现在他和自己的剑当中有一把可怕的摩尔人的剑，这个人好像把这场交手当作娱乐一样，他看到攻打他的人在白费力气，以至变得筋疲力尽，觉得挺有趣。

较量进行了两个小时，撒拉逊人一步也没有后退。

"你想不想休息一下？"他笑着问，那是魔鬼的笑。

特里斯丹全身是汗，不回答他，继续向他进攻。

有两个人路过这儿，听到铁片的撞击声，又看到月光下交手者投在广场上的巨大的影子，吓得赶快逃命。

响三点钟了，黎明带着淡淡的微笑稍稍打开了夜色，好像一个睡眼惺忪的卖俏女人，在几道厚厚的床帏中间露出了她

353

的笑脸。撒拉逊人依然没有动一下。特里斯丹满嘴白沫，两眼血红。

"啊！"幽灵对他说，"你认为只要说一句'我后悔了'，上帝就会立刻给你力量，让你获胜。你要战胜我恐怕要过好多年才行，瞧你只打了三个小时就已经筋疲力尽了。上帝和我不一样，他不根据一个人说的话相信这个人，他只有在两三个月以后才能相信你是真心后悔。所以我们有的是时间，而你在使他信任之前，就会失去勇气。"

"冉，请支持我。"特里斯丹低声说，他更加猛烈地向他的对手进攻。

撒拉逊人向后退了一步。

"终于后退了！"特里斯丹快活地叫起来，"现在你得听我的啦！"

这明显是来自上天的帮助，给了这个私生子他无法想象的力量。他看到撒拉逊人渐渐地后退，好像他使的是米迦勒天使长的剑一样。摩尔人不再开玩笑了，他现在开始攻击起特里斯丹，特里斯丹肩膀上挨了一剑，血涌了出来。

"收下我的血，我的母亲，来交换我使您流下的眼泪。"

那两个吓得逃命的过路人，回去后叫醒他们的邻人，告诉他们在冉被烧死的广场上看到的事情，这时带着十二三个伙伴一起来到了广场，那些人都很想亲眼看看这场决斗。

"一个人也没有，"其中一个人说，"你骗我们。"

"你是看花了眼。"另一个人说。

"你是吓坏了，准是这样。"第三个人说。

"注意听。"领他们来的一个人低声说道。

同时他弯下身子想听得清楚些，接着他伸出一只手，指着通向广场的一条漆黑的街道。果然，在一片寂静中，听见了武器的撞击声和脚步声。

"过来。"这个人说，领着他的朋友走进发出声音的那条街。

声音越来越远，这十几个人也一直跟着它走，就像猎人跟踪一只动物。晨光初现的时候，他们来到城区最高的地方，看到全城在他们脚下展开。但是格斗的人还是看不见，只是有一阵隐隐约约的声音，就像他们刚才听到的那种声音，不过这一次它不是从高处向下降，仿佛是从城区的深处向他们送过来。他们中的一个人指着河那边。

"看呀！"他说。

他们看到两个人影，一个大一点，一个小一点，向塞纳河走去，一个进攻，一个后退。后退的是那个大的人影。

"这很奇怪。是不是？"刚才说话的人说。

"的确奇怪。"其他的人面面相觑地说，都感到很恐怖。

他们叫住路过的人，又去叫醒还在睡觉的人，一个小时以后，全城的人几乎都来到了他们周围。大家望着那两个人影渐渐变小，不一会儿就消失在一望无际的景色中。一小时又一小时、一天又一天过去，撒拉逊人只是一步一步地主动后移，特里斯丹并没有能够逼他后退一寸。这一切生动地说明了上帝使悔恨的罪人进行这场搏斗，是为了考验他，看他的悔恨是否真诚。

特里斯丹不时地叫人来助他一臂之力，有时是喊他母亲的名字，有时是喊冉的名字，有时是喊圣母的名字，每次他一喊，他就觉得他的力量倍增，而他的敌人在变弱。从他内心发出的一个声音对他喊道："勇敢些！"这是一场神奇的战斗，交战者把山岗、山谷、河流、日月季节全都抛到了身后。这仿佛是一场永远不会终结的格斗的开始。

时而太阳晒烫了他们的脸，时而大雪冻僵了他们的手。接着，景色改变了。特里斯丹穿过了他从未见过的地区，越过了以前他认为无法到达的天边。摩尔人一直向后退，期望拖垮对方，但是特里斯丹可以说是一个灵魂而不是一个肉体，现在他已经超越了人的状态。不过他的头发和胡子在继续长，他的眼睛由于一直没有睡觉陷了下去。

他们就这样穿过了一座座广大的森林，一片片无垠的平原，一条条没有尽头的地道，还经过许许多多城市，一路上风声中夹着阵阵嘈杂的交手声。

有一天，阳光灼热，空气像铅一样沉重。两人格斗到了一条湍急的河流旁边，流水的哗哗声盖住交锋发出的声音。

"让我喝些河里的水吧。"撒拉逊人说。

"不行。"特里斯丹说。

决斗继续进行下去。

两个月以后，天色漆黑，雪纷纷扬扬地落下。牧人们放火烧起枞树林，大片大片的红光好像魔鬼一样在雪白的大地和黢黑的天空中间奔跑。

"让我烤烤火吧。"幽灵说，大自然的寒冷已经冰冻住死亡的寒冷。

"不行。"特里斯丹回答说。

说着他又用剑猛攻这个铁石心肠的巨人，巨人越来越无力招架了。

又过了三个月。四月在树林里笑逐颜开，在水晶似的泉水里照着自己的影子。这天早上，两个交战者走进树叶宽大的山毛榉林和栎树林里。

"让我休息一分钟吧。"撒拉逊人说。

"不行。"特里斯丹回答道。

他变得从来没有这样可怕过。

这个邪恶的幽灵不再引他的对手乱走路了。一天早上，特里斯丹发觉来到了普瓦提埃平原，从远处看到了那块盖在卡尔纳克墓上的石头。

"终于到了！"他带着显得狂喜的声调叫起来，然后他用力地把这个马格里布人向墓那边推去。

第二天，他们在以前奥利维埃搭过帐篷的地方交手。

"你认出这是什么地方吗？"特里斯丹说。

他问话的这个人已经没有力气回答了。

"再过一个小时，你就不再能欺骗任何人啦。谢天谢地！"

撒拉逊人使出最后的力量，一直斗到晚上。在午夜时分，他因为总是向后退，脚后跟碰到了墓上的石头，那块石头稍稍开了起来，好像地狱的大嘴张开了。

"谢谢！"从洞底传出的低沉的声音说。

这是利翁·德·卡尔纳克的声音。

"我打败了。"这个不信基督教的人叫了一声，然后消失在墓的拱顶底下，特里斯丹拿着剑依旧追着他。

这场分分秒秒、日日夜夜打个不停的战斗从开始至今有两年了。

两个对手走进了坟墓漆黑的深处，在奥利维埃祖先的墓和撒拉逊人留下的空墓之间，他们各自丢掉了手中的剑，互相扭打起来。这场最后的扭斗一直进行到第二天早上。但是，当晨光初现的时候，这个马格里布人已经重新躺在他的墓里，这一次他不会再从这里面出来，因为特里斯丹的剑穿过他的胸膛，他给牢牢钉住了。两年来不停的悔恨使特里斯丹变成圣洁的人。

他完成了要做的事，感到筋疲力尽。这个年轻人想在无止境的黑夜中睡觉之前最后一次再看看太阳。他又走到地面上来，坐在那块巨石的阴影里，大口地吸着洁净的空气，接着他满怀感情地望着刚醒来的大自然的景色，仿佛他从来没有见过似的。这时候，在天边出现了一个骑马的人。

特里斯丹站起身来，向这个人走过去。骑马的人和着坐骑小跑的节奏，唱着一首民歌，穿过了原野。他越来越近，特里斯丹认出了马上的人的容貌，便来到他的面前说道：

"布列塔尼阁下，您这是要上哪儿呀？"

果然是布列塔尼，陆军统帅里什蒙的传令官。他望着这个对他说话的人，在想他叫什么名字，可是一时想不起来。

这是因为特里斯丹变得叫人认不出来了。他在进行了两年的决斗中，胡子和头发都长得很长，也不像以前那样红，成了灰白色；他的双颊凹陷下去，四肢变得细长，他的背在长期的交手中弯成了弓形，好像给推个不停的巨石折磨得弯了腰的西西弗斯①一样。

在我们的主人公身上，不再是肉体战胜了灵魂，而是灵魂战胜了肉体。体力对他来说已经没有用处，他只有一个愿望，像一个尽职的哨兵那样，永远看守着这个刚被他击败的鬼魂。

"先生，你认识我？"布列塔尼问道。

"是的。"特里斯丹回答说。

"告诉我你的名字。"

"这不必要，只是请您能友好地把手伸给我，让我握住，并且回答我向您提的问题。"

布列塔尼向特里斯丹伸出手去，特里斯丹高兴地握住它。

"现在，"他说，"请告诉我人间有些什么新闻。"

---

① 西西弗斯，希腊神话中的古时暴君，死后堕入地狱，被罚推石上山，但石在近山顶时又滚下，于是再推，永无休止。

"难道你远离人间生活吗？"

"两年来我没有看见过一张人的脸。"特里斯丹回答说。他没有说自己的名字，而是对传令官讲起他和撒拉逊人决斗的经过和刚刚获得的结果。

"可怜的人！"布列塔尼低声说，"他疯了。"

"你一直在里什蒙公爵麾下？"

"是这样。"

"他是一位正直的军人。"

"现在他是一位卓越的大臣。"

"他受到了宠幸，对不对？"

"国王都依靠他考虑问题。"

"太好了。那么拉特雷莫伊呢？"

"他在监牢里。"

"亨利六世国王呢？"

"他在卢昂逃走了。"

"勃艮第公爵呢？"

"他已经和我们结成了同盟。"

"贝德福德呢？"

"撒旦把他召去了，他死了有六个月了。"

"这么说，英国人呢？"

"一年以后，他们在法国一个人也不会留下。我们的'剥皮帮'①会解决剩下的人。"

"再是正确的，"特里斯丹自言自语地说，"上帝的正义的事业胜利了。阁下从哪儿来？"

"我从卡尔纳克来。"

---

① "剥皮帮"原为农村中的盗匪，后编入王家军队，为国王效劳。

特里斯丹浑身哆嗦起来。

"您去那儿有什么事？"

"我有两个原因。"

"先生，请告诉我是两个什么原因。"

"好的。我去那儿是要看烧死一个坏蛋。"

"谁？"

"吉尔·德·雷斯。"

"他给烧死了？"

"完完全全地烧死了。"

"别人发现了他的罪行？"

"在他的几个城堡的地窖里找到了一百五十具孩子的尸骨，都是他做地狱里的弥撒用来献给魔鬼的，你知道他是怎么死的吗？"

"不知道。"

"他是微笑着死去的，同时嘴里说，他肯定自己会上天堂，因为冉已经原谅了他。"

"他没有同谋犯吗？"

"有一个，是一个老太婆，老巫婆，叫梅弗雷。"

"大家是怎么处置她的？"

"人们干脆把她吊死在大路边上的一棵树上。这是我的主人陆军统帅发现了她的罪行，命令人这样惩办她的。"

"第二个原因呢？"特里斯丹迫不及待地问道。

"里什蒙公爵大人派我去卡尔纳克找奥利维埃伯爵，要他去公爵身边，国王想委派他负责为冉恢复名誉①，因为正像你能想得到的，国王在她活着的时候不能救她，现在不愿意这位

---

① 1456年，教皇法庭撤销1431年对冉·达克的判决，1920年5月天主教会追谥她为圣女。

圣女死后还被指责是背教者和异端者，那都是英国人强加在她身上的罪名。"

"奥利维埃情况怎么样？"

"他在母亲和妻子中间过得很幸福。"

"这么说，他和阿利克丝结婚了？"

"是的，年轻的伯爵夫人具有双重的美，端庄的妻子的美和幸福的母亲的美。"

"他们以前身边有个年轻人，一个侍从身份的人，别人叫他红发特里斯丹，对不对？"

"对，那是一个粗犷的小伙子，他救过我的命，就是现在在和你说话的我的命，他用手掐死狼如同我能掐死狗一样。"

"他后来怎样啦？"

"他去了英国人那边，是他叫人烧死了冉，所以在卡尔纳克城堡里人人都痛恨他的名字，凡是和他有关系的东西，包括他坐过的椅子全都烧掉了。为了完全消除对这个人的回忆，伯爵夫人禁止别人在她面前提到他。"

"她做得很对。"

"你认识这个特里斯丹？"

"是的，可是我现在不再认识他了。此刻您去哪儿呀，先生？"

"我去奥尔良我的主人身边，通报他卡尔纳克伯爵将要到来，他正和他的母亲和妻子，以及大批随从走在我后面。"

"他们要经过这条路吗？"

"是的。"

"谢谢，先生。"

"你不想再知道什么事了吗？"

"不想了。"

"那就再见啦。"

"一路平安。"

布列塔尼又唱起歌,骑马小跑着离开了。

特里斯丹回到墓石的阴影里坐下。晚上,一队人,还有轿子和马,出现在布列塔尼早上走过的地方,骑马的小侍从和仆人拿着的火把照得通明。队伍停下休息一会儿,有两个人走出队伍,向特里斯丹挨着坐的墓走来。

这两个人是奥利维埃和阿利克丝。他们手挽着手在他们祖先的墓前跪下,祈祷了很长时间。特里斯丹藏在黑影里,他能看见他们,他们却看不见他。

他们做好祈祷,站了起来。

"今天的夜色真美!"奥利维埃望着满天繁星说。

"我多么爱你!"阿利克丝将头偎在她的丈夫的胸前,低声地说。夜色是如此纯净,在祈祷以后,所有天真、漂亮和年轻的人的灵魂里的爱情都苏醒了。

这对青年夫妇相互依偎着回到他们的随从那儿。队伍又上了路。隔了好一会儿,特里斯丹还看得见火把的光,随后声音和亮光都消失了。

"现在让我们来为他们祈祷吧!"他说。

他走进墓里,那块石头在他身后又倒了下来。他在老卡尔纳克伯爵长眠的墓前跪下,老伯爵七百年来一直阻止撒拉逊人出去见到阳光。

如果有一天你去普瓦提埃,随便遇到哪个庄稼人,请他讲讲卡尔纳克的墓的传说,你几乎都可以听到我刚才对你讲的这些故事。接着,如果你去看那座墓,你就会看到三块巨大的石头,它们好像一匹马和两只狗,马躺在两只狗中间。

如果你问这几块石头叫什么名字,别人会回答你说,它们分别叫作巴力、托尔、布朗达。因为据说在特里斯丹失踪以后，这三只畜生就日夜在撒拉逊人的墓的四周转来转去，在一个风雨交加的夜里，它们变成了石头。

现在，如果问我们为什么要给红发特里斯丹的神奇故事一个读者已经知道的真实的历史背景，我们的回答是，我们认为，这是将15世纪的两个确凿而又不同的面貌同时显示出来的唯一方法。这一个世纪，一方面，在烧死冉·达克的柴堆的烈火照耀下，闪出基督教的光彩，冉·达克是信仰的化身，上帝的使者；另一方面，在那个时代，百姓受到外敌入侵，惨遭蹂躏，不知所措，竟以为上帝抛弃了他们，吉尔·德·雷斯便成了巫术和无神论的化身，在烧死他的火光下，百姓几乎都要献身魔鬼，向地狱求助，以为上天拒绝给他们帮助。

图书在版编目（ＣＩＰ）数据

红发特里期丹 /（法）小仲马著；陈乐译. -- 南昌：
百花洲文艺出版社, 2014.5
（外国文学经典阅读丛书. 法国文学经典）
ISBN 978-7-5500-0922-6

Ⅰ. ①红… Ⅱ. ①小… ②陈… Ⅲ. ①长篇小说 - 法
国 - 近代 Ⅳ. ①I565.44

中国版本图书馆CIP数据核字(2014)第072426号

红发特里斯丹

[法] 小仲马　著

陈　乐　译

出 版 人	姚雪雪
责任编辑	王俊琴　傅莹莹
美术编辑	彭　威
制　　作	李晶晶
出版发行	百花洲文艺出版社
社　　址	南昌市红谷滩世贸路898号博能中心A座9楼
邮　　编	330038
经　　销	全国新华书店
印　　刷	江西千叶彩印有限公司
开　　本	787mm×1092mm　1/16　印张　23.25
版　　次	2014年9月第1版第1次印刷
字　　数	261千字
书　　号	ISBN 978-7-5500-0922-6
定　　价	39.00元

赣版权登字　　05-2014-113

邮购联系　　0791-86895108
网　　址　　http://www.bhzwy.com
图书若有印装错误，影响阅读，可向承印厂联系调换。